アベル

変装を得意とする情報屋。
万華鏡と呼ばれている。
レイドから熱烈に
求愛されていて少々困惑中。

カイン

赤の死神と呼ばれる、
元サハージャの暗殺者。
リディを主と定め、
契約を結んだ。

エリザベート

エリザベート・ファン・デ・ラ
・ヴィルヘルム。
フリードの母である、
現ヴィルヘルム王妃。

ヨハネス

ヨハネス・ファン・デ・ラ
・ヴィルヘルム。
フリードの父である、
現ヴィルヘルム国王。

ウィル

ウィリアム・フォン・ペジェグリーニ。
ヴィルヘルム王国魔術師団の団長。
グレンの兄。

アレク

アレクセイ・フォン・ヴィヴォワール。
リディの兄。元々フリードの側近で、
フリード、ウィル、グレンとは幼馴染兼親友。

グレン

グレゴール・フォン・ペジェグリーニ。
ヴィルヘルム王国、近衛騎士団の団長。
フリードとは幼馴染かつ親友。

これまでの物語

ヴィルヘルム、サハージャ、タリムとアルカナムに加え魔女たちをも
巻き込んだ争乱の中、絶体絶命の危機を迎えたフリード。
しかし彼が手にする神剣アーレウスから千年ぶりに顕現した精霊アルの御業もあり、
ヴィルヘルムはサハージャを見事打ち破る！
敗北の末、逃亡を試みるマクシミリアンだったが、
純粋な願いを利用されていたことに気づいたシェアトに一人のところを狙われ、
彼の野望はひっそりと終わりを迎えたのだった——。

この作品はフィクションです。
実際の人物・団体・事件などに一切関係ありません。

⚜

王太子妃になんてなりたくない!!

王太子妃編10

MELISSA

1・彼女と祝勝会

フリードたちがヴィルヘルムに帰還した翌日の夜、予定通り祝勝会が執り行われた。

「ヴィルヘルムの勝利を祝って!!」

国王がワイングラスを掲げる。皆もそれに倣《なら》った。

あちらこちらで笑い声が聞こえる。勝利の余韻に酔いしれているのだろう。

今夜の祝勝会にはかなりの人数が参加していた。

魔術師団や各騎士団員はもちろん、北の防衛戦を維持するシャルム辺境伯や、西の砦《とりで》の主たる面々といった、普段は顔を出さない人たちも集まっている。

一階の大広間と庭を開放して行われた祝勝会は賑《にぎ》やかで、人々の熱気が伝わってくる。

大広間の奥、一段高い場所には国王と王妃が立っていて、フリードと私はその側《そば》近くで笑みを浮かべていたが、私の頭上にアルがいるせいで、かなり間抜けなことになっていた。

何せアルの見た目は、ぬいぐるみ感溢《あふ》れるミニドラゴンなので。

ミニドラゴンを頭の上に載せた女……。うん、大広間に入ってからずっと皆の視線が突き刺さって結構辛《つら》い。

「うう……」

小さく呻《うめ》き声を上げると、隣にいたフリードが苦笑した。

「大丈夫?」

「……皆の視線が痛い。早く陛下、アルのこと紹介してくれないかなあ」

アルの正体は、フリードの持つ神剣アーレウスに宿る精霊なのだけれど、それはまだ公にはされていないのだ。今日の祝勝会で発表すると国王は言っていて、私は早くその時が来ないかと待ち焦がれていた。

いい加減、奇異の視線に晒《さら》されるのも疲れるので。

国王が演説を続けている。将兵を労《ねぎら》い、ヴィルヘルムの今後に言及し、力強く言葉を紡《つむ》いだ後、私――正確には頭上にいるアルに目を向けた。

「――昨日、息子が連れ帰ったミニドラゴン。彼について皆も気になっていることと思う」

「あ」

ようやくアルのことに触れてくれるようだ。

ホッとしつつも、キリッとした顔を作る。アルは頭の上からどく気はないようだ。

尻尾がタシタシと首に当たって擽《くすぐ》ったい。

「彼は、我がヴィルヘルム王家に伝わる神剣アーレウスに宿る最古の精霊。この度、息子の危機を察知し、長きに亘《わた》る眠りより目覚め、我らを勝利へ導く手助けをして下さった」

場内がどよめく。より一層、皆の視線が集まった気がした。

きっと「このミニドラゴンが精霊!?」と思っているのだろう。昨日、全く同じことを思っただけに気持ちはよく分かる。

「また、精霊自らの申し出により、彼は義娘専属の護衛となった。よって今後精霊は義娘と共に行動することが多くなるだろう。皆もそのつもりでいてもらいたい」

皆の顔が「なるほどなあ」というものに変わった。

どうして私の頭の上にいるのか、その疑問が解消したのだろう。

皆が納得したのを確認し、国王が話を続ける。

「どうして義娘なのかという点に関しては、特に説明はしない。ただ今回の話は全《すべ》て精霊の意思あってのものであること、私も息子も承知の上であることを付け加えておく。くれぐれも愚かな真似《まね》はしないように」

これはどうして国王やフリードではなく私なのかという疑問を抱く人たちに対しての牽制《けんせい》だ。

もしかしたら直接文句を言ってくる者もいるかもしれない。それを踏まえての国王の発言なのだろう。

アルが私の頭にしがみつきながら朗らかに言う。

「大丈夫ですよ、王妃様。愚か者が来たら、僕が黒焦げにしてあげますからね」

「く、黒焦げ？」

「ドラゴンは炎を吐くものなんです♪　知りませんでしたか？」

「し、知ってるけど、え？　アルも炎を吐くの？」

ぬいぐるみなのに？　というある意味尤《もっと》も過ぎるツッコミは、己の心の奥底に仕舞い込んで尋ねる。

アルは私の頭から降りると、目の前でグッと親指（といっていいのか分からないけど）を立てた。

「ええ、もちろん。僕の炎の色は青。その温度は二千度を軽く超えます。ふふっ……無礼者は返り討ちにしちゃいますよ～」

「……」

いつの間にか、会場内が静まり返っていた。その中でアルのはしゃいだ声はよく響く。

国王がくすりと笑いながら付け加えた。

「……だそうだ。もちろん、精霊の怒りに触れた者を私が庇《かば》うことはあり得ない。初代から今に続き、ヴィルヘルム王家をお守り下さっている方の判断に従うのは当然だからな」

庇い立ては一切しないとはっきり宣言したことで、皆の顔色が分かりやすく変わる。

今の発言だけで、皆がアルを触れてはいけない危険物と認識したことがよく分かった。

「良いんじゃない？　私もリディに突っかかってくる者に手心を加えてやる必要はないと思うし」

「えっ……？」

フリードまで物騒なことを言い出した。アルは賛同を得られたのが嬉《うれ》しいようで、ブンブン尻尾を振りながら「ですよね！」と言っている。

「――まあ、色々言いはしたが、つまりは普段通りにしていれば良いだけのこと。長きに亘り、我らをお守り下さっている方の意思を尊重し、正しく敬えば何も問題はない。分かったな？」

国王が締め、それでアルの話は終わった。

フリードが初代国王の生まれ変わりであるという話はしないようだが、その判断は正解だと思う。

そもそも初代国王のことが謳《うた》われた建国記自体、お伽噺《とぎばなし》や神話の類いだと認識されているから。

その初代の生まれ変わりなどと言われたところで現実味はないだろうし、変な誤解を生む可能性の方が高い。

沈黙は金、雄弁は銀。言わない方が良いものというのはあるのだ。

そのあとはフリードが王太子として、皆に勝利を祝う言葉を告げていた。

まずはタリム戦に触れ、最後に昨日のサハージャ戦についてフリードが凛《りん》とした表情で語る。

「――皆の協力があったからこそ、苦しい局面をくぐり抜けることができた。今回、サハージャ戦勝利の要因となったのは確かに私の魔法剣かもしれないが、それを放つことができたのは、私たちが行くまで耐えてくれたセグンダ騎士団のお陰であり、戦場で私の指示に従ってくれた皆の功績だ。この勝利は私ひとりだけのものではない。皆がそれぞれに努力してくれたからこそ、私たちは今、ここに立っている」

「……フリード、格好良い」

力強く演説するフリードに見惚《みと》れる。

軍服姿ではなく普通の夜会服ではあるが、私の目には夫がとても眩《まぶ》しく映っていた。

頭の上に戻ったアルが、激しく同意する。

「本当に、さすがは王様。臣下の心の掴《つか》み方というものが分かっていらっしゃる。ちなみに僕の心はすでにがっつり掴まれていますが」

多分ドヤ顔で言っているのだろうが、最後の一言で笑いそうになってしまった。

「がっつり掴まれてるんだ」

「ええ。でも、王妃様も同じでしょう？」

「ふふっ、そうだね」

全くもってその通りなので頷《うなず》いておく。

フリードの演説が終わったあとは論功行賞が行われ、それぞれに褒美が与えられた。

全ての予定を終え、ダンスの時間となる。

まずは国王が王妃を連れ、ダンスホールの中央へ進み出た。

「珍しい。お義母様《かあ》、踊られるんだ……」

義母は出席が必要な場には出ても、ダンスまで披露することは殆《ほとん》どないので驚いた。

宮廷楽団が音楽を奏でる。それに合わせて義母は優雅にステップを踏んだ。

義母はエメラルドグリーンのドレスを着ていたのだが、光の反射でとても美しく見える。

「お義母様、楽しそう……」

ダンスを踊っている義母は微かにではあるが笑っていた。他人行儀なものではない。自然に零《こぼ》れ出たものだ。それに気づいた国王が、こちらも嬉しそうに微笑《ほほえ》む。

ふたりの柔らかな雰囲気につられ、見ているこちらも優しい気持ちになっていく。

——やっぱり、あのふたりに何かあったのかなあ。

昨日、義母と餃子《ギョウザ》を食べた時はまだあんな風ではなかった、と思う。多分。

ということは、私が戻ってからフリードを迎えに行くまでの間に何かが起こったと考えるのが妥当なのだけれど……え、本当に何が起こったのだろう。誰《だれ》か今すぐ私に説明して欲しい。

今までとは違う穏やかな空気感がどうにも気になる。ふたりを凝視していると、あっという間にダンスが終わってしまった。

こうなれば義母に直接話を聞こう。そう思っていると、フリードにトントンと肩を叩《たた》かれた。

「リディ」

「え、何?」

「何、じゃないよ。次は私たちの番。もしかして忘れてる?」

「あ……」

義母たちのことが気になりすぎて、すっかり自分のことを忘れていた。

しまったと目を見開く私を見て、フリードが眉《まゆ》を寄せる。

「リディ？」

「ご、ごめんなさい。ちょっとその……考え事をしていて」

「どうせ母上のことでも考えていたんでしょう。ずっと凝視しているから何事かと思えば……」

「あ、あはは……」

否定できないので笑って誤魔化《ごまか》すしかない。フリードが呆《あき》れたような顔をした。

「本当にリディは母上のことが好きだね。母上のこととなると、すぐに野次馬根性が顔を出すんだから」

「……面目ない」

「母上ではなく私を見てよ。リディの夫は私でしょう？」

「うん。……ごめんね」

拗《す》ねた口調で文句を言われ、謝った。

上目遣いで様子を窺《うかが》う。フリードは息を吐くと、仕方ないと言いたげな顔をした。

「いいよ、もう。それで？　夫のことをすっかり忘れていた奥さんは、私とダンスを踊ってくれるのかな？」

言葉と共に手を差し出される。私は己の手を重ねながら笑った。

「もちろん！」

「良い返事。じゃ、行こうか」

フリードのエスコートで、ダンスフロアに進む。アルが頭上から退いてくれた。ダンスに己が邪魔だという認識はあるらしい。

重さをほぼ感じないので実際は邪魔というほどでもないのだけれど、さすがにミニドラゴンを頭に載せたまま踊るのもどうかと思うので助かった。

音楽に合わせてダンスを踊る。

フリードのステップは的確で迷いがなく、非常に踊りやすい。

体幹がしっかりしているので、見栄《みば》えも良く、皆が彼に見惚れているのが分かる。

密着したタイミングでフリードが囁《ささや》いた。

「リディ、綺麗《きれい》だよ。まるで花の妖精が可憐《かれん》に舞っているようだ」

声に熱が籠もっている。本気で言ってくれているのが伝わってきた。

しかし妖精とは。

クリーム色のドレスを着ているから、そんな風に感じるのかもしれない。

擽ったい気持ちになりながらも口を開く。

「ありがとう。でも、フリードの方こそ皆が注目してるよ」

「リディのパートナーを務めるのなら、これくらいはできないと恥ずかしいからね。いつだってリディに一番相応《ふさわ》しい男でありたいから」

「っ……！」

優しく微笑むフリードに、踊っている最中だというのにうっかりときめいてしまった。

一瞬、バランスを崩しかけるも、慌てて立て直す。

「……フリードのばか。危うく足を踏むところだったじゃない」

「リディなら踏んでくれても構わないよ？」

「そんな格好悪いことしたくないし」

パートナーの足を踏むなんて、初心者レベルのミスだ。ムッと頬《ほお》を膨らませると、フリードは楽しげに笑った。

「ふふっ、顔が赤いよ」

「……フリードのせいだもん」

「うん、そうだね。私のせいだ。でも、こんな私のことがリディは好きなんだよね？」

ひとつの答えしか期待していないのが丸わかりの質問に、私はますます顔を赤らめさせた。

それでも求められた答えを口にする。

「……うん。大好き」

「ありがとう。私もリディを愛してるよ」

向けられた視線がひどく甘い。腰を抱く力が強くなった気がした。

曲が終わる。何とかミスすることなく一曲を踊り切り、ホッとした。

割れんばかりの拍手をもらい、笑顔でダンスフロアから下がる。

アルがふよふよと飛んできた。その手にプラカードを握っている。プラカードには『指さしして』と書かれてあった。

まさにファンサを求めるオタクだなと思いながらも、とりあえず彼に向かって、指を鉄砲の形にし、バン、と撃ってみせる。アルは分かりやすく仰《の》け反《ぞ》った。

「あああ！　ファンサいただきました!!　ありがとうございます!!」

「……どういたしまして」

オタクっぽい返しに苦笑した。徹底しているなあと思ったのだ。

フリードがムッとする。

「何、今の」

「え、アルが『指さして』って書いた立て札を持っていたから、まあ良いかなって。フリードもやってあげたら？　喜ぶと思うよ」

それをやられたら、私もアルと一緒に倒れそうだけど。

そんなことを思いながら言うと、フリードは複雑そうな顔をして「やめとくよ」と答えた。

なんだ。ファンサはくれないのか。残念だ。

アルも私と同意見のようで「えー、王様からのファンサも欲しいです～。下さい～」と強請《ねだ》っていた。

「どうしてお前を喜ばせてやらなければならない」

「絶対に王妃様も喜ぶのに～」

私の心情を言い当てられ、ドキッとした。意味もなく咳払《せきばら》いをし、話を変える。

「え、えっと、アル、今までどこにいたの？」

踊っている間、姿を見なかったなと思ったのだ。アルなら私たちの周りをキャアキャア言いながら飛んでいるくらいは普通にやらかしそうだと思ったのだけれど、見あたらなかった。

私の質問に、アルは目をキラキラさせながら答えた。

「特等席です！　推しのダンスを見逃すわけにはいきませんからね！　おふたりの姿、しかとこの目に焼き付けました！　とっても素敵でした〜」

「特等席って？」

「少し上から見てたんです。いやあ、眼福でした。大広間が黄金色に輝き、その煌《きら》めきの中でおふたりが踊る。おふたりが軽やかにステップを踏むたび、冗談抜きにこの胸は高鳴り、毎秒ごとに深い感動に包まれ、この時代に再び目覚められたことを感謝しました。一曲で終わってしまったのが勿体《もったい》ない……！　ぜひ、何曲でも踊っていただきたかった……！」

熱く語るアル。なるほど、姿が見えないと思ったら、上から見ていたのか。

「はいはい」と適当に返事をしながら、アルを連れて移動する。

これ以上私たちがダンスフロアにいるのは、かえって皆に気を遣わせることになるからだ。王族が踊り終われば、あとはフリーになり、誰でもダンスを楽しめる。

邪魔をする気はないので、外の景色がよく見える、少し離れた場所に移った。

「はい、リディ。レモン水だよ」

「ありがとう」

少し疲れたなと思っていると、フリードが飲み物の入ったグラスを差し出してきた。

アルと話している間に、もらってきてくれたらしい。

ありがたく受け取り、喉を潤す。

こういう場所ではアルコールが基本なのだが、私のように酒精が苦手な者もいるので、ノンアルコール飲料も用意されているのだ。

「美味《おい》しい……」

レモン水は冷たく、すっきりと喉を潤していった。フリードもグラスを持っていたが、その色は赤い。おそらくワインが入っているのだろう。

「これ、どこから持ってきたの？」

「うん？　あそこだよ」

フリードが見ている方に目を向ける。

大広間の端に白いテーブルクロスの掛かった長いテーブルが置かれている。その上には料理の載った大皿がたくさん並べられていた。

メインとなる料理はもちろんのこと、前菜やデザート、そして飲み物なども揃《そろ》っていて、本格的なラインナップだ。

側には料理人や侍従たちがいて、忙しそうに働いていた。

「あそこで飲み物をもらってきたんだよ」

「そっか。立食パーティーだもんね」

あとで私も何かもらってこよう。

始まった時間が時間なので、今夜は夕食の用意がないのだ。頼めば終わったあとに部屋に軽食を持ってくるくらいはしてくれるだろうけど、そこまでわがままを言うつもりもなかった。

「アルも何か食べる？」

頭の上に戻ったアルに尋ねる。精霊でもものを食べるくらいはするのかなと思ったからだ。

「ご心配なく。僕は精霊なので食べなくても特に問題はありません」

「ふうん。食べられないってわけではないの？」

「はい。ただ、必要はありませんので」

「それなら今度、私の作ったお菓子をあげるね。せっかくだから食べて欲しいな」

必要はなくても食べられるのなら楽しんで欲しい。そう思い告げると、アルは何故《なぜ》かギョッと目を見開いた。

「えっ、王妃様の作ったお菓子ですか!?」

「うん。私、料理が趣味だから」

「趣味!?」

アルがダラダラと冷や汗を流し始める。どうしてそんな反応なのだろうと思っているとフリードが言った。

「アル。リディの菓子は絶品だぞ？　どうしてそのような顔をする」

「えっ……そうなのですか？」

意外という顔で見られ、首を傾《かし》げた。

アルがふるふると震えながら言う。

「その……以前の王妃様はどちらかと言うと、料理をして何故か毒物を生成してしまうタイプでしたので。申し訳ありません。恐怖が先に来てしまったというかなんというか」

「えっ……」

前々世の私の闇《やみ》を唐突に明かされ、絶句した。

昔の私……料理ができないタイプだったのか。

もしかして、前世今世と私が料理好きなのは、前々世であまりにも料理ができなかった反動だったりして……なんて思ってしまった。

「毒物……」

「ええ、下手《へた》の横好きと申し上げましょうか。なので、誤解してしまいました。今世の王妃様は『本当に』料理がお得意なんですよね？」

おずおずと聞いてきたが『本当に』のところにすごく力が入っていた。フリードが頷く。

「ああ、次から次へとオリジナルレシピを発表し、南の町ではいくつも自分の店を持っている。城の厨房《ちゅうぼう》でも師匠と崇《あが》められているぞ」

「なんと……！」

アルが感動したという顔をする。

「あのメシマズの極みだった王妃様がここまで……うう、僕、感動です。ぜひ、ぜひ、王妃様の作品をいただきたく存じます！」

「う、うん。頑張って作るね……」

前々世の私はよほどアルに負担を掛けていたようだ。

覚えていない昔の自分の話だけれど、なんだかとても申し訳なくなってしまったので、気合いを入れてお菓子作りをしようと決めた。

「ちゃんと美味しいはずだから」

「はい！　楽しみにしています」

ブンブンと尻尾を振って喜びを表すアル。その表情は安堵《あんど》に満ちている。

「……昔の私って、料理できないタイプだったんだね」

喜ぶアルを見ながら呟《つぶや》くと、フリードが反応した。

「うん。意外すぎてびっくりした」

「自分でも驚いたよ。アルの反応を見る限り、嘘《うそ》とも思えないし」

こそこそとフリードと話す。アルは私たちの周りをぴょんぴょんと跳びはねるように飛んでいた。

そこに声が掛けられる。

「殿下、ご正妃様」

近づいてきたのは、初老の男性だ。彼の顔を見て、私は己の記憶を引き出した。

確か名前は、クラート・フォン・シャルム。

辺境伯の称号を持ち、北の国境線を守る番人としても知られている人物だ。

今回のタリム戦でもフリードと共に前線に立ち、獅子《しし》奮迅《ふんじん》の働きをしたとか。

なるほど。共に戦ったフリードに挨拶《あいさつ》に来たのだろう。

私はさっと笑顔を作った。珍しくもフリードが弾んだ声でシャルム辺境伯を呼ぶ。

「クラート！」

「久々に王都まで足を運びましたが、やはりこちらは華やかですな。田舎《いなか》者ですのでどうしても気後れしてしまいます」

そう言いつつもシャルム辺境伯の態度は堂々として、言動もハキハキしている。

フリードがニコニコしながら私に言った。

「リディ。彼はクラート。シャルム辺境伯と言った方が分かりやすいかな。クラート、彼女が私の妃《きさき》だ」

「初めまして、ご正妃様。ご紹介にあずかりました、辺境伯の号をいただいておりますクラートと申します」

快活に挨拶をされ、私も笑顔で返した。

「初めまして。あなたの勇名は王都にいる私にまで届いているわ。今回のタリム戦でも活躍したと聞いているし。フリードを支えてくれてありがとう」

「ご正妃様に知っていただけているとは光栄の至り。あなた様こそ此度《こたび》の戦では、大いにご活躍なさったとのこと。殿下からお話を聞き、一度お会いしたいと思っておりました」

「フリードから？」

夫を見る。彼は頷き、私に言った。

「この間一緒に戦った時に、リディの話をしたんだ。ちょうど父上から書簡が届いたタイミングで、リディが西の砦で活躍したことが書かれてあったし」

「そうなんだ」

「この戦争が終わったら一緒に茶会でもと話していたんだけど」

「それより先にお目通りが叶《かな》いましたな。いや、先ほどからおふたりを拝見させていただいておりましたが、噂《うわさ》以上の溺愛ぶり。今にも蕩《とろ》けてしまいそうなお顔をなさって、甘い甘い。一体どこの誰かと思いましたぞ」

はっはっはと声を上げて笑うクラート。フリードは「そうかな」とよく分かっていないようだ。

「いつも通りだと思うけど。ね、リディ」

「う、うん。そうだね」

フリードが私にくっついて離れないのも、甘々仕様なのも通常運転なので頷く。クラートはますます笑った。

「なるほど、いつも通りですか」

「ああ、私がリディを愛してやまないのは当たり前のことだから」

「いやはや。当てられてしまいましたな。しかしこの方が戦争中の西の砦へ出向き、獣人奴隷を解放なさったとは……真実だと分かっていても信じられません」

クラートがまじまじと私を見つめてくる。信じられないという彼だが、馬鹿《ばか》にする響きは感じられないので、言葉のままなのだろう。

「……私だけではなかったから。皆もいたから平気だったの」

「ほう」

「信頼する人たちが一緒に来てくれてるのよ。居竦《いすく》んでなんていられないわ」

兄もカインも、イーオンやレヴィット、なんならアベルだっていた。

彼らがいたから危険なことでもやれると思ったし、実際に動けたのだと思う。

きっぱりと告げると、クラートは何度も頷いた。

「なるほど。確かに城の奥に閉じ込めておくには勿体ない方ですな」

「……だろう。私は別にそれでも構わないのに」

「殿下の場合は、むしろそうしたい、が正解でしょうに」

「……」

呆れたように言われ、フリードがそっぽを向いた。

相変わらず彼は私を城の奥に閉じ込めておきたいらしい。いや、知っているけど。

私としては自由にさせてもらえている現状が有り難いので、このままでいて欲しいところだ。

付近を飛んでいたアルが私の頭の上に戻ってくる。彼を見て、クラートが目を丸くした。

「おお、その方が先ほど陛下から紹介のあった精霊ですか」

「ええ、そうなの」

「……いやはや、長生きはするものですな。まさか精霊を目にできる日が来るとは思いませんでしたぞ」

感心したように告げるクラート。

この世界には神や精霊といった存在は認められているが、なかなかお目にかかれるものではないというのが通説なのだ。

『いる』ことは知られていても、実際に見た者は殆どいない。

日常的に魔法や魔術に触れていてもそうなのだから、どれだけ彼らが稀少《きしょう》な存在なのかが窺い知れるというものだ。

アルはクラートには反応せず、私の頭の上で落ち着いている。

代わりにフリードが口を開いた。

「私も精霊を見たのはアルが初めてだ。存在するとは知っていたが、まさかこのような見目とは思わず驚いた」

「本当ですな。しかし、その方が殿下を助けて下さったのは事実なのでしょう？」

「ああ」

フリードが頷く。クラートは尊敬の目をアルに向けた。

「さすがはヴィルヘルム王家を守り続けてきた剣の精霊ですな」

「まあ、当然かな」

どうやら褒められるのは嬉しいようで、アルがクラートの言葉に反応した。

もしかしてアルは直球タイプが好きなのかなと思っていると、別方向から声が掛けられた。

「殿下、ご正妃様。こちらにいらっしゃったのですね」

「あら、あなたたち」

声の主は、西の砦で会ったセグンダ騎士団の団長、リヒト・シュレインだった。

三人、部下を引き連れているが、全員顔を見たことがある騎士ばかり。

セグンダ騎士団の面々も祝勝会に参加しているのは知っていたので、笑顔で応じる。

「サハージャ戦ではお疲れ様。フリードを助けてくれてありがとう」

「いえ、私たちは何も。殿下が魔法剣を放って下さったからこそ勝てたのです」

謙虚に答えるリヒトだが、そんなはずはない。

フリードも言っていた通り、彼が来るまで戦線を維持し、砦を落とされなかったからこそ、勝利を掴むことができたのだ。

「リヒト、それは謙遜が過ぎる」

フリードが窘《たしな》めると、彼は「殿下」と嬉しそうに笑った。

「殿下、昨日はありがとうございました。殿下のお陰でサハージャを撤退させることができました」

「だからそれは私だけの功績ではないと言っているだろう。お前たちの頑張りが勝利に結びついただけのこと。それは正しく誇るべきだ」

「私もそう思いますぞ」

クラートも話に加わった。

どうやら北を守る辺境伯と西の砦を任される騎士団長は知り合い同士らしく、かなり気安い態度だ。

三人が楽しげに話し始めたので、私はリヒトの連れてきた騎士たちに声を掛けた。

「あなたたち」

「ご正妃様……！」

「あなたたちもご苦労様。頑張ってくれてありがとう」

「いえ、団長のおっしゃった通り、私たちは何も」

「そんなわけないわ。ギリギリのところであなたたちが耐えていたのは、この目で見たから知っているもの」

「……ご正妃様」

ひとりの騎士が、うるっと目を潤ませる。深々と頭を下げた。

「本当に、あの時は来て下さってありがとうございました。正直、ご正妃様たちがいらして下さらなかったら、殿下が来るまで持ち堪《こた》えられなかったと思います」

「……良いのよ。ヴィルヘルムのために動くのは王族として当然のことだもの。それにお兄様たちも一緒だったし」

「そうでした。アレクセイ様はどちらに？　アレクセイ様にも改めてお礼を申し上げたいと思っているのですが」

「お兄様？　……ええと、ああ、向こうにいるわね」

場内を見渡し、兄を探した。銀色の頭はこういう時、とても探しやすい。

離れた場所で兄がグレンやウィルたちといるのを見つけて居場所を教えると、騎士たちは「ありがとうございます」と破顔した。

「早速、行って参ります」

「行ってらっしゃい」

私たちに頭を下げ、騎士たちが離れていく。フリードと話をしていたリヒトも彼に断り、兄がいるところへ向かった。

リヒトたちに声を掛けられた兄が困惑しているのが見える。

「ふふ……兄さん、困ってる困ってる」

クスクス笑っていると、フリードもそちらを見た。

「アレクも特別なことをしたつもりはないだろうからね。そういうところ、アレクとリディは似ているなって思うよ」

「そうかな」

「うん。兄妹なんだなって改めて思う」

「殿下方、私も失礼いたしますぞ」

フリードと話していると、残っていたクラートが言った。

「おふたりにご挨拶もできましたしな。次は陛下のところへ行こうかと」

「そうか」

「はい。失礼いたします」

しっかりと頭を下げ、クラートが国王のところへ向かう。兄に挨拶を終えたリヒトたちが彼に合流した。一緒に国王のところへ赴くらしい。それを見送っていると、フリードが言った。

「リディ、アレクたちのところへ行こうか」

「うん、そうだね」

兄たちを見る。三人は楽しげに談笑していた。

フリードと一緒に兄のところへ行く。向かっている途中で私たちに気づいたのか、兄が片手を上げた。

「よ」

「兄さん、お疲れ」

笑って応《こた》え、グレンやウィルにも目を向ける。

「ふたりもお疲れ様。この一週間ほど大変だったでしょう」

ウィルはフリードと一緒に戦争に行っていたし、グレンは近衛騎士団の団長として、王都の警備についていた。

ウィルが首を横に振る。

「いや、恥ずかしい話だが僕たち魔術師団はあまり役には立てなくて。情けない限りだ。落ち着いたら団員たちと特訓をしようと思っている」

「そうなの？」

天才魔術師と呼ばれるウィルが役に立たないなんてと思ったが、フリードからギルティアの参戦で、魔法や魔術が効かなかった話を思い出した。

「でも、それは仕方なかったんじゃないの？」

「リディの言う通りだよ」

フリードも言い添える。だが、ウィルは頑《かたく》なに否定した。

「いえ、僕たち魔術師団がお役に立てなかったのは事実です。この雪辱は必ず果たします。次の戦では生まれ変わった魔術師団をお目に掛けますので」

「……そうか。期待している」

いくら言ってもウィルは納得しないと気づいたのだろう。フリードはウィルの言葉を受け入れた。

兄が面倒そうに言う。

「ウィルは真面目《まじめ》だからなあ。あ、真面目と言えば、さっきわざわざ西の砦の面子《メンツ》が挨拶に来たんだけど」

「私たちの方にも来たよ。兄さんのこと探していたから教えてあげたの」

「犯人はお前か」

「言い方」

犯人とは酷《ひど》い。

ムッとすると兄は「だってさ」とため息を吐《つ》きながら言った。

「獣人奴隷を奪取した話はなあ、別に俺の功績ってわけじゃないし。どっちかというとお前だろ」

「え、違うよ」

私は中和魔法を使っただけで、それ以外では何もしていない。

「功績って言うなら皆でしょ。アベルやカイン、レヴィットにイーオンも入れてあげないと不公平だと思う」

「確かにそうだよな」

「だから私だけ、みたいに言われると、素直に頷けない」

「分かる。個別に礼を言われても困るんだよなあ」

「ねー」

兄とふたり、頷き合う。それを見ていたグレンがクスクスと笑った。

「相変わらずあなたたちは、似たもの兄妹ですね」

「私もそう思う」

フリードが会話に入ってくる。そうしてハッとしたようにグレンに言った。

「そういえば聞いたぞ。いよいよヘレーネ殿と結婚式を挙げるんだって？」

「え、そうなの!?」

寝耳に水の話に、勢いよく食いついた。

グレンが長年の初恋の人であるヘレーネと婚約したのは、私がフリードと結婚する直前の話だ。

ヘレーネは元々国王の愛妾《あいしょう》だったのだが、その実態は肉体関係のない形だけのもの。

義母と関係を築き直すことを決意した国王は、それを機にヘレーネを愛妾から解任し、彼女は晴れて本当の想い人であるグレンからの求婚を受け入れた……という経緯がある。

あのゴタゴタから約半年ほど。

ついに彼らが結婚する時が来たのだと聞き、目を輝かせた。

「おめでとう！　うわー、結婚式か。きっとヘレーネ綺麗だろうね。楽しみ！」

ニコニコしながら言うと、グレンも嬉しそうな顔をした。

「ありがとうございます。なかなかタイミングが合わなかったのですが、そろそろ良いだろうということになりまして、この度式を挙げさせていただくことになりました」

「うんうん、良かった。グレンは伯爵位をもらうんだっけ？」

グレンは公爵家の第二子で、彼自身子爵位を持っているのだが、今回の結婚にあたり、新たな爵位をもらい受けることとなったのだ。

「はい。陛下から祝いにと。フリードも口添えして下さったと聞いています。ありがとうございます」

「それくらいしかしてやれないからな」

フリードも友人の結婚を心から喜んでいるようで、表情が柔らかい。

「改めておめでとう、グレン。私たちは式には出席できないが、心からお前の結婚を祝っている」

「ありがとうございます」

グレンが頭を下げる。

とても残念なことなのだが、フリードの言う通り、私たちは式には参列できないのだ。

何故なら私たちが王族だから。王族は臣下の結婚式には出ないものなのである。

あと、警備とか他《ほか》にも色々と問題がある。

特例で許可が出る場合もあるらしいのだけれど……多分、今回は無理だろうな。兄が結婚するとかなら、許可も下りるような気がするけど。

普段はあまり気にならないが、こういう時、身分社会を恨めしく思う。

「うう……ヘレーネのウェディングドレス姿、見たかったなあ」

「申し訳ありません。ですが、リディたちが私たちを祝って下さっていることはよく分かっていますので」

「うん……」

グレンに慰められ、頷いた。とりあえず、後日結婚祝いの品は贈らせてもらおう。

兄がグレンの肩を抱き、これ見よがしに言う。

「俺は出席するからな。羨《うらや》ましいだろ」

「くっ……羨ましくないとは嘘でも言えない……」

実際羨ましいので兄を睨《にら》む。兄は笑いながら言った。

「でも、フリードの次はグレンが行ったかー。あとは俺とウィルだな……」

「兄さん、結婚相手いるの？」

「いや？　今のとこ、いねえな」

「だよね」

兄の忙しさを知っているので、普通に納得である。これで恋人がいると言われたら、どこにそんな暇があったのかと問い詰めるところだ。

「じゃあ、次はウィルかなあ。……って、アレ？」

言いながらウィルを見ると、彼は目をキラキラさせながら私の頭の上を凝視していて、それどころではなさそうだった。

「……ウィル？」

「精霊をこんな間近で見られるとは思わなかった。実に素晴らしい」

「……」

グレンの結婚話になってから、何の反応もないと思ったら、どうやらウィルはアルに夢中になっていたようだ。

ウィルは元々研究者気質で、興味のあるものは突き詰めたい性格。

暇さえあれば珍しい魔具を買い集め、分厚い魔術書を読み漁《あさ》っているのはよく知っている。

そんな彼にとって、アルはどうしようもなく知識欲を掻《か》き立てる存在なのだろう。

ウィルは私たちそっちのけで、アルを一心不乱に見つめていた。

「初めて見た時は、ドラゴンの一種かと思ったが、こんな形をした精霊もいるんだな……。いや、神剣に宿る精霊というくらいだから特殊なのか。なんにせよ興味が尽きない……」

「……王妃様。こいつ、気持ち悪いんですけど」

アルがとても嫌そうな声で言う。

ものすごく申し訳ない気持ちになった。

何せ、ウィルは幼馴染みかつもうひとりの兄とも思っている人なのだ。私がやらかしたような気分になってしまう。

「ご、ごめんね、アル。ウィルはこういう人で……その、悪気はないから」

「君のような存在は他にもいるのか？　それとも他の精霊はもっと違ったりするのか？　食事は？　排泄《はいせつ》は可能なのか？　ああそうだ。これも聞かなければ。精霊には寿命という概念はあるのか？　どれも学術書には書いていなくて。是非、教えて欲しい」

「……王妃様」

がしっと頭にしがみつかれた。どうやらよほどウィルのことが怖いらしい。

まあそうだろうなと思う。

何せウィルの目は血走っており、とてもではないが通常の状態のようには見えなかったから。

「ウィ、ウィル、お願いだから落ち着いて」

「これが落ち着いていられるか！　精霊だぞ、リディ！　『いる』とされつつも、今まで見たことがなかった精霊。それが今、僕の目の前にいる。興奮するなという方が無理というものだろう!!」

「……わあ」

立て板に水の如く語るウィルにドン引きした。

こんなにウィルが喋《しゃべ》るところなんて初めて見たかもしれない。

助けを求めるようにフリードたちを見る。

兄は「うわあ」という顔を隠しもしなかったし、グレンは「兄上はやっぱり兄上ですね」なんてわけの分からないことを言っている。

なんて役に立たない男共だ。こうなれば、頼りになるのは夫しかいない。

「フリード……」

一縷《いちる》の望みを託して彼に視線を送ったが、フリードは黙って首を横に振った。

こうなったウィルは止まらないと言いたいのだろう。幼馴染みなのだ。それくらいは知っている。というか、知っているからこそ助けて欲しかったのだけれど。

「リディ！　精霊に触れてみても構わないか！」

テンションがマックスになったウィルが鼻息も荒く手を伸ばす。

さすがにこの状態のウィルに渡せない。断ろうとしたが、それより先にアルが「お触りはお断りです!!」と、まるで痴漢に遭ったかのような金切り声を上げた。

◇◇◇

「うっうっ……王妃様。怖かったです……」

「う、うん。大変だったね」

シクシクと頭の上で泣き真似をするアルを慰める。

あれからなんとかフリードがウィルを止めてくれたのだけれど、研究者魂に火の付いたウィルはどうしたってアルが気になるらしく、ずっと熱い視線を彼に送り続けてきた。

粘着な視線は幼馴染みから見ても怖かったし、フリードもこれ以上ウィルが暴走する様を見たくなかったのだろう。

「あちらにオフィリア王女がいらっしゃる。少し話してくるといいよ」

そう言って、私をあの場所から解放してくれたのだ。

そうして這《ほ》う這《ほ》うの体《てい》で私はアルと共に逃げ出してきたのだけれど、ウィルの新たな一面には改めて驚かされた。

研究者気質なのは知っていたし、わりとオタクであることも分かっていたが、興味のある対象に対しては、あんな風に暴走するなんて知らなかった。

「アル、ごめんね。私の幼馴染みが怖がらせて……」

「あの男、嫌いです。僕のこと、実験動物か何かを見るような目で見てきて」

「う、うん……」

「なんか解剖されかねない雰囲気を感じました」

「……怖かったね」

否定したいところだが、全くウィルを庇えなかった。だって私にもアルが言う風に見えたから。

ウィルには悪いけど、アルに近づかせないようにしよう。

本人が嫌がっているのだ。

精霊という存在が気になるウィルには申し訳ないが、本人の意思が一番大事だと思うから。

「アルが嫌なら、ウィルには会わせないようにするから」

もう一度謝る。しかし恐るべきはウィルだ。

千年生きる精霊を怖がらせるとか、あのパワーは一体どこからくるのだろう。

よしよしとアルを慰めながら、レイドのところへ向かう。

レイドは軽食を食べていたようだが、私に気づくと、フォークを置いた。

いつも通りの男装姿だが、相変わらずとても様になっている。彼女の側には護衛であるエドワードと彼女付きの女官であるレナが立っていた。

「やあ、リディ。お疲れ様」

「レイド、ごめんね。なかなか話すこともできなくて」

戦争が始まってから、殆ど彼女と話せていなかったことを思い出して謝ると、彼女は首を横に振った。

「謝らないでくれ。戦時中に他国の王女に構っている場合ではないことは私にだって分かっている。君は王太子妃として為すべきことをしていたのだろう。噂は聞いている。友人として誇らしい限りだ」

「ありがとう」

そんな風に言ってもらえるととても嬉しい。

彼女の隣に行く。持っていたお皿に目を向けた。

「何を食べていたの？」

「ポテトとベーコンとキノコのキッシュだ。菓子類も良いんだが、食事系が欲しくて」

「その時の気分で食べたいものって変わるよね。分かる。私も何か食べようかな」

人が食べているのを見ると、つられてお腹《なか》が減るのである。

私は近くにいた侍従に頼み、オードブルをいくつか取り分けてもらった。

「うん、美味しい」

生ハムとチーズの載ったローストビーフに舌鼓を打つ。レイドも食事を再開させた。

小腹が満たされたところで改めて話をする。

やはりと言おうか、レイドもアルが気になるようだった。

「ヴィルヘルムはすごいな……。まさか精霊を直に見ることができるとは思わなかったぞ」

「ヴィルヘルムはというか、アルが特殊なだけだから。フリードが持つ神剣に宿る精霊なの」

そう言うと、アルが頭上から飛び立ち「その通りです！　僕は唯一無二の存在ですから！」と胸を張った。

どうやら離れたことで、ウィル恐怖症は治まったらしい。元気になったのなら良かった。

レイドが頷く。

「神剣というと、フリードリヒ殿下が肌身離さずお持ちになっている剣だな。普通に国宝クラスのお宝じゃないか。見事な造りだとは思っていたが、まさかそんな逸話を持っていたとは」

「宝物庫に入っていないのがおかしいくらいだよね。でも完全に日常使いにしてるよ」

むしろフリードが神剣以外の剣を持っているところを見たことがない。

そう言うとレイドは目を丸くした。

「ほう……。しかし今も実用に耐えうるというのはすごいな。千年前のものなのだろう？」

「うん、普通の剣ではあり得ない話だよね」
二、三人斬ると剣が駄目になるというのはよく知られた話だ。
あと、普通に千年も耐えられないと思う。

「それはもう、特別仕様ですから！　僕がいて、剣を錆《さ》びさせたりなどさせませんよ！」

我慢できなくなったのか、アルが私の頭から下りてきた。

「そんじょそこらの剣と一緒にしないでもらいたいですね！　僕と王様がいる限り、神剣は永遠に不

滅です っ!　いつだって最高の切れ味をお約束しますよ!!」

空中でくるりとターンを決め、アルがキリッと告げる。

思わず、レイドを見た。

「……らしいよ」

「……そうか。リディのところの精霊は元気だな」

「うん。すごく個性的」

「それは見れば分かる」

「でも、可愛《かわい》いんだよね～」

おいでと手招きする。アルはふよふよとこちらにやってきた。抱っこする。

私の腕の中で落ち着いたアルを見て、レイドが心配そうに言った。

「……リディ、余計な世話かもしれないが、少し距離が近くないか？　フリードリヒ殿下がお許しになるとは思えないのだが」

「あ、平気。ちゃんと許可はもらってる」

「そうか。それはよかった」

またまたフリードの心の狭さが関係者全員に知れ渡っている件について。

もはやここまで来ると一周回って面白い気がしてきた。

それはそうと、彼女に改めてお礼を言わなければならないことを思い出した。

「ありがとう、レイド。ヘンドリック殿下に口添えしてくれて。お陰で、南からサハージャが来る事態を防げたよ。本当に感謝してる」

すでに軍は退いてもらっているが、イルヴァーンが出てくれたお陰で南を気にせずに済んだことは本当に助かったのだ。

「国から正式なお礼がいくとは思うけど、私も感謝してるから」

「そうか。役に立てたのなら良かった」

ホッとしたようにレイドが笑う。

あとは、日常の四方山《よもやま》話となった。レナとも久しぶりに話して楽しい気分になった私は、軽い気持ちでレイドに聞いた。

「ね、レイド。会えていない間って何をしていたの？　何か特筆するようなことはあった？」

私たちの邪魔をしないようにと部屋に引き籠もっていたことは知っている。もしかして新作でも書いていたのだろうか。だとしたら発売が楽しみだ。

ワクワクした気持ちで彼女に尋ねる。だが、彼女はウロウロと視線をさまよわせ始めた。

「……あー」

「レイド？」

「いや、まあ、普通に執筆したりレナとお茶をしたりしていたんだが……うん、まあ、近いうちに君にも報告が行くだろうし言っておくか。実はな、昨日、サハージャの暗殺者がこちらに来たんだ」

「えっ……」

予想外の話に目を見張った。レイドがボソボソと言う。

「レナと一緒にいる時だったのだけどな。油断しているつもりはなかったんだが、襲われてしまった」

「そ、それ大丈夫だったの!?」

下手をすれば国際問題まっしぐらの重大案件ではないか。

ギョッとしつつも彼女に聞くと、レイドは笑って頷いた。

「大丈夫だ。傷ひとつないからな。その……アベルに助けてもらったんだ」

「アベルに？」

意外な名前を聞き、驚いた。

レイドはほんのりと頬を染め、嬉しそうにしている。

「一応、エドに警戒させていたんだがな。こいつはまんまと敵にやられてしまって。私も対抗したんだが、力が及ばなかったんだ」

「……」

「もう駄目かと思ったところで、アベルが助けてくれたんだ。あれは嬉しかったなぁ」

良い思い出を語るように言うレイドだが、ものすごく間一髪だったことを知った私は顔を青ざめさせた。

「危なかったんじゃない……」

「終わりよければすべてよし。結果として私もレナも傷ひとつ負わなかったんだ。構わないだろう」

「そういう問題？」

それで済むとは思わなかったが、彼女は平然と笑っていた。

「でも、アベルが助けてくれたんだね」

「ああ、すごく格好良かったぞ。惚れ直した」

レイドにとっては想い人に助けられたことの方が重要らしい。

「アベルには危ないところを助けてもらってばかりだ。すごく感謝しているし、私にできることがあれば返していきたいが……それよりな、リディに相談があって」

「相談？　何？」

こてんと首を傾げる。レイドは打って変わって真剣な顔になった。

「……ヴィルヘルムの兵を借りたい。今回のことで、思い知ったんだ。そもそもエドひとりで何とかなると考えたのが間違いだったんだって。二度とこんな失態を犯したくないし、同じ間違いを繰り返すつもりもない。だから、護衛としてヴィルヘルムの兵を貸して欲しい」

「レイド……」

基本、自分の力だけで何とかすると言うことの多い彼女が、こちらを頼ってくれたのが嬉しい。

ヴィルヘルムのことを信頼してくれているのだと思うと、涙腺が緩みそうになった。

「う、うん、分かった。フリードに伝えておくね」

「ありがとう、助かる。それとできれば鍛えたいのだが、誰か師を紹介してもらえないか」

「鍛える？　どういう意味？」

「今の私では暗殺者に対抗できるとはとてもではないが言えない。だから、少しでも強くなりたいんだ。いざという時に対抗できる手段を持ちたい。可能なら、素手で戦えると良いんだが……」

「……素手」

レイドの言っていることは間違っていないしよく分かるが、彼女は自分が女性だということを忘れてはいないだろうか。

きちんと警護の兵を置くようにすれば十分だと思うけど……いや、彼女は足りないと思っているのだ。それを否定するような真似をしてはいけない。

「わ、分かった。それもフリードに聞いておくね」

「ああ、頼む。私には君みたいに最強の旦那様がいるわけではないからな。できる努力はなんでもしておかないと」

「……うん。そうだね」

危機意識は常に持っておくべきだと言われ、頷いた。

その通りだ。だからこそフリードも、私にアルを付けることを許可したのだから。

何重にも策を講じておくのは間違いではない。

「私もなんかやろうかな……」

レイドに触発され告げると、腕の中でうとうとしていたアルが言った。

「王妃様は大丈夫ですよ。僕がお守りしますから」

「でも」

「もちろん王妃様がしたいとおっしゃるのなら止めはしませんが、王妃様、運動は得意な方です？以前の王妃様は運動と名の付くものは全部駄目で、戦いなんてもっての外だったんですけど」

「……運動能力に問題はないと思うよ。うん」

走ったり跳ねたりするのは大丈夫。ただ、確かに『戦う』のだと考えると自信はなかった。だってやったことがないから。言ってはみたもののすでに不安になってきた私にアルが言う。

「料理の件がありますから全く同じとは思っていませんが、自信がないのならやめておいた方が無難では？」

「……え、えっと」

「リ、リディ。人には得手《えて》不得手というものがある。君にはその精霊が付いているのだから無理に鍛える必要はないと思うぞ！」

即答できなかった私を見て、実に分かりやすくレイドがフォローしてくれた。

アルが残念そうな目で私を見上げてくる。

「はあ、なるほど。察しました。やっぱり今世の王妃様も運動は苦手なんですね。今更なんですからつまらない見栄《みえ》をお張りにならなくても良いのに」

「うぐっ……。み、見栄というわけでは。た、ただね、私にやれるのかなって不安になっただけ。それだけなの！」

正直に告げるとアルは真顔で「そういうことなら余計に無理はなさらない方が良いと思います」と改めて首を横に振った。

◇◇◇

「リディ」

「あ、フリード」

友人と話していると、あっという間に時間が過ぎる。

また南の町に遊びに行こうと盛り上がったタイミングで、フリードがやってきた。

ちなみにアルはしれっと私の頭の上に戻っている。

「お喋りはもういいかな？　父上が呼んでいるんだ」

「陛下が？」

国王の呼び出しと聞き、レイドに断りを告げた。国王を待たせるなどしてはいけないことだ。レイドも快く送り出してくれた。急いでフリードのもとへ行く。

「お待たせ。なんの用なんだろう」

「さあ？　私も聞かされていないから」

「ふうん」

フリードと一緒に国王のところへ向かう。祝勝会は宴もたけなわ。

参加者たちが盛り上がっているのを横目に見ながら、玉座が設けられている場所へと歩いていった。

「あ」

父が国王と話しているのが見えた。ふたりはなんだか難しい顔をしていて——と、どうやら私たちに気づいたようだ。

「リディ」

父が私の名前を呼ぶ。

国王も手招きしてくれたのでそちらへ行くと、父は国王に頭を下げた。

「それでは陛下。私はこれで失礼します」

「うむ。例の件、くれぐれも頼んだぞ」

「承知いたしました」

厳しい顔つきで父が頷く。身を翻《ひるがえ》し、会場を出て行った。

それを見送っていると、国王が声を掛けてくる。

「お前たちに折り入って話があるのだ。場所を移動するが構わないか？」

「もちろんです、父上」

フリードが頷く。私はきょろきょろと辺りを見回し、国王に尋ねた。

「あの……お義母様は？」

「ああ、エリザベートなら先ほど下がらせた。彼女はあまりこういう場は得意でないのでな。それに今日は疲れただろうから」

「疲れた？」

「……その話も後でする。私の執務室へ行くぞ」

今ここでする話ではないと暗に言われ、頷く。

国王は皆に、自分たちは下がるが皆は引き続き楽しんで欲しい的なことを告げ、私たちを連れて、会場を出た。

廊下でも国王は喋らない。私たちも無言で付き従った。

執務室に入る。

ソファを勧められ、腰掛けたところでようやく国王は口を開いた。

「わざわざすまないな。今回の件、姫にも来てもらったのは無関係ではないと思うからだ」

「……なんの話ですか？」

全く心当たりがないので、率直に尋ねる。国王は眉を寄せ、重い口を開いた。

「息子から聞いているが、姫はサハージャのマクシミリアン国王に求婚されているのだろう?」

「えっ……」

「今から話すのはマクシミリアン国王のことなのだ」

パッと隣に座ったフリードを見る。彼はあからさまに眉を寄せていた。さっと私を引き寄せる。

「マクシミリアンが何か言ってきましたか」

「いや、そうではない。先ほどサハージャに潜入している者から連絡があったのだが――どうやらマクシミリアン国王は現在行方不明らしい」

「行方不明?」

怪訝《けげん》な顔でフリードが問いかける。国王が頷いたのを見て、彼は言った。

「……つい昨日、私はマクシミリアンが二十騎ほどの兵と共に撤退していくのをこの目で見ましたが」

「その後は? 魔術で追ったか?」

「いいえ。必要ないと判断しました。マクシミリアンを捕らえたところで意味はないと思ったからです」

「そうだな。サハージャの国王は代々好戦的でヴィルヘルムに絶えず戦を仕掛けてくる。今の国王をひとり捕らえたところでその方針が変わるとも思えない」

「はい。そう思いました」

「うむ」

国王が頷く。フリードを見て言った。

「その判断は正しい。私でもそうするだろう。だが、問題はマクシミリアン国王だ。彼はお前に負け、戦線を離脱後、今も杳《よう》として行方が知れない。王都に戻った様子もなく、現在国は混乱状態だとか」

まさかのマクシミリアン国王が行方不明だと聞き、目を見張った。

国王が続ける。

「マクシミリアン国王についてはルーカスに調査を命じた。彼は姫を狙《ねら》っていたのだろう？　もし彼が無事なら、今回の件、意味があってのこと。何らかの方法で姫を奪おうとする可能性だってある。だからふたりには知らせておこうと思ったのだ。戦争は終わったが、未《いま》だ警戒をとける状態ではない、となし」

「そう……ですか。マクシミリアンが……」

フリードが顎《あご》に手を当て、じっと考え込む。

私はと言えば、もしかしてシエアトが関係しているのかなと思っていた。

何せ昨日シエアトは、マクシミリアン国王に質問をすると言っていたから。

彼が信頼できる人なのか、自分が信じるに足る人物であるのか再度確かめたいと、そう言っていた。

その結末が現在の行方不明というのなら、もしかしてマクシミリアン国王はもうこの世にいないのかもしれない。

シエアトを裏切った代償を払わされたのだと考えれば辻褄《つじつま》は合う。

とはいえ、確実な話でもないのにこれ見よがしに告げるのは違う気がするので、ここは黙っておくことにした。国王が重々しく告げる。

「サハージャは何をしてくるのか分からない国だからな。……実は昨日、私たちも襲われたのだ。エリザベートと共にいる時だったのだが、間違いなくサハージャの暗殺者だった」

「えっ……陛下たちがですか？」

「正確にはエリザベートを狙っていたようだがな。腹立たしい限りだ」

「……お義母様を？　……どうして」

先ほど、レイドから暗殺者に襲われたという話を聞いたばかりだということもあり驚いた。

しかも狙われたのは義母だという。

国王を狙うというのなら分かるが、どうして義母をターゲットにしたのか。

疑問が顔に出ていたのだろう。国王は渋い顔をして言った。

「エリザベートが狙われた理由は分からぬ。もしかしたら、夫婦共々亡き者にしようと思われたのやも」

「……マクシミリアンならあり得る話でしょうね」

フリードが吐き捨てるように言う。

「これを機に邪魔だと思っているものを一掃する。あの男が考えそうなことです」

「……お義母様は大丈夫なのですか？」

義母の様子が気になり尋ねた。国王が力強く頷く。

「大丈夫だ。妃には傷ひとつついていない。私が共にいて、そんなこと許すはずがないからな」

「そう、そうですよね」

義母が無傷だと聞き、心底安堵した。

狙われたショックはあるだろうが、とりあえずは無事で良かった。

「お義母様もレイドも怪我《けが》をしなくて良かった……」

「レイド？　オフィリア王女がどうかしたの？」

フリードが聞き咎《とが》める。そういえば、レイドのことをフリードに言っていなかった。

レイドと話したすぐ後にこちらに来たので、話す暇などなかった、が正解なのだけれど、それは言っても仕方ない。

「えっとね。さっきレイドに聞いたの。レイドも昨日、サハージャの暗殺者らしき人物に狙われたって。幸いにもアベルが助けてくれて無事だったんだけど」

国王が口を開く。

「その件については、こちらにも報告が上がっている。幸いにも怪我人などは出なかったが、油断できる状況でないことは確かだろう」

「父上と母上、それにイルヴァーンの王女にも暗殺者が放たれていたのですか。てっきりリディだけが狙われたのだと思っていました」

フリードが驚いたように言う。国王は髭を擦《さす》り、確認するように聞いてきた。

「うむ。確か、姫のところには黒の背教者が来たのだったか」

私が狙われたことは、当然ながら報告されていたようだ。フリードが頷く。

「はい」

「黒の背教者に狙われて、よく無事だったな」

「リディには優秀な護衛がついていますから。彼が追い返してくれました」

ふたりの会話を黙って聞く。

同時にシェアトが、自分以外の暗殺者は来ていないと言っていたことを思い出した。

――シェアト……。

苦い気持ちになる。

また、彼は嘘を吐かれていたのだと気づいたからだ。

おそらく、マクシミリアン国王はわざわざ教える必要はないと判断したのだろうが、信頼を求めているシェアトには悪手だと思う。フリードが真顔で告げる。

「念のため、昨夜カインに見回りを頼みましたが、異状はなかったそうです」

今朝、カインが言っていたのだ。

昨夜、城中の見回りをしたが、怪しい人物はいなかったと。彼が言うのなら間違いない。

国王もカインの正体を知っているので、疑うようなことはしなかった。

「なるほど。つまり忍び込んだ暗殺者は、全員で三人。それぞれ私と妃、姫、イルヴァーンの王女を狙ったということで間違いないか」

「だと思います。とはいえ、マクシミリアンのことですから、すぐにでも次の暗殺者を仕向けてくる可能性はあると思いますが」

「そうだな。警備体制を抜本から見直し、強化するか」

「暗殺者に対し、通常の兵がどこまで通用するかは分かりませんが、何もしないよりは良いかと」

額を突き合わせ、警備体制について話し始める。

兵の配置について私が口出しできるようなことは何もないので大人《おとな》しくしていると、頭の上からアルが声を掛けてきた。

「王妃様、王妃様」

ぺちぺちと額を叩かれる。肉球が当たってこそばゆい。

「なあに？」

返事をすると、アルは頭の上から膝《ひざ》の上に移動した。私の方を向く。

「どうしたの、アル？」

「大丈夫ですからね」

「？　なんの話？」

首を傾げる。アルはキリッとした顔を作り、私に言った。

「王妃様のことは僕がお守りしますから。暗殺者が来たところで、僕の鉄壁の防御は崩せません。崩させるものですか。……だからちゃんとお側に置いて下さいね」

「うん」

アルの言葉に頷く。

どうやらアルは、今後も暗殺者に狙われる可能性のある私を案じてくれたらしい。

不安に思わなくとも大丈夫だとわざわざ言ってくれたのだ。

心配してくれたアルの頭を優しく撫《な》でる。

「ありがとう。心強いよ」

「はい！」

嬉しそうに笑うアルを見ていると優しい気持ちが溢れてくる。

私はそのままアルを撫で続け、二人の話し合いを見守った。

2・彼女と日常

三ヶ国との戦争が終わり、二週間ほどが過ぎた。

この二週間、フリードは毎日のように西の砦《とりで》や北の国境線まで出向き、戦後処理に追われ、とても忙しそうにしていた。

今のところ、サハージャに動きはない。

マクシミリアン国王は相も変わらず行方不明だそうだ。

サハージャとの休戦協定は仮のものが交わされた。今度日を改めて条件も含め、正式に締結されるようだが、国王が行方不明の状況ではいつになるかは分からない。

とはいえ、戦争が終わったのは事実だ。

国民はあっという間に日常へと立ち戻り、いつも通りの日々を過ごし始めている。

それは城の皆もだ。

脅威が去ったのだから、いつまでも警戒はしていられない。

私も、気づけば普段通りの生活へと戻っていた。

◇◇◇

「お茶会がしたい」

「リディ？」

ある朝、仕事に行く準備をしているフリードを見つめながら告げると、彼はキョトンとした顔で私を見た。

「どうしたの、いきなり。お茶会？」

「うん。そういえば、最近マリアンヌたちに会っていないなあって」

「ああ、リディの友人の……確か伯爵家の令嬢だっけ？」

「そう」

カーラに着付けてもらっているフリードをベッドに座りながら見つめる。カーラはフリードのクラヴァットを巻きながら「お茶会もたまにはよろしいのではないでしょうか」と肯定的な意見を述べた。フリードも「そうだな」と頷《うなず》く。

「お茶会が開きたいなら、開けば良いんじゃないかな。リディもたまには友人と会いたいだろうし、私ももうしばらく戦後処理が続きそうだからね」

「本当？」

お許しがもらえ、目を輝かせた。

「ただ、お茶会を開くなら、王族居住区にある部屋を使って。警備の面でもその方が助かるから」

「分かった」

自分が王太子妃という身分であることを考えれば、そのくらいは当然と思える。

「カインとアルも連れていってね。まあ、ふたりがリディから離れるようなことはないから、そこは心配していないけど」

「お任せ下さいっ！」

ポンッと音がして、アルが姿を現した。

長い眠りから目覚め、私の護衛としての地位を勝ち取ったアルは、神剣に宿る精霊ということもあり、剣をねぐらにしている。

つまりどういうことかというと、毎日夜になると、本日のお役目終了とばかりに神剣に戻るのだ。

彼曰《いわ》く、私たちの邪魔をしないようにとの気遣いらしいのだけれど……うん、必要ないとはいえない。

そうして朝になると、また意気揚々と出てきて、私の頭の上に戻るのだ。

今までフリードは、戦いの時は常に神剣を佩《は》いていても、城内では帯剣することはあまりなかった。

その必要がなかったからなのだけれど、今ではほぼ毎日帯剣するようになっている。

アルが日中、私と行動を共にするので、その連絡手段として持つことにしたらしい。

結果、主室と彼の執務室に、今まではなかった剣置きが置かれるようになった。

今は、寝室に持ち込んでいた神剣からアルが出てきたのだけれど、すでに何度かアルの突然の登場を経験しているカーラは驚きもしなかった。

冷静に、フリードの髪型を整えている。

神剣から出てきたアルがパタパタと飛びながら、私の方へとやってくる。

「王妃様、おはようございます！」

「おはよう、アル。今日も元気だね」

「はいっ！　推しのいる生活って最高ですよ。無限に元気が湧《わ》いてきますから」

今日もアルは絶好調だ。

彼が定位置と決めた私の頭上に収まる。そうしてご機嫌に言った。

「王妃様。お茶会を開かれるんですか？　僕、護衛のお仕事頑張りますね」

「そうだな。リディを頼む」

やる気満々のアルに、フリードが言葉を添える。途端、アルは「はわわ」と青い身体《からだ》を赤くした。

「アル？　どうしたの？」

「推しの過剰摂取に身体が震えただけです。ほら、王様って基本僕に対して塩対応じゃないですか。だから、突然のファンサについていけなくて」

「……相変わらずアルはフリードのことが熱狂的に好きだね」

ぷるぷると頭の上で震えるアルに呆《あき》れのため息を吐《つ》く。

神剣の精霊アルはとにかくフリードのことが好きなのだ。フリード自身はわりと冷たい……というかアルの言う通り塩対応が基本なのだけれど、時々信頼を感じさせる台詞《セリフ》を言うので、そのたびにアルは身悶《みもだ》えている。

今みたいに。

もう慣れたので「はいはい」と適当にあしらっていると、用意を終えたフリードが私のところへやってきた。

「じゃあ私は行くけど、お茶会が決まったら日時は教えて」

「分かった」

「せっかくなんだ。楽しい時間になるといいね」

にこりと笑ってフリードが口づけていく。頭の上から聞こえる「推しのチュウ〜！」という悲鳴は私もフリードも無視した。

アルを気にしていては、何もできないと早々に悟ったからだ。

フリードが寝室を出ていく。それを見送りながら私は、さて、誰に招待状を出そうかなと考えていた。

◇◇◇

「いらっしゃい。よく来てくれたわね」

お茶会当日。私は王族居住区にある一室を開放し、友人を招き入れた。

その部屋は一階にあり、奥にある大きな窓を開けると、庭に出られるようになっている。

今日は天気も良かったので最初から窓を開け放ち、外の空気を感じられる仕様にした。

料理長に頼んでアフタヌーンティーを用意してもらったが、私も和菓子で参加している。友人が喜ぶだろうと思ったからだ。

「リディアナ様、お久しぶりです。本日はお招きありがとうございました。先の戦いではリディアナ様もご活躍なさったと聞きました。今日はそのお話も是非お聞かせ下さいませ！」

そう言って笑顔を見せてくれたのは、マリアンヌだ。

結婚したあと何度かお茶会を開いたが、彼女と会うのはその最後の時以来。

そう、アベルがフリードに変装して仮面舞踏会に行っていた、あの事件以来である。

「リディアナ様、お招きありがとうございます」

「お姉様。お会いできるのを楽しみにしていましたわ！」

次いで挨拶《あいさつ》をしてくれたのは、ティリスとシャルだ。

マリアンヌにティリスとシャル。この三人は私が特に親しくしていて、気を遣わなくてもいい面々でもあった。

久しぶりに会えた友人たちと笑顔で話し、茶席に案内する。円テーブルには五席用意されていて、そのうちのひとつにアルが座っていた。

マリアンヌが目聡《めざと》くアルを見つける。

「あら……お席にぬいぐるみが……。リディアナ様のものですか？」

シャルやティリスも不思議そうな顔をしている。どうやら彼女たちはアルのことを知らないようだ。

もしかしたら噂《うわさ》くらいなら聞いているかもしれないが、神剣に宿る精霊が、見た目ぬいぐるみだとは誰《だれ》も思わない。そういうことだ。

「その子はアルよ。私の護衛をしてくれているの。あなたたちも噂くらいは聞いていない？　神剣に宿る精霊が目覚めたって話」

「あっ……」

マリアンヌが驚いたように口元を押さえる。ティリスとシャルも目を丸くした。

やはりアルの話くらいは知っていると言ったところだろうか。

ティリスがおそるおそるというように聞いてくる。

「そのぬいぐるみが精霊、なのですか？」

「ぬいぐるみみたいに見えるけど、間違いなく精霊よ。アルには大人《おとな》しくするように言ってあるから、気にしないでくれると嬉《うれ》しいわ」

女性同士、友人同士の気軽なお茶会だ。アルには事前に、黙ってくれるように頼んでいた。

私のお願いにアルは「王妃様のお邪魔をするような真似《まね》はいたしません！　当日、僕の完璧なぬいぐるみぶりをお目に掛けましょう！」と胸を叩《たた》いて受け合ってくれたが、確かに今日のアルはどこからどう見てもぬいぐるみにしか見えなかった。

きゅるんとした顔でじっとしているのだけれど……うん、多分この顔はわざとだな。

可愛《かわい》い顔を意識して作っているような気がする。

興味を引かれたのか、三人が集まってくる。アルを見て「これが……精霊……」「ぬいぐるみにしか見えませんわ」とそれぞれ感想を呟《つぶや》いていた。

三人の中で一番年下のシャルが言う。

「でも、すごく可愛いですね、お姉様。こんな可愛い精霊が側《そば》にいてくれたらきっと毎日楽しいだろうなって思います」

「……」

一瞬、アルがドヤ顔をしたのを私は見逃さなかった。

どうやらシャルの言葉が嬉しかったらしい。

——アル、可愛いって言われるの嬉しいんだ。

きゅるん顔をしている時点でそうなのだろうなとは思っていたが、その通りだったようだ。

シャルの言葉に気を良くしたアルは、ますますぬいぐるみの振りをする演技に熱を入れた。

心なしか、さっきより可愛い顔になっている気がする……。

……本人が楽しいのならいいか。

「ま、まあ、そういうわけだから、彼のことは気にしないでくれると嬉しいわ。ほら、座って。久しぶりに会えたのだもの。あなたたちの近況も聞かせてちょうだい」

三人を促し、着席させる。

近くにあったベルを鳴らすと、女官が入ってきて、紅茶を注《つ》いでくれた。

マリアンヌが「そういえば」と私に話し掛けてくる。

「少し前、ティリスがお見合いをしたんです。ね、ティリス」

「お見合い？　ティリスが？」

初耳の話に、ティリスを見る。彼女は持っていたティーカップを置き、頷いた。

「はい。お父様に命じられまして。正直、あまり気は進まなかったのですけど」

「そうなの？」

なんとなくだけれど、ティリスは素直に結婚するタイプだと思っていた。

「結婚願望がない、とか？」

おそるおそる尋ねる。ティリスはこっくりと頷いた。

「はい。その、実は私、好きな殿方がいて……」

「えっ……！」

まさかまさかの展開に前のめりになってしまう。

アベル事件の時、己のフットマンに裏切られて憔悴《しょうすい》していた彼女を知っているだけに、今のこの変化が信じられなかったのだ。

ティリスに好きな人……。

食べ歩きが趣味だと言い切る彼女の好きな人とはどんな人物なのだろうか。

申し訳ないが、興味津々だった。

「え、えっと、詳しく聞いても？」

無理に聞き出すことはさすがにしたくない。そう思いながらも尋ねると、ティリスは「はい」と返事をした。

「その方と初めて出会ったのは町中にある、とある書店で。食べ歩きをしていた折りに偶然寄っただけなのですが、そこで運命的な出会いを果たしたのです」

「ほうほう……！」

同性の友人のコイバナほど、楽しいものはない。

ワクワクしながら身を乗り出す。どうやらマリアンヌとシャルは知っているようで、何故《なぜ》か彼女たちは苦笑していた。

ティリスがその時のことを思い出すかのように、頬《ほお》に手を当てる。

「その方は一瞬で私の心を奪っていきましたわ。それまで食にしか興味のなかった私が、彼をひと目見ただけで、恋に落ちたのです。ああっ……ノイン様……お慕いしております……」

「ノイン……？」

ノインという名前だけでは分からない。記憶にあるだけでも五人は該当者がいるのだ。

ちなみにその内三人は既婚者で、残りふたりは結構な年だったりする。

ティリスが既婚者を好きになるとは思えないし、祖父と近い年齢の男性に惹《ひ》かれるとも考えられないので、すぐには誰が彼女の想い人なのか分からなかった。

本気で首を傾《かし》げる私に、マリアンヌが何とも言いがたい顔をして言う。

「リディアナ様……その、ティリスの想い人なのですけど」

「ええ。マリアンヌたちは知っているのよね？」

「はい」

「どこの家の方？」

その言葉には当事者であるティリスが反応した。

「トロキア王国の第二王子ですわ！　年は二十一歳。黒髪青目の夜を思わせる見目に私は一目で恋に落ちましたの!!」

「トロキア……王国？」

ますます首を傾げた。

これでも王太子妃なので、大陸に存在する国なら全部分かるのだ。

だが、トロキア王国なんて国、ついぞ聞いた覚えがない。

「その……不勉強でごめんなさい。トロキア王国を知らなくて。どのような国なのかしら」

恥ずかしかったが、素直に教えを乞う。

下手《へた》に知ったかぶりをして、恥を掻《か》くのは自分だと知っていたからだ。

マリアンヌが慌てたように立ち上がる。

「リディアナ様！　違います！　その、ティリスの言うトロキア王国は実在する国ではありませんの！」

「え、実在しない？」

意味が分からない。説明を求めるようにマリアンヌを見ると、彼女はとても言いづらそうに口を開いた。

「その……ティリスが言っているのは、物語の中の話ですわ。ティリスってば、小説の登場人物に恋をしておりますの」

「えっ……」

マリアンヌの言葉に驚き、ティリスを見る。彼女は堂々と頷いた。

「ええ。ノイン殿下は『夜の帳《とばり》は君だけに下りる』の登場人物です。私はかの方が描かれていたカバーイラストを見て、恋に落ちたのですっ！」

「……えええええ」

「自分が恋をするとは思いもよりませんでした。はあ……ノイン殿下……お慕いしております……」

手を組みうっとりと呟くティリスは、確かに恋する女性の顔をしていた。

別に二次元に恋をするなとは言わないし、否定するつもりもないけれど、まさかティリスがという気持ちにはどうしてもなってしまう。

「い、意外だったわ。ティリスって本当に食にしか興味がない感じだったし」

驚きながらも告げると、マリアンヌも頷いた。

「ええ、私たちも初めて聞いた時は驚きました。でもご覧の通り、すっかりその……ノイン殿下とやらに夢中で……」

「へえ……」

マリアンヌの言葉になるほどと納得しかけ、あれ、と思った。

「待って？　じゃあティリスは、物語の人物が好きだから結婚したくないって思ってるの？」

「はい」

「……重症ね」

それはそれ、これはこれとはならなかったのか。

とはいえ、キャッキャとはしゃぐティリスは本当に幸せそうなので、余計なことを言うのも野暮《やぼ》だなと思ってしまう。

「ティリスがそれでいいのなら、私たちが口を挟むことではないと思うけど。で？　結局お見合いはしたのでしょう？　どうなったのか聞いてもいい？」

「……とりあえず、保留ということになりました。私としてはお断りして欲しかったのですけど、それは難しいということで」

「難しい？　どういう意味？」

「お相手は公爵家の方なのですけど、どうも私に回ってくる間に、色々な方にお断りされていたようで、これ以上は相手がいなくなるから保留にさせて欲しい、と」

「……それはすごく問題ある方のようね」

そんな相手と大事な友人を結婚させたくない。そう思っているとティリスは否定した。

「いいえ、普通の……というか、とても立派な方です。ただ、幼い頃《ころ》からずっと片想いしている相手がいらっしゃるそうで、彼女以外は愛せないと、そうおっしゃっていて」

「それはふられるわね。納得だわ」

見合い相手にそんなこと言われたら、お断りしたい気持ちになるのも分かる気がする。

「私もノイン殿下以外の殿方なんて興味はありませんし、彼の気持ちは分かるんです。でも、保留されたところで結論は変わらないと思いませんか？　私も彼も互いに興味はないんですから」

「……そうね」

「見合いの席でも、彼は持ち込んだ本を読んでいただけでしたの。最初に『申し訳ないが、僕は君を愛せない』と言ったのが、会話らしい会話でしょうか。もちろん私も『私もあなたを愛せません』と応《こた》えて、愛読書を読むことにしましたけど」

「……すごいお見合いね」

互いに相手を無視で読書をするとか、どんな殺伐とした見合いなんだ。

というか、どこかで聞いたことのある話である。

そう思ったところで、誰のことか思い出した。

——あ、そうか。昔のグレンだ。

もうすぐヘレーネと結婚するグレンだが、彼は彼女との結婚が決まるまでの間、見合い相手全員に『あなたのことは愛せない』とガチで言った男なのだ。

それを聞いた時は呆れたし、大変だなあと思ったものだけど。

——世の中にはグレンみたいな人が他《ほか》にもいるってことなんだよね。

想い人がいるから、君は愛せない。

一途なのは素晴らしいことだが、見合い相手として選ばれた方は堪《たま》ったものではないと思う。

「うちは子爵家ですので、公爵家からのお話を断れません。お相手が断ってくれるのを期待したのですけど」

「保留された、と？」

「はい。お父上の公爵様からそう頼まれたと、父は言っていましたわ。できることなら、一刻も早くお断りいただきたいのが本音です」

貴族社会ならではの話だ。

しかし、当人たちが乗り気でないのなら、断ってあげればいいのにとは思う。

まあ、相手もティリスを逃すと、次がないらしいので、必死なのかもしれないけれど。

「お見合いって難しいのね」

正確には政略結婚は難しい、だ。そう思っていると、ティリスが笑って言った。

「リディアナ様みたいに、そう上手《うま》くはいきませんわ」

「え、私？」

「はい。決められた婚約者同士だったのにお二人は仲が良くて、結婚した今でもラブラブでしょう？それってすごく理想的ですけど、だからこそ難しいのは知っていますわ」

「……そうね」

否定しようがないので頷く。確かに私は運が良かった。

自覚はなかったが私はフリードに一目惚《ぼ》れしていたし、フリードも同じく私に一目惚れして、その相手は親の定めた婚約者だった。

普通にはなかなかない状況だ。

「それで、ティリスはどうするの？」

「どうもこうも相手の出方を窺《うかが》うより他はありませんわ。ああ、早く解放されたい。私はノイン殿下のことだけを考えて生きていきたいんです」

「……そう」

複雑な気分で頷いた。

ティリスも貴族令嬢である以上、いずれは結婚しなければならない。だけど現在進行形で人生を楽しんでいるだろう彼女を見ていると、その時ができるだけ遅く訪れればいいのにと願わずにはいられなかった。

◇◇◇

お見合いのことを思い出して自棄《やけ》になったティリスは、用意したアフタヌーンティーを勢いよく食べた。

恋を覚えても食欲が減るということはないようで、みるみるうちにお菓子が消えていく。

「食べないとやっていられませんから！」

そう告げるティリスだったが、食べる元気があるのは良いことだ。彼女の見合いが今後どのような結末を迎えるのかは分からないが、友人が不幸せにならないことを祈ろうと思った。

「あ、そういえば、お姉様！」

お茶会が始まって一時間ほどが過ぎた頃、シャルが思い出したというように手を打った。

私はカヌレを食べていた手を止め、彼女を見た。

「どうしたの、シャル」

「お姉様にお渡しするものがあったことをすっかり忘れていましたわ。最近、お会いできなかったので溜《た》まっているのです。……どうぞ」

そう言って、シャルが差し出してきたのは白い包みだ。

Ａ４くらいの大きさで、少し分厚い。それを見て、ピンときた。

「シャル、これはもしかして⁉」

それに返事をしたのはマリアンヌだった。

「はい、リディアナ様。お約束の例のもの、ですわ。どうぞお納め下さい」

「あ、ありがとう……！」

震え声で受け取った。歓喜の感情が胸に渦巻いている。

今すぐ中を見たい気持ちを堪《こら》え、抱きしめた。

「あ、あとでゆっくり見させてもらうわ」

「ええ、存分にご覧になって下さい。兄が傑作だと言っておりましたわ」

「傑作……！　それはますます楽しみね！」

ふたりから受け取ったこの包みだが、中身はフリードの絵姿なのだ。

実はマリアンヌとシャルは『王太子夫妻を見守る会』なるものを以前より立ち上げていて、それを公認する見返りとして、私はシャルの兄（新進気鋭の画家）が描くフリードの絵姿を譲り受けていた。

本音を言えば『王太子夫妻を見守る会』なんてふざけた会は解散させたい。だが、シャルの兄が描くフリードの絵姿は本当に格好良くて、彼の絵姿を収集する趣味を持つ私は、まんまと彼女たちの口車に乗せられ、あれよあれよという間に会を公認するに至ってしまった。

我ながら情けないし、今思い返しても、どうして公認してしまったんだとしか思えない。

だけど彼女たちからもらった絵姿を見るたびに「ああ、公認してよかった」と心底思ってしまうのだから仕方ないではないか。

フリードの絵姿に関しては、どこまでも強欲な己が恨めしい。

シャルとマリアンヌに何度もお礼を言い、和やかなムードのままお茶会を終える。

皆が帰ったあと、ぬいぐるみの振りをしていたアルに話し掛けた。

「アル」

「はい、王妃様」

椅子《いす》に座っていたアルがパタパタと羽を動かす。私の方へと飛んできた。

「どうでしたか？　僕のぬいぐるみの演技は？」

「とっても上手だったたし可愛かった。それより——これから私と一緒にいいものを見ない？」

「いいもの、ですか？」

丸い目をさらに丸くしてアルが聞き返してくる。

私は頷き、シャルからもらった包みを手に取った。

「それ、先ほどご友人から渡されていたもの、ですよね？」

「うん、そう。絶対にアルも喜ぶから……」

ゴソゴソと包みを開ける。

自室に移動しなかったのは、フリードが戻っていたら困るからだ。

彼は私が絵姿を集めることをよしとしていない。そんな彼の目の前でこれを見ればどうなるか。下手をしたら取り上げられるかもしれないと私は危惧していた。

「とにかく見て。——キャアアアアア!!」

「なんですかって……アアアアアアアアア!!」

私とアルの黄色い声が見事にハモった。

現れたのはフリードが愛馬に跨《また》がり、駆けている姿。爽やかな笑みを浮かべたフリードが、乗馬を楽しんでいる様子が生き生きと見事に描かれている。

「す、素敵ぃぃぃぃぃ!!」

「な、なんですか、この爽やか男前は!! って、そんなの王様に決まってますよね!! あああっ、麗しいっ!!」

「風を受けてそよぐ髪の毛の描写とか天才じゃない!?」

「天才! これは間違いなく天才の所業! この人馬一体感も素晴らしいですね!! こう、通じ合っている感がよく表現されていますッ!!」

「その通り! なんて隙のない絵姿っ! 相変わらずシャルのお兄さんは天才だわっ!」

その場でバタバタとのたうち回る。

なかなかにみっともない姿だが、隣で同じように身悶えているアルがいるので、羞恥心は特になかった。

「お、王妃様……僕、とてもヤバイものを決めてしまった気がします」

起き上がったアルが震え声で言う。そんな彼に私は言った。

「ふふ、甘いよ、アル。実はね、この衝撃的な絵姿、まだあるの」

「そんなことが許されていいんですか!!」

光の速さで返ってきた言葉に大いに頷く。

今回は計四枚の絵姿が入っていたのだ。呼吸を整えてから、残り三枚も拝ませてもらう。

「ああ、ああ!! 眩《まぶ》しすぎて目が潰れるぅぅ!!」

「分かる! でも、その目をカッぴらいてちゃんと見よう! ほら、こんなに素敵なフリードがここにもそこにもあそこにも!」

「ああ、王様素敵ですぅ!」

喜びを分かち合えるというのは、なんて素晴らしいことなのだろう。

いつもはひとりで萌えていただけに、仲間がいるというのは嬉しかった。

存分に絵姿を堪能してから、元通りに片付ける。包みに仕舞い込んでから、ほうと息を吐いた。

「相変わらず素晴らしい品だった……」

その言葉にアルも力強く同意した。

「ええ、本当に。王妃様、ご相伴《しょうばん》にあずからせていただき、ありがとうございました」

「いいの。だってアルはフリードを推す仲間じゃない」

「王妃様っ!!」

ぐっと握手を交わし、そのあとハイタッチをした。

本当は抱き合って喜びを分かち合いたかったが、フリードに禁じられていたのでやめたのだ。

私もアルもフリードに怒られるのは本意ではない。

アルがしみじみと言った。

「しかし、こんな素敵なものを下さるとは、先ほどのご友人はどういった方なのです？　いえ、王妃様の日頃の行いが良いおかげだとは思うのですが」

「……話せば長くなるんだけどね」

アルに例の『見守る会』の話をする。

会を公認したおかげで、今の品々をもらえているのだと話すと、アルは納得したように頷いた。

「それは僕でも公認すると思います。というか、その見守る会とやら、僕も入りたいんですが」

「アルはさすがに無理だと思うなあ」

シャルたちに紹介してもいいが、千年を生きる精霊を会員にはしづらいだろう。

アルもそれは分かっているようで「ですよねえ」と残念そうに頷いていた。

「しかし、そのシャルというご令嬢の兄君はとても素晴らしい絵師なのですね。王家専属絵師に召し抱えてもよろしいのではないでしょうか」

「それは私が判断することじゃないから」

「そうですか……。これほどの絵姿を描ける絵師ならばと思ったのですが。あ、王妃様。この絵師が描いた他の絵姿はどこに？　今までにもいくつかいただいているのですよね？」

目聡すぎる言葉を聞き、苦笑した。残念すぎる事実を告げる。

「確かに他にも絵は持ってる。でも、ひとつ問題があって」

「なんですか？」

「その部屋の鍵、私持っていないんだよねえ」

「えっ……」

驚くアルに頷いてみせる。

そう、シャルにもらったフリードの絵姿。それは私の趣味部屋に置いてあるのだ。

町で売っている絵姿と違って何枚も買えない一枚きりの絵姿。それは今は閉ざされている趣味部屋にあり、鍵が掛かっているが故に見ることもできなかった。

「なんと……なんと……！」

辛《つら》い現実を話すと、アルは目を大きく見開き、信じられないという風に何度も首を横に振った。そんなアルに更に告げる。

「フリードは私の趣味部屋が許せないみたいで、未《いま》だに閉ざされたままなんだよね。私としては夫の素敵絵姿くらい拝ませてもらっても構わないんじゃないかって思うんだけど」

この間、それとなくカーラに鍵を返して欲しいとお願いしてみたが、無下に断られてしまったのだ。

カーラは私付きの女官だが、私よりフリードの命令を聞く傾向があるので、彼が反対していると私の意見は通らないことが多い。

「いつか鍵を返してもらえることがあれば、その時にはアルにも見せてあげるね」

そんな日が来ればだけれど。そう思いながら言うと、アルはパタパタと私の目の前まで飛んできた。

パチンとウインクし、任せろとばかりに言う。

「そういうことでしたら僕、お役に立てると思います」

「どういう意味？」

首を傾げる。アルはドヤ顔で言ってのけた。

「僕、鍵開けは得意な方でして！」

「そっち か！」

フリードを説得してくれるのかと思いきや、まさかの無断侵入の方だった。

唖然《あぜん》とする私に、アルが元気よく告げる。

「大丈夫！　王様に気づかれないようにすればいいんですよ！　さっと拝んでさっと帰ればバレませんって。ね、やっちゃいましょう!!」

「わあ……」

驚きのお誘いに目が点になる。

しかし、アルがフリードの意向を無視しようと言い出すとは思いもしなかった。

何せアルはフリードのことが大好きな千年を生きる精霊。フリードの言うことなら、何でも頷くのだろうなと考えていたから、この展開には吃驚《びっくり》だ。

……というか、もしかしなくても。

「……アル、そこまでしてフリードの絵姿が見たいの？」

「はい！」

罪悪感の欠片《かけら》もない、とても良い返事が返ってきた。

アルがぴょんぴょんと宙を跳ね、私に言う。

「僕、王様の素敵絵姿がもっと見たいんです！」

「自分の欲望に忠実なんだね」

「ええ！　でも基本、精霊なんてこんなものですよ。皆、自分の好きなように生きてるんです」

「そうなんだ」

「僕なんか、めちゃくちゃ理性的な部類だと思います！」

「……そうかな」

そんなことはないだろうと思ったが、アルは「そうですよ！」とウキウキで告げる。

「ですから、王様の麗しの絵姿だって見たいんです。ね、王妃様。本当に駄目ですか？　僕、王様エキスをたくさん浴びたいんですけど」

「王様エキス……」

「千年眠っていたから枯渇してるんですよ～。お情けを！　お情けを下さいっ！」

うるうると目を潤ませ、アルが訴えてくる。その顔を見て決意した。

「うーん……ま、たまにはいいか！」

禁止されていることをするのは多少気が咎《とが》めたが、大好きなフリードの絵姿を見たいというアルの気持ちは理解できるし、私も久しぶりに趣味部屋に残してきた逸品を眺めたいと思ったのだ。

それに私はフリードの絵姿の収集を悪いことだと思っていないので。

どうして趣味部屋を閉鎖されなくてはならないのか理解できないと未だ本気で思っている。

――自分の夫にキャアキャア言って、何が悪いの。

自分に嫉妬《しっと》とか、わけの分からないことはやめて欲しい。

趣味部屋に入り、さっと見てさっと帰ればフリードに勘づかれることもないだろう。なら、たまにはこういうのも良いのではないだろうか。

いや、いい。というか許されたい。

「パッと行って帰れば、バレないよね？」

「バレません、バレません」

「だよね」

「はい！」

力強く頷いてくれるアルが頼もしい。私は腹を括《くく》った。

「よし行こう！」

「ええ、王妃様。行きましょう！」

互いに頷き合う。

意気揚々と部屋を出て、以前、趣味用にと与えられた部屋に来た。幸い、周囲には誰もいない。

「……ここよ」

なんとなく小声で告げると、アルは「任せて下さい」と頼もしい声で言った。

「こんな鍵のひとつやふたつ、僕の力があれば——ほーら、この通り！」

むむむっと鍵の前でアルが念じると、カチャリと鍵の外れる音がした。

思わずアルを見る。

「すごいっ！　え、どうなってるの？」

「ふふん。精霊パゥワー、舐《な》めてもらっては困りますよ」

何故精霊パワーで鍵開けができるのかという問題は置いておくことにする。

アルに関していちいちツッコミを入れていたら追いつかない。それを短い付き合いの中でも思い知っていたからだ。

「……お邪魔します」

誰もいないのは分かっていたが、なんとなく言ってしまう。そうっと扉を開き、中に入ると、そこには私が最後に見たままの景色が広がっていた。

「ああっ……！」

がらんどうとなった部屋。だが部屋の奥には額縁がいくつも置いてあった。フリードの絵姿が入った額縁だ。

「私のフリード……！」

思わず駆け寄る。

幸いにも額縁には埃《ほこり》などはついておらず、見れば絵姿の保存状態も悪くなかった。

もしかしなくてもカーラ辺りが、定期的に清掃してくれていたのだろうか。

この件に関してはフリードが気にしてくれるとは思えないので、カーラというのは妥当なところだと思う。

「王妃様、王妃様」

感慨深い気持ちになっていると、後ろからアルが声を掛けてきた。その声音は弾んでおり、彼が早く絵姿を見たがっていることが伝わってくる。

「あ、ごめんね。いいよ、見てくれて。ほら」

扉を開けてくれた功労者であるアルに、額縁に入った絵姿を見せる。ラフな格好をしたフリードがこちらに向かって微笑《ほほえ》みかけている構図のものだ。途端、アルは奇声を上げた。

「キアアアアアアアア！　なんですかっ、その素敵王様は……！　僕に向かって微笑みかけているじゃないですか!!」

「これもシャルのお兄さんが描いたものよ。ね、素晴らしいでしょ」

「鼻血が出ていないのが不思議なくらいです。すごい……素晴らしい……」

「ふふ、喜んでくれて良かった」

そう言いつつも、私も久しぶりに自分のお宝を目にすることができてテンションが上がっていた。

アルとふたりで、保管してあった絵姿を一枚一枚確かめ、壁に飾り直しながらその都度《つど》熱く語る。

アルは私に負けず劣らずの熱量で話をしており、私は仲間がいるというのは素晴らしいことだと改めて思った。

やはり推し活は仲間がいた方が捗《はかど》る。アルという戦友を得たことは、私にとって僥倖《ぎょうこう》だったと言えよう。

ふたりでキャッキャと絵姿を楽しむ。しかしフリードにバレるわけにはいかないので、長居することはできなかった。

時間を確認し、そろそろフリードが戻ってくる頃だと気づいた私はアルに言った。

「アル、そろそろ帰ろう？　でないとフリードが――」

「私がなんだって？」

「いやああ!!」

「ぎゃあ！」

当たり前のように後ろからフリードの声がした。あまりの恐怖に先ほどまでとは種類の違う悲鳴が

出る。

ちなみに前者の悲鳴が私で、後者がアルだ。

どうやらアルも絵姿に夢中になっていて、フリードが来たことに気づいていなかったらしい。

「フ、フリード……」

「お、王様……」

恐怖に震えながらもふたりでそうっと振り向くと、呆れ顔の夫が立っていた。

気まずすぎて、誤魔化《ごまか》すように笑みを浮かべてしまう。

「え、えへ……フリード、どうしたの？　まだお仕事中じゃ……」

「終わらせたよ。カーラからお茶会は終わったと聞いていたのに、全然リディが戻ってこないから、何かあったのかと心配して探してみれば」

「うっ……」

どうやらフリードは早めに仕事を終わらせていたようだ。

しかしどうしてここにいることがバレたのか。

焦っていると、フリードはアルにも話し掛けた。

「……アル、お前もお前だ。一体なんのためにお前をリディに付けたと……。先ほどから何度も連絡したのに一向に返事をしなかっただろう」

睨《ね》めつけられ、アルはぴっと姿勢を正した。

「お、王様……も、申し訳ありません。つい夢中になってしまって……連絡が来ていることに気づいていませんでした……」

えへと舌を出すアルを見たフリードが深い深いため息を吐く。

「どういうことかと思っていたところに、カインから連絡が来たんだ。リディとアルが趣味部屋にいるって」

どうやら密告者はカインだったようだ。

とはいえ、彼に悪気がないのは分かっている。おそらく私の行方が分からなくて焦っているフリードを見て、無事を知らせてくれただけだろう。どう考えても自分たちが悪い。

「ご、ごめんなさい」

「城内にいることは分かっていたし、アルも付いているからそこまで心配はしていなかったけどね。まさかこんなところにいるとは思わなかったから驚いたよ。鍵はカーラに保管させていたはずだけど、どうしたの？」

「あ、それは僕が精霊パゥワーでチョイチョイパッと」

「アル」

「楽勝でしたっ☆」

「アル」

再度強めに名前を呼ばれ、アルはぴゃっと宙で姿勢を正した。

「お前まで一緒になってはしゃいでどうする」

「す、すみません」

「まったく……それで？　どうしてこの部屋に来ることになったのかな。ここまで来て隠し事は許さないよ。一から十まできちんと説明してもらうからね」

「……はい」
なんとなくその場に正座をする。アルも私の隣にちょこんと座った。
今更誤魔化しが許されないのはさすがに分かっているので、シャルから新たな絵姿をもらったこと
と、以前の絵姿がここにあるとアルに説明したところ、見に行こう的な話になったのだと告げると、
フリードは分かりやすくこめかみを押さえた。
「アル……お前がリディを煽《あお》ってどうする」
「う、だって王様の素敵絵姿が見たかったんですよぉ。王様の素晴らしい絵姿があると知って無視で
きるほど、僕の王様への信仰心は薄くありません。なんとしても拝ませていただかなくては。その一
心でした」
曇りのない目でアルが言い切る。
フリードも、ここまではっきり言い返されると思わなかったのだろう。「え」という顔をしていた。
「……アル」
「でも、王妃様を焚《た》きつけたのは確かに僕ですので、罰なら僕にお願いしますね。お受けしますか
ら」
「えっ！」
その言葉に反応した。
「ちょっと待ってよ！　それはフェアじゃない。私だって同罪だからね！　だって、欲望に勝てな
かったのは他でもない私だし！」
「リディ」

「アルにだけ罰を与えるのは間違ってる。フリード、罰なら私も！　私も一緒に受けるから！」

自分だけ逃げようとは思わない。

アルが焦ったように言った。

「王妃様、それはいけません。元はといえば、鍵を何とかすると言い出した僕が悪いのですから」

「乗った時点で同罪なの！　アルだけなんて絶対に駄目」

「王妃様……！」

「うん、ふたりともちょっと落ち着こうか」

フリードからストップが掛かった。ぴたりと動きを止める。フリードを見ると、彼は困ったような顔をしていた。

「別に罰を与えるとか一言も言ってないんだけど」

「え、でも禁じられた場所に勝手に入ったわけだし」

それなりの罰……というかお仕置きが待っていると思っていた。

「それはそうだけど、そもそもここにあるのはリディのものだからね。言いつけを破ってまで私の絵姿を見に行ったのかというところには複雑な心境になるけれど」

「う……」

「リディには本物の私がいるっていうのに……ハア」

「ご、ごめんなさい。でもこの件に関しては譲れないから」

ため息を吐くフリードを見れば申し訳ない気持ちにはなるが、改めようとは思わなかった。

だって趣味って大切だし。

フリードが声に諦《あきら》めを滲《にじ》ませ、言った。

「……分かった、もういいよ。駄目と言えば、余計に燃え上がるだけだって分かったからね。部屋も好きにすると良い」

「え、良いの⁉」

予想外の展開に目を丸くする。信じられなくてフリードに詰め寄った。

「あんなに嫌がっていたのにどういう心境の変化？　嫉妬しないの⁉」

自分の絵姿に嫉妬をする姿を散々見てきただけに疑いの目で見てしまう。

フリードが嫌そうに言った。

「嫌だよ。嫌に決まってるし、本音を言うなら今すぐこの部屋をもう一度封鎖したいって思ってる」

「だ、だよね」

無機物にまで嫉妬する狭量すぎる男。

それこそが私の知るフリードだ。

一瞬、フリードの偽者かと思ってしまったが、良かった。これは間違いなく本物だ。

「……リディ。なんか今、すごく失礼なこと考えなかった？」

「カ、カンガエテナイヨ！」

さっと視線を逸《そ》らしつつ告げると、フリードは私の頬を引っ張った。

痛くないけどやめて欲しい。

「フリード……」

「まったく。……許可を出すのはね、部屋を閉めたところで意味はないと分かったからだよ。今回みたいにアルが開けてしまえば、自由に出入りできてしまうわけだから」

「あ……」

「駄目と言ったところで、この感じだとまたほとぼりが冷めた頃に同じことをしでかしそうな気しかしないいんだよね……」

「……」

私とアルが同時にフリードから視線を逸らした。

否定できないと思ったのだ。

だって、私、悪いこと何もしてない。

私たちの反応を見たフリードが再度ため息を吐く。

「うん。そういうこと。だからもういいかと思って」

「やった！　苦節数ヶ月、ついに許可が出た……！」

グッと拳《こぶし》を握る。アルも涙を浮かべてお祝いしてくれた。

「良かったですね、王妃様……！　僕もすごく嬉しいです！」

イエイ、とハイタッチを交わす。

そんな私たちにフリードが疲れたように言う。

「……下手に反対するより認めた方が、案外早く飽きてくれるかもという期待もあるんだけどね」

「え、無理でしょ」

私がフリードの絵姿を集めているのは、彼のことが好きだからだ。

その事実が変わらない限り、飽きるなんてことはあり得ないと思う。

アルも私の意見に賛同した。

「ええ、飽きるなんてあり得ません。王様は僕の全《すべ》てですので」

「ねー」

「……とにかく」

頭痛がするとでも言いたげな顔をしてフリードが私たちを見た。

「ここは好きにして良い。だから連絡を絶ったり、何も言わずに行動するのはやめて。……心配するから」

「それは……はい、ごめんなさい」

部屋については怒られる筋合いはないと思っているが、フリードに心配させたことは悪いと思っていたので素直に謝る。アルも頭を下げた。

「僕としたことが王様からの連絡に気づかなかったなんて……怠慢と言われても否定できません。このようなこと二度とないよう精進いたします。申し訳ありません！」

「……はあ、もういいよ」

素直に謝ったのが功を奏したのか、フリードはそれで矛を収めてくれた。

そうして改めて私たちの見ていた絵姿に目を向ける。

妙に疲弊した声で言った。

「……本当に、私の絵姿を集めて飾って、一体何が楽しいのだか。私はいつまで自分の絵姿に嫉妬すれば良いのかな」

「……」

それについては飽きる要素が全くないので、諦めてもらうしかない。
答えないことで回答を知ったフリードは、再度重ーいため息を吐いた。

3・彼女とお礼

「リディ、行くよ。用意はできた？」

「はーい。あとちょっとだけ待って……。イチゴ大福を持っていくから」

朝方作っておいたイチゴ大福の入ったプレゼントボックスを持つ。

お気に入りのワンピースの裾《すそ》が揺れた。

カーラにしてもらった髪型はポニーテールだ。顔周りがすっきりとして楽でいい。

「急がなくていいから。ゆっくりおいで」

扉の前でフリードが言う。彼もいつもの華やか王子様スタイルではなく、あまり飾り気のない服を着ていた。

それは何故《なぜ》かと言えば、今日はデリスさんのところへ行くから。

今回の戦い、デリスさんたちが来てくれたお陰で助かったことは否定できない。あと、教えてくれるかどうかは分からないが、魔女ギルティアがどうなったかも知りたいので、お礼を持って彼女を訪ねようということになったのだ。

「デリスさんのところへ行くのも久しぶりな気がする」

城を出て、南の町の大通りを歩く。人数は私とフリードを含め、四人。

アルとカインが護衛としてついてきていた。

カインは私たちの後方に、アルは私のすぐ隣をふよふよと飛んでいて、当たり前だが通行人の目を釘付《くぎづ》けにしていた。

「飛んでる……」

「なんか、飛んでる……」

「え、あれ、竜?」

時折聞こえてくる声。

私の側《そば》を飛んでいるミニドラゴンの存在に皆が混乱している。

説明してあげたいのはやまやまだがキリがないので、聞かなかったことにし、歩を進めた。

気にはなっても、隣にいるフリードが何も言わないのに騒ぎ立てるわけにはいかないと思っているのだろう。

不審な顔はされるが、直接声を掛けてくる度胸のある者はいなかった。

「アルのことって、皆に周知されていないの?」

こっそりとフリードに聞く。

「いや、周知はされているよ。でもまさか『こんな感じ』だとは思っていないだろうから、なかなか結びつけられないんじゃないかな」

「……確かにそれはそうかも」

神剣の精霊というワードからこの見た目が想像できたらすごいし、聞いていてもすぐには思い至れないと思う。

後ろを歩いているカインが面倒そうに言う。

「だから連れてこなけりゃ良かったんだ。今日は王太子もいるし、オレもいる。戦力的には十分だろ」

その言葉にアルが敏感に反応した。わざわざカインの側に行って反論する。

「は？　置いてけぼりとか絶対嫌だけど？　留守番ならそっちがするべきでは？」

「オレが留守番とかあり得ないし。そっちこそそういう時はセンパイを立てるべきなんじゃないのか？」

「ハア？　誰《だれ》がセンパイ？　ハア？」

「なんだ。千年も生きていると耳も遠くなるんだな」

「カーッ！　王妃様、こいつ、生意気ですっ！」

きぃっと目を見開き、アルが言いつけてくる。その目はドラゴンらしく縦に瞳孔《どうこう》が開いており、少し怖い。

「アル、アル、落ち着いて。別に置いてきてないでしょ」

「それはそうですけど……」

どうどうと宥《なだ》めると、アルは怒気を鎮めてくれた。だがカインが更に余計なことを言う。

「王太子がいるんなら、別にあんたは必要ないだろ。実際、姫さんの側を飛んでいるだけだし」

「は？　僕はいつ如何《いか》なる時でも王妃様の危機に駆けつける用意があるけど？　お前と違って！」

お前と違って、の部分にとても力が入っていた。

煽《あお》られたカインが応戦する。

「オレだって戦う準備はできてる。鼻歌歌ってばかりのミニドラゴンとは違ってな！」

「カーッ！　生意気！」

「それはこっちの台詞《セリフ》だっ！」

「……仲良くなれそうと思った、少し前の私の安堵《あんど》を返して……」

思わずこめかみを押さえてしまう。

フリードも困ったような顔をしている。

「……仲、悪いね」

「そうなの。一応、協力して護衛をするとは言ってくれてるんだけど」

基本的に仲が良いわけではないので、すぐにこんな感じになる。

どちらに味方をしても火に油を注ぐことになるだけと分かっているので、何も言えないのが辛《つら》いところだ。

「……仕方ない。無視しよう」

「……そうだね」

介入できないのなら、聞かなかったことにするしかない。

後ろでワイワイ言っているふたりは放っておくことにして、歩く。

多分、ふたりがこんな感じなのは、私の側にフリードがいるからなのだろう。

ひとりだった護衛がふたりに増え、ずいぶんと賑《にぎ》やかになったものだ。

そう思ったところで、二日ほど前のことを連鎖的に思い出した。

二日前の朝、実はイーオンがアルカナム島から戻ってきたのだ。

本人から帰ってくると聞いていたので驚きはしなかったが、本当に戻ってくれたのかという気持ちにはなった。

そんな彼は今、騎士見習いとして近衛《このえ》騎士団に所属している。

どうしてそんな話になったのかと言えば、イーオンが私たちの部屋の警備兵になりたいと言い出したからだ。

魔女ギルティアにより姿を狼《おおかみ》に変えられていた彼は、狼時代、私とフリードの部屋の扉の前を陣取り、警備の任を買って出てくれていた。そして人間に戻った今も、同じ仕事がしたいと言ったのだ。

恩人である私を守るための仕事がしたい。それが彼の希望だった。

とはいえ、人間としてはなんの実績もないイーオンが、いきなり王太子夫妻の部屋を守る警備兵に抜擢《ばってき》されるほどヴィルヘルム王国は甘くない。

警備兵は近衛騎士団に所属する騎士の中から選ばれている。

私たちの部屋の警備兵になりたいというのなら、まずは近衛騎士団で切磋琢磨《せっさたくま》して結果を出し、騎士として叙勲されなければならないのだ。

それはかなりの道のりだし、成功するかも分からない話だが、イーオンはそれでもいいと言ってのけた。

その言葉を受け、フリードが近衛騎士団の団長であるグレンに話を通し、見習いとして近衛騎士団に所属できることとなったのだ。

どうせ騎士団に所属するなら彼の友人であるレヴィットと同じプリメーラ騎士団にすれば良かったのにと思うも、プリメーラ騎士団と近衛騎士団では役割が違う。

イーオンの望みが私たちの部屋の警備兵であるのなら、近衛騎士団を選ぶしかないのだ。

その場には特別にレナも同席を許されていたが、イーオンが騎士団に所属することを聞いて心配そうにしつつもどこか嬉《うれ》しげな顔をしていた。

多分イーオンがヴィルヘルムに腰を据えることが確定したからだろうと推測している。

だって私から見ても、レナはイーオンのことが好きなので。

狼時代から特別な感情を向けていたイーオンが人間（正確には獣人）に戻ったのだ。双方の合意があれば結婚だって可能なわけだし、私としてはこの恋の行方を見守りたいところ。

とはいえまだレナは未成年。ゆっくりと時間を掛け、想いを育んでくれたらいいなと思っている。

「リディ？」

二日前のことを思い出していると、フリードが声を掛けてきた。

「何？」

「いや、なんだか嬉しそうに笑っていたからどうしたのかと思って」

「イーオンたちのことを思い出していたの。ほら、近衛騎士団に入ることになったでしょ。それを知ったレナが嬉しそうにしていたなって」

「ああ、確かに」

「強制できることではないけど、上手《うま》くいってくれるといいなあって思って」

「そうだね」

フリードが柔らかく微笑《ほほえ》み同意する。

「つがいがいる幸せはよく分かるからね。互いに想い合っているのなら上手くいけばいいと思うよ」

「ね」

頷《うなず》くと、フリードが手を繋《つな》いできた。温かい手の感触に幸せな心地になる。

「ふふっ。フリードの手、気持ち良い」

「リディの手も柔らかくて心地良いよ」

勝手に微笑みが零《こぼ》れる。

後ろではまだカインとアルがとても低レベルな言い争いをしていたけれど、臭いものに蓋をする精神で無視をした。

「オレの方が優秀だけどな！」

「ハア？　寝言は寝てから言ってくれる？　最優なのは僕に決まってるでしょ！」

……よりヒートアップした言い争いを聞きながら、彼らが仲良くできる日が来る気がしないなと思う私だった。

◇◇◇

「こんにちは、デリスさん。リディです」

扉の外から声を掛けて少し待つと「入っておいで」と返ってきた。扉を開け、皆と一緒に中に入る。

いつも通り階段を下りていくと、大釜の側にデリスさんが立っていた。

やってきた面子《メンツ》を見て、目を見張る。

「おやおや、ずいぶんと大勢で押しかけてきたんだね」

「すみません、お邪魔でしたか？」

アルが増えただけなのだけれど、三人が四人になったのだから、多いと感じるのも分かる。

さすがに多すぎたのかなと思い、謝ったが、デリスさんは首を横に振った。

「本当に邪魔だと思っているのなら、そもそも通しやしないさ。さ、お掛け」

「はい。あ、これ、イチゴ大福です。よかったらどうぞ」

「すまないね。あんたの作ったイチゴ大福は今や私の好物だから、嬉しいよ」

「そう言ってもらえると、作った甲斐《かい》があります」

喜んでもらえたのが嬉しい。

デリスさんには色々和菓子を作って持っていっているのだが、結局彼女が一番気に入ったのはイチゴ大福。

本当に嬉しそうな顔をしてくれるので、下手《へた》な小細工はやめて、今度からはイチゴ大福だけを持っていこうかなと思っている。

——新作を食べて欲しい気持ちはあるんだけど、喜んでくれるものが一番だよね。

うんうんと頷きながら、いつもの席に座る。私の隣にはフリードが。カインは座らなかった。彼は護衛が座るのは駄目だと言って、滅多に座ってくれないのだ。

アルはふわふわと飛んでいたが、最終的に私の頭の上に収まった。

デリスさんがお茶を出してくれる。

これは前にも飲ませてもらった緑茶だ。イチゴ大福にはバッチリ合うと思う。

「ありがとうございます。いただきます」

お礼を言い、コップを手に取る。

緑茶は美味《おい》しく、どこか懐かしい味がした。

「美味しい……」

「少し苦みがあるのがいいね」

フリードも感心したように言う。カインは私たちの感想を聞いてから自分の分のコップを手に取った。

普段の彼なら、むしろ毒味役をやらせろとばかりに率先して飲み食いしようとするのだけれど、デリスさんに関してだけは違う。

むしろ、不味《まず》いお茶を避けたい一心で、最近では最後に口を付けるようにしていた。

「……ゲホッ!!」

安心しきったカインがお茶を飲み、顔色を変えたと思った瞬間、思い切り咽《む》せた。

何が起こったのかと彼を見る。カインは目に涙を溜《た》めて、デリスさんを睨《にら》んだ。

「ばあさん！　オレの茶にだけ細工しただろう！」

涙目になるカイン。だが、デリスさんは嬉しそうだ。ニヤニヤしている。

「おやおや、ちょっと警戒心が足らないんじゃないかい？　それに細工とは失礼だね。あんたのお茶はスペシャル配合の栄養剤だよ」

「栄養剤!?　このくっそ不味いのが!?　嘘《うそ》だろ！　なあ、ばあさん。いい加減、オレに対してだけ嫌がらせするのやめろよな。……後味最悪だぜ……口の中に変な味がずっと残ってる……」

「あえて苦みと酸味を消さなかったからね。そりゃあ不味いだろうさ」

「わざとかよ！」

「そりゃ、そうだろう。あんたの嫌がる顔が見たいんだから」

「悪意を隠しもしないの、どうかと思うぜ」

「……相変わらずデリスさんとカインは仲良しだなあ」

ふたりのやり取りを眺めながら呟《つぶや》く。デリスさんはカインに構いたくて仕方ないのだ。

今回の嫌がらせみたいなお茶も、カインの反応を楽しみたいだけでやったのだろう。

デリスさんにはそういうお茶目なところがある。

フリードも頷いた。

「そうだね。デリス殿にとって、きっとカインは遠慮の無いやり取りができる相手なのだと思うよ」

「だよね」

それにたぶんだけど、本当はカインも気づいて飲んでいるんじゃないかなと思う。

デリスさんのお茶が不味いことを分かって、その上でわざと引っかかってあげているんじゃないかな、と。

カインは優しい子なので普通にありうると思うし、デリスさんはデリスさんで、知られていることを分かった上でやっている気がする。つまりこれは、ふたり合意の遊びみたいなものなのだ。

「……うん。私たちが出る幕はないよね」

結論が出たので、自分の分のイチゴ大福を食べる。アルが興味深そうにしていたので膝《ひざ》の上に載せ、少し分けてあげたが、彼はものすごく驚いていた。

プルプルと身体《からだ》を震わせている。

「ほ、本当だ……王妃様の作ったお菓子が美味しいなんて……」

「わあ……」

前々世の私が相当なメシマズということは話に聞いていたので知っているが、ここまで驚かれると引く。

「アル？」

「疑ってごめんなさい、王妃様。でも本当に、本当にお上手になられたんですね。うっ……僕、感激です」

「……私じゃないからね？」

同一視されては困ると思い、告げると、アルはコクコク頷いた。

「分かってます。でも、でもそう言いたくもなってしまうんですよ～。だって、王妃様ってば、本当に下手の横好きで……うっ、思い出したら吐き気が」

「……良かったら、これも食べる？」

なんだか可哀想《かわいそう》になってきたので、私の分の残りは全部アルにあげることにする。

アルは大喜びでイチゴ大福を頬張《ほおば》った。

「美味しかったです。ごちそうさまでした」

「そ、良かった。今度、和カフェにも連れていってあげるからね」

「王妃様が経営なさっているという噂《うわさ》のカフェですね！　楽しみです！」

「ふふ。カレー店にも行こうね～」

「はい！」

嬉しそうにしているアルが可愛くて、思わず頭を撫《な》でてしまう。

そうこうしているうちに、騒いでいたカインも大人《おとな》しくなっていた。文句を言いすぎて疲れたのか、ぜいぜいと肩で息をしている。そんな彼に声を掛けた。

「もういい？」

「……よくはないけど、これ以上言っても無駄だからもういい」

「何それ」

クスクスと笑う。デリスさんを見れば、とても満足そうにしていて、カインとのやり取りを心から楽しんでいたことが分かった。

ある意味、デリスさんのストレス解消になっているのかもしれない。

カインはデリスさんに今度こそ緑茶を淹《い》れてもらい「最初からこれを出してくれたらいいんだよ」とまたブツブツ言っていた。

デリスさんは笑いながらイチゴ大福を頬張り「やはりイチゴ大福が一番美味しいねえ」と相好《そうごう》を崩していた。

一服したところで、改めてフリードが姿勢を正し、デリスさんにお礼を告げる。

「改めまして、先日はありがとうございました。お陰で助かりました」

デリスさんがフリードに視線を向ける。彼は真剣な顔で言った。

「正直、あなた方が来て下さらなければ、かなり拙《まず》い状況になったと思っています。本当に助かったのです」

「礼を言われる筋合いはない。言っただろう。身内の不始末を付けに来ただけだと」

渋い顔で告げるデリスさんに、フリードが尋ねる。

「……ギルティア、ですか。戦場にいた私たちは彼女の姿を見ていませんが、どうでした？」

「どうもこうも、軍勢を見渡せる場所で楽しそうにしていたよ。ほんっとうにあいつは、昔から変わらない」

「……」

「人の嫌がる顔を見るのが大好きなんだ」

吐き捨てるように言うデリスさんを見つめた。

「あいつは魔女の規定により処分した。おそらく数十年は出てこないから、もう気にしなくていいよ」

「処分、ですか？」

「ああ。今までも散々やらかしているからね。それにあいつは反省する気がまるでなかった。放置すれば、もっと大きな問題を起こしたかもしれない。あれがベストな判断だと思うよ」

ぱしりと言い切る。その表情は厳しく、普段の彼女とは別物だった。

「デリスさん……」

「あんたたちにも相当迷惑を掛けたからね。今度、何らかの形で詫《わ》びを入れるよ」

仕方ないという風に首を横に振るデリスさんにフリードはキッパリと言った。

「いえ、こちらも助けていただきましたから、必要ありません」

「そ、そうだよね」

フリードに追随し、頷く。

確かに魔女ギルティアには色々ちょっかいを掛けられていたようだが、それはすでに終わった話だし、この通り私たちは無事だ。それにデリスさんはフリードを助けてくれた。

これ以上は過分だと思うのだけれど。

だがデリスさんは納得できないようだった。

「身内が不始末を起こしたんだ。詫びを入れるのは当然のことだよ。俗世にあまり関われない私たちでは、そんな大層なことはできないけどね。ま、楽しみにしてな。ここぞというところで返してやるから」

「はあ……」

「ばあんと派手なことをしてやるよ」

「……ん？　今、大層なことはできないって言いませんでした？」

小首を傾《かし》げる。デリスさんはクククッと喉の奥で笑った。

「大層と派手は同じではないんだよ。実情は大したことをしていなくても派手に見えることはあるだろう？　そういうことさ」

デリスさんがなんだかとても楽しそうだ。

良いことを思いついたと言いたげな顔をしているから、予想もつかないことをどこかで披露してくれるのかもしれない。

フリードも諦《あきら》めたようで「分かりました」と了承の返事をした。

「それでは楽しみにしています」

「ああ、期待してくれて構わないよ」

一体何をしてくれるのか気になるけれど、期待していろと言うのなら期待して待っていよう。

なんとなく場の空気が柔らかくなったところで、デリスさんが言った。

「それと、話は変わるんだが」

「？　なんですか」

彼女を見る。その目は私の膝の上に載っているアルを見ていた。

先ほどまでとは違い、鋭い目つきだ。

「神剣に宿る最古の精霊アーレウス。実物は初めて見たが、まさかそんな形をしているとは思わなかったよ。ずいぶんと愛らしい見た目なんだね」

「あっ……」

そういえば、アルの紹介をしていなかった。

慌ててアルを掴《つか》み、テーブルの上に置く。アルは「なんですか、王妃様」と可愛い顔で私を見上げてきた。

「魔女のデリスさん。アル、挨拶《あいさつ》して」

「……別に魔女なんて珍しくもなんともないですけど。千年前にもいましたし」

「そうなの!?」

アルの発言にびっくりした。思わず言う。

「デリスさんって、御年千歳超えなんですか!?」

「……いや、さすがに違うよ。どうしてその発想が出てくるんだい」

「えっ、だって、千年前にもいたってアルが……」

「私とは別の魔女だよ。私はそんなに生きていない」

「そ、そうですか」

てっきりアルと直接の知り合いかと思いきや、そういうわけではないらしい。

アルもうんうんと頷いている。

「魔女は数百年単位で代替わりするんだよ。その頃《ころ》の記録は残っているけどね、実際のところを知っているわけじゃない」

「そうなんですか……」

「特に見た目についての記録は残っていなかったからね。しかしまさかミニドラゴンだとは」

感心するように呟くデリスさんにアルは胸を張った。

「これは王様に対する僕なりのリスペクトの結果。この素晴らしいフォルム、存分に褒め称《たた》えてくれて良いんだよ!?」

「初代国王は竜神だったからねえ。なるほど、分かりやすいといえば、分かりやすいか」

「神であることを捨てた王様の決断を僕は支持するけど、懐かしいかの姿を忘れたいとは思わない。だから僕はこの姿を取ることにしたんだ」

「そういえば決意表明だって言ってたね」

前に聞いたことを思い出しながら言うと、アルは「その通りです」と肯定した。

「もちろん竜神であった頃のお姿は、凛々《りり》しく優美、見る者全《すべ》てを魅了するもので、今のスペシャルに可愛らしい僕とは全く別方向ではありましたが、王様は喜んで下さいました。『昔の私を忘れないでいてくれることが嬉しい』って。そんなこと言われたら、一生この姿でいるしかありませんよね!」

「うん、うん。アルが初代国王のことをとっても好きなのはよく分かったから」

鼻息も荒く告げるアルの頭を撫でる。

フリードはすっかり呆れた様子だったし、デリスさんは逆に楽しそうだ。

「ずいぶんとまあ、面白い精霊もいたもんだ。だが、彼が目覚めたことでこれから色々と変わるよ」

「変わる？　どういう意味です？」

意味深な物言いが気になり、尋ねる。デリスさんはお茶を飲み、アルに目を向けながら言った。

「この世界に精霊がいるのは周知の事実。だが、今まで実物を見た者は殆《ほとん》どいなかった。それはどうしてか分かるかい？」

「……さあ」

特に考えたことがなかったので、急に尋ねられても分からない。

私の代わりにフリードが答える。

「アルが眠っていたから……とかでしょうか」

「え……」

「正解だ」

予想外の答えに目を瞬《またた》かせる。デリスさんは淡々と告げた。

「その精霊はね。始まりの精霊とも呼ばれている特別な精霊なんだよ。他《ほか》の精霊に強い影響力を与えることができる。約千年前、その精霊が眠りについたことで、他の精霊たちは力を失い、徐々に人間たちの前から姿を消した」

「……そうなの？」

アルを見る。彼は「まあ、そうなんでしょうね」とデリスさんの言葉を肯定した。

「実際、今、僕の他に精霊の気配はほとんど感じませんし。死んだって感じもないんで、眠っているが正解だと思いますよ」

あっさりと告げるアル。デリスさんは頷き、話を続けた。

「だが、その精霊が目覚めた。きっとそのうち、他の精霊たちも順に目覚めていくと思うよ。あちらこちらで姿を見ることになるだろう」

「へえ……」

「別に精霊なんて珍しくもなんともありませんけどね」

アルはそう言うが、私としては興味津々だった。

だって精霊なんてアル以外見たことない。以前、ウィルも興奮気味に語ってくれたが、今までその存在を認知しつつも、誰も見たことがないというのが精霊なのだ。

「千年前には精霊契約、なんてものもあったみたいだね。今は存在すら忘れられているようだが」

「精霊契約！　そんなのがあるの？」

初めて聞く言葉に驚くと、アルは「ありましたね～」と懐かしむように言った。

「僕たちと契約して使役するんですよ。ただ、数自体は少なかったですよ。対価を支払えないことも多かったですしね」

「対価？　契約の対価ってことでしょ？　魔力とかじゃないの？」

なんとなくだけどそういうものかと思っていた。だが、アルは否定した。

「いえ、僕たちは魔力をもらっても仕方ありませんから。精霊によって対価となるものは変わります。そうですね……弱い精霊ならそこまで酷《ひど》いものを要求されたりはしませんけど……まあ、精霊のランクによって欲しがるもののレベルが上がるんだと覚えて下さい」

「へ、へえ」

「王妃様も気をつけて下さいね。今後、契約を持ちかけてくる精霊がいるかもしれませんから。その時は絶対断って下さいね。約束ですよ？」

真顔で念を押され、目を瞬かせた。

「断った方が良いの？」

精霊と契約なんて面白そうなのに。

特に私はまだ魔法も碌《ろく》に使えないような状況なのだ。精霊がいてくれれば色んな意味で助かりそうだ……と考えたところでアルが言った。

「もう！　そんなの当たり前でしょう！　王妃様には僕がいるじゃないですか！　僕というものがありながら浮気なんて駄目ですよ」

「……うん？」

どういう意味だと首を傾げると、アルが言った。

「だって王妃様、僕に名前を付けてくれたでしょう？」

「……ん？」

「精霊契約は、精霊に名前を付けること。そしてその精霊が受け入れることで完了するんですよ～。つまり僕と王妃様はすでに契約が済んでいる状態なのですっ」

ドヤアという顔で説明され、目が点になった。

「えっ……」

フリードは額を押さえている。

「やっぱり……そんな気はしていたんだ」

「？？？」

わけが分からない。説明を求めるようにフリードを見ると、彼は眉《まゆ》を下げ、私に言った。

「リディはアルに『アル』という渾名《あだな》を付けたでしょう？　それをアルは受け入れた。つまりはそういうことなんだけど」

「ええっ!?」

「古い文献で読んだ記憶があるんだよ。名前を付けることは契約の一種だって」

なるほど。

それで私がアルに渾名を付けたと言った時、フリードはやけに驚いた顔をしていたのか。

「知ってたのなら、止めなくて良かったの？」

「他の誰かなら止めたけど、アルは王家に代々伝わっている神剣に宿る精霊だからね。まあ良いかなって」

信用度が違うということだろう。

そもそも契約する前からアルを私に付けるのを良しとしていたことを考えれば、ＯＫが出るのも納得はできた。

「へ、へえ、そうなんだ。で、でも、私……対価とか何も払っていないと思うんだけど……」

そこがちょっと気になった。

だって渾名が欲しいと言われて、軽い気持ちで考えただけなのだ。契約と言えるような何かをした覚えはない。

「大丈夫ですよ。契約はしましたけど、これは僕側から持ちかけたもの。基本、こちら側から持ちかけた契約に対価は発生しません。人間側が望んだ場合のみです」

「へ、へえ……」

「そういうわけで、実は僕はすでに王妃様の契約精霊なのでしたっ！　王妃様のお願いなら大抵のことは叶《かな》えますから遠慮なくお申し付け下さいね。あ、もちろん王様とも契約はしてます。僕にアーレウスという名前をくれたのはそもそも王様ですので」

「待て。私は名付けた覚えはないぞ」

フリードが冷静に告げる。だがアルは胸を張って言った。

「前世であろうと、情報は魂に紐付《ひもづ》いていています。僕が契約したのは間違いなくあなたですよ」

「……そうか」

複雑そうなフリード。覚えていない前世のことを言われても困るのだろう。その気持ちは分かる。

フリードが「あ」という顔をした。

「ひとつ聞きたいのだが、二重契約にはならないのか？」

「そ、そうだよね。私とフリードふたりとって駄目なんじゃないの？」

なんとなくだけど、ひとりにつき一体の精霊……みたいなイメージがあったので尋ねる。アルは

「大丈夫ですよ～」と気にした様子もなかった。

「王様と王妃様は王華《おうか》で繋がっているでしょう？　つまりは一心同体みたいなものじゃないですか。なので何の問題もありません」

「ふ、ふうん。そういうもの？」

なんとなく胸元の王華を押さえる。今は服に隠れて見えないそれが、熱を持ったような気がした。

デリスさんが話を纏《まと》める。

「ま、そういうことだ。今後、精霊たちが目覚め、その活動は活発になる。騒動が起こるかもしれないが、頑張るんだね」

「えっ、騒動ですか？」

「そりゃ、千年近く眠っていたものが目覚めるんだ。何もかもが変わった中で、何事も起こらないということはないだろう」

「そうかもしれませんけど……」

チラリとアルを見る。

「……アルって現代知識も完璧なんですよね。だから、そういうことは起こらないのかなって思うんですけど」

「あ、それは僕だからなので。他の精霊たちに同じことを期待されても困ります」

さっとアルから修正が入った。

「え」

「だって僕って特別ですから」

「……だそうだよ」

デリスさんが私とフリードを見る。

思わず夫と目を見合わせた。

「……だって」

「……まいったな。やっと戦争が終わって、しばらくゆっくりできると思ってたんだけど」

「精霊と契約しているあんたたちでないと、解決できないことも多々あるからね。精々今から覚悟しておくことだね」

デリスさんの忠告を聞いたフリードが大きなため息を吐く。

その背中を撫でた。

「……がんばろ」

私たちではないと無理というのなら、やるしかない。

色んな騒動が落ち着き、ようやく日常が戻ってきたと思った矢先に聞かされた今回の話。

どうやら私たちが落ち着くにはまだまだ時間が掛かるみたいである。

4・彼女とコイバナ

デリスさんの家でしばらく過ごした私たちは、再訪を約束し、彼女と別れた。

時間的にはそろそろ帰らなければならないが、その前にティティさんの店に寄る。

もちろんお礼のために、だ。

今回の戦い。ティティさんの情報があったお陰で助かった面はかなり大きい。

彼女の分のイチゴ大福も用意しているので、お礼の言葉と共に渡す予定だった。

訪ねると、ティティさんは私たちを大いに歓迎してくれ、イチゴ大福も喜んで受け取ってくれた。

何かお礼をしたいというフリードの言葉には、少し迷ったようだったが「それなら」と彼女は口を開いた。

「レヴィットとイーオンを今度こちらに寄越していただけますか？　久々に三人で昔話をしたいと思いまして」

「ふたりを？　それは構いませんが、そんなことで良いんですか？　あなたのお陰で助かったのです。入り用なものがあればおっしゃっていただければ……」

「良いんですよ。あなた方は私たちの仲間を助けてくれたのですから、それで十分……というか、お釣りがくるぐらいです」

静かに首を横に振るティティさん。

「これ以上は必要ありません」

その様子から、何を言っても無駄だと悟った私たちは、近々ふたりを彼女の店に向かわせることを約束して店を出た。

時間も時間なので、城に戻る道を辿《たど》る。

町の様子は平和そのもので、皆、笑顔だ。この平和が壊されなかったことがとても嬉《うれ》しいし、この光景を守るためにフリードは頑張ってきたのだなと思うと、こう、胸に込み上げてくるものがある。

満たされた心地になりながら城に帰った。

城門に立っていた兵士たちが私たちの姿を認め、声を掛けてくる。

「お帰りなさいませ、殿下。陛下がお呼びです」

「？　父上が？」

伝言を聞き、フリードが眉《まゆ》を寄せる。続けて兵士が、私にも言った。

「ご正妃様。王妃様がお呼びです。帰ってきたら、部屋に来て欲しいとのことでした」

「え、お義母《かあ》様も？　ええ、分かったわ」

返事をしつつもフリードと一緒に首を傾《かし》げる。

「……何だろう。フリード、心当たりある？」

「いや、私はないけど。リディこそ母上と何か約束でもしていたの？」

「それが、していないんだよね」

義母とはよくお茶会をする仲だが、今日は何も約束していない。

しかも時間は夕方だ。

「フリード。私、今からお義母様のところへ……って、さすがにこの格好じゃまずいか。ちょっと着替えてからお義母様のところへ行くね」

　遊び着で義母を訪ねるわけには行かないだろう。いくら急いでいても礼儀というものはある。

　フリードも同意した。

「そうだね。私も着替えた方が良さそうだな……」

「その方が良いと思う」

　ふたり頷《うなず》き合う。フリードが伝言を伝えてくれた兵士に言った。

「用意がととのい次第、お伺いしますと伝えてくれ」

「私も。お義母様に伝言をお願いね」

「承知いたしました」

　兵士は頷き、城の中へと入っていった。それを見送り、私たちもそれぞれの衣装部屋へ向かうことにする。

「お義母様、一体なんの用事なんだろう」

　気にはなるけど、まずは相応の装いをしなければ。

　私は近くにいた女官にカーラを呼ぶよう命じると、自分用に用意された衣装部屋へと歩を進めた。

◇◇◇

「お義母様、リディです。お呼びと伺いましたが」

「待っていましたよ、リディ。さあ、入って」

「失礼します」

着替えと化粧直しを済ませ、義母の部屋の扉をノックした。すぐに返事があり、部屋の扉が開かれる。

「約束していなかったのに急に呼び立ててしまったこと、申し訳なく思っています。フリードリヒと出掛けていたのでしょう？」

「大丈夫です。こちらこそお待たせしてしまったみたいですみません」

いつから義母が待っていたのかは分からないが、まずは謝る。義母は「気にしなくて構いません」と言い、暖炉の近くにある一人掛けのソファを勧めてくれた。

ちなみにアルは連れてきていない。

彼にはフリードの方へ行ってもらった。義母はアルには慣れていないだろうから、彼がいると気になるかなと思ったのだ。

フリードも特に反対しなかったので、アルは素直に彼と共に行った。

尻尾が機嫌良く揺れていたので、フリードと一緒で嬉しいのかもしれない。

時々、フリードのところに行かせてあげれば喜ぶだろうか。

「ふふ……」

アルのことを思い出しながら笑う。

義母に言われた通りソファに腰掛けると、女官が入ってきてお茶の用意をしてくれた。ちょっとした茶菓子もある。

「お食べなさい。出掛けていたのならお腹《なか》も空いたでしょう」

「ありがとうございます」

義母に勧められ、お茶菓子を頬張《ほおば》る。紅茶も飲み、義母の様子を窺《うかが》った。

「……」

義母は黙って紅茶を飲んでいる。呼び出した理由を知りたかったが、どうやらまだ話をする気はなさそうだ。

それならばとお茶を楽しむことにする。だがそれも三十分が過ぎてくると、さすがにまだかなという気持ちになってきた。

用事があったから呼ばれたはずなのに、いつまでもお茶を飲んでいるだけ。このままでは埒《らち》があかないと思った私は、自分から話を振ることに決めた。

「ええっと、お義母様……お話というのは？」

「んんっ、そう、そうでしたね」

どうやら私が言い出すのを待っていたようだ。義母は明らかにホッとした顔になった。

だがティーカップを持った手がちょっと震えている。心なしか義母の顔が赤いことに気がつき――ハッとした。

これはもしかしなくても、国王関連の話ではなかろうか。

そういえばフリードが凱旋《がいせん》した時、ふたりの様子がいつもと違った。それを思い出した私は、キラリと目を輝かせた。ズバリ、尋ねる。

「お義母様。もしかしてお話とは、陛下のことでは？」

「んんっ……」

ますます顔が赤くなった。これはもう間違いない。絶対に国王の話だ。

——やったっ！

心の中でガッツポーズを決める。確信した私は身を乗り出し、義母に聞いた。

「何か、何か進展でもありましたかっ！」

声が弾んでしまったのは許して欲しい。

何せ国王夫妻は私が今、一番応援しているカップルなのだ。そのふたりの仲が進展したかもしれないと思えば、どうしたって前のめりになるというもの。

一体どんな進展があったのか、是非微に入り細を穿《うが》って説明して欲しい。

期待に目を輝かせる私を見た義母は真っ赤になったが、それでも誰《だれ》かに話を聞いて欲しかったのだろう。「実は——」と小声ではあったが話し始めた。

「その……あなたももう聞いたかもしれませんが、フリードリヒが留守にしている時、暗殺者に襲われたのです……」

「っ！　聞いています。大丈夫でしたか？」

浮かれていた気持ちが一瞬で引き締まった。

そうだ。義母は暗殺者に狙《ねら》われたのだ。義母は王妃と言ってもごくごく普通の感性を持つ女性。今回の件がトラウマになっていてもおかしくはない。

だが何故《なぜ》か義母は照れくさそうに笑っている。

——ん？

「お義母様？」

「……ちょっとその時の陛下のことを思い出してしまって……その、確かに暗殺者に襲われたのは本当なのですが、間一髪のところで陛下に助けていただきましたから、大丈夫です」

「陛下に!?」

引き締まった気持ちがまたぴょんと跳ね上がった。義母が頷く。

「ええ。腰の剣を引き抜き、ひと息に。全く怖くなかったと言えば嘘《うそ》になりますが、陛下が守って下さったお陰で、引《ひ》き摺《ず》るようなことにはなりませんでした」

「へえええ！　陛下、格好良いですね！」

素直に賞賛した。

国王は今でこそ戦争が起こっても前線に立つことはないが、昔は今のフリードのように戦っていたのだ。どの程度の腕前かは分からないけれど、ヴィルヘルム王家の男児は皆、軍人。それなり以上の技量があるのは間違いない。

そして国王はその腕前でもって、義母を守ったのだろう。

最高だ。格好良すぎる。

義母も嬉しそうにしていて、彼女が喜んでいるのが伝わってくる。

これは、かなり義母の気持ちも国王に惹《ひ》きつけられたのではなかろうか。

——ピンチを救ってもらうってすごくときめく展開だもんね。

私も何度か経験があるので分かる。

いざという時に助けてもらえると、好感度が爆上がりするのだ。それが元々好意を抱いている相手ならなおのこと。

義母も私の言葉に同意した。

「ええ。その……とても素敵でした」

——きゃあああああ！

照れを隠すように頰《ほお》を押さえる義母に、私の萌え心が爆発した。

普段、なかなか国王に対し、素直な気持ちを口にしない義母が「素敵」と言ったのだ。

義母を助けた国王は余程格好良かったのだろう。

分かる。私も昔、マクシミリアン国王（その時はまだ王子だった）から助けてもらった時、フリードにとてもとてもときめいたから。

その当時、私はまだ彼のことを好きだと自覚していなかったが、その状況でも『格好良い、好き(仮)』と思わずなったくらいには彼が素敵に見えた。

「そ、それで、ですね」

うんうんと頷いていると、義母が顔を赤くしながら話を続けた。

さっと聞く体勢になる。

「はい」

「その時に、なのですけど……い、いえ、なんでもありません」

「お義母様？」

ますます顔を赤くする義母を見つめる。義母はもう一度「なんでもありません」と言い、口を噤《つぐ》んだ。

——なるほど？

これはもしかしなくても、やはり何らかの進展があったのではないだろうか。

そして報告しようとしたが、恥ずかしくなってやめた……というのが正解ではないか。

——多分、そう、だよね。

義母の態度を見ていれば、ある程度は推察できる。

私としてはどんな進展があったのか詳しく聞きたいところだが、義母のプライバシーを無理に暴くような真似《まね》はしたくないし、してはいけないと分かっている。

自身の大切な思い出としてしまっておきたいと義母が判断したのなら、それに従うべきなのだ。

だから残念ではあるがあえてそこは触らず、義母の気持ちにのみ寄り添うことにする。

「良かったですね。お義母様」

「……ええ」

少し間はあったが、義母からは肯定の返事があった。

その様子は私の目から見ても可愛《かわい》らしく、義母が国王を憎からず想っているのが伝わってくる。

私が義母の抱える問題を知ってから、一年弱。

ようやく頑《かたく》なだった義母の心境に、決定的な変化が訪れようとしているらしい。

素晴らしいことだ。

「……リディ」

ニコニコしていると、義母が私を呼んだ。返事をし、義母を見る。

「はい」

「……詳細は話せませんが、その、今まで色々とありがとう。たぶん、私はもう大丈夫です」

「っ！」

思わず姿勢を正した。義母は柔らかく微笑《ほほえ》んでいる。

「なんとなくですけど、今なら陛下ともきちんと向き合うことができそうな気がするのです」

「お義母様……」

「今回のことで、陛下が真実私のことを愛して下さっていると理解できましたから」

「……！」

目を見開く。

義母は幸せそうな顔をしていた。今まで見たことのない表情に、義母の言う通り、もう大丈夫なのだと理解する。

私がお節介をする必要はないのだ。義母は自分で国王との関係を変えていける。

「お義母様……」

ジンとしたものが込み上げてくる。

「とは言っても、今すぐにどうこうというわけではないですけどね。少しずつ進んでいければそれで十分です。だからリディ、今の話、陛下には秘密ですよ」

しーっと人差し指を立て、茶目っ気たっぷりに義母が言う。もちろんすぐに頷いた。

「はい」

「ありがとう。何せ陛下は、すぐにでも事を進めようとする方なので。全く少しはこちらのペースに合わせてもらいたいものです」

「あー、それは……はい」

実際その通りなので、国王を庇《かば》えなかった。そういうところ、国王とフリードはよく似ているのだ。

彼らは基本我慢ができない。好きな相手に対しては、猪突猛進《ちょとつもうしん》するきらいがある。

心当たりがありすぎて、思わず苦笑してしまった。

義母も私につられたように笑う。

「またそなたに相談に乗って欲しいとお願いすることもあるやもしれませんけど」

「はい、その時はぜひ！」

「ええ。頼りにしています。そなたにしか言えないこともあるでしょうし。その、リディも相談してくれて良いのですよ。フリードリヒのこと、言える相手は私しかいないでしょうし」

「ありがとうございます」

今のところは何もないが、今後もそうとは限らない。

そういう時、義母が力になってくれるのはとても有り難いと思うのだ。

「何かあったら、真っ先にお義母様に相談しますね」

「ええ、そうして下さい。私も義母として、そなたの役に立ちたいのです」

綺麗《きれい》な笑みを浮かべ、義母が言う。

その微笑みに最早《もはや》陰はなく、私は心から義母の言葉に頷くことができたのだった。

5・彼と打診

リディと出掛けた帰りに、兵士のひとりから父が呼んでいると伝言をもらった。

外出着のまま出向く気にはさすがになれず、着替えてから父の執務室へと向かう。

先ほどまで一緒だったリディはリディで母に呼ばれたらしく、別行動だ。

アルは私についてきた。

リディに遠慮してくれと言われたからというのもあるが、アルなりに配慮したようだ。

「僕がいるとできない女性同士の話もあるでしょうしね」

リディにはカインもついているのでアルがこちらに来ても構わないのだが、そういう心配りができるタイプだとは思わなかった。

「遅くなって申し訳ありません、父上。フリードリヒです」

「入れ」

執務室の前で声を掛けると、入室許可が下りる。

警備の兵士たちが恭《うやうや》しく扉を開けた。

広い執務室では父がのんびりとソファに腰掛け、ティーカップを傾けている。

執務机の上には何もなく、すでに仕事は片付いているようだ。

リディの父である宰相もいなかった。いるのは父だけで、護衛も全員外させているようだ。

何か込み入った話でもあるのだろうか。自然と気持ちが引き締まる。

「お呼びと伺いましたが」

「うむ。姫と出かけていると聞いたが、楽しかったか？」

「はい」

リディと一緒で楽しくないはずがない。即答すると、父は羨《うらや》ましげな顔をした。

「デートとは羨ましい。いつかは私もエリザベートと……いや、今する話ではないな。フリード、まずはそこに座れ」

ロングソファを示され、言われた通り腰掛ける。

ふよふよと飛んでいたアルも私の隣に着地した。父はアルに目を向けると、にこりと笑った。

「おや、アーレウス殿もご一緒でしたか。てっきり姫といらっしゃるとばかり」

「今日は王様についてきたんだ。だって王妃様、君の妃と会うっておっしゃってたから」

「おお。気遣って下さったのですか。ありがとうございます」

「んふ。僕はできる精霊だからね」

アルがドヤ顔をする。持ち上げられたのが嬉《うれ》しいらしい。

アルは精霊のわりに私たちと近しい感覚を持っており、褒められれば素直に喜ぶし、あと……相当なお調子者だ。

そして妙にリディと気が合う。

相性はいいだろうなと思ってはいたが、実際のふたりはといえば予想以上に仲が良く、毎日なんやかやと楽しそうにしている。

その様には嫉妬《しっと》も覚えるが、リディが嬉しそうなのと、大概ふたりの話題が私についてだということとで、怒るに怒れない……というのが本当のところである。

この間もふたりで私の絵姿を見て、キャアキャアと喜んでいた。

何が楽しいのか分からないし、本音を言うならやめて欲しいが、アルが来たことでリディの行動力は更に高まっているのだ。やめさせても、より頭を抱える事態になるだけと気づいたので放置することにしたが……いや、やめよう。深く考えると頭痛がする。

父に褒められて素直に喜んでいるアルを生温《なまぬる》い目で見ていると、父が「フリード」と私を呼んだ。

「はい」

どうやら本題に入るようだ。父の声は真剣で、何か問題でも起こったのだろうかと姿勢を正した。

「お前を呼んだのは他《ほか》でもない。重要な話があるからだ」

「と言いますと」

「サハージャのことだ。マクシミリアン国王が行方不明中ということはお前も覚えているな？」

「はい。何か進展がありましたか」

私が最後に見たマクシミリアンは、戦場から逃走する姿だ。

そのあとは当然国に帰ったと思ったのだが、どうやら彼は行方を眩《くら》ませているらしい。

とはいえ、あの男はリディにひどく執着している。

すでに私と結婚しているというのに、リディを己の妃《きさき》にと望んでいるのだ。

数度追い返した程度で諦《あきら》めるような男でないことは知っているので、また力を蓄えて再戦を挑んでくるだろうと覚悟しているが、未《いま》だその行方が分からないというのは気になっていた。

父を真っ直ぐに見る。父はテーブルの上に裏側にして置いてあった書類を引き寄せると、私に示した。

「サハージャへ潜入させていた者からの報告書だ。読むと良い」

「……失礼します」

書類を手に取り、書かれた文字を追う。

そこにはサハージャが近々、新たな国王を擁立することが書かれてあった。

「新たな国王⁉」

想像もしていなかった展開に目を見開く。父を見ると、彼は渋面を作っていた。

「マクシミリアン国王は未だ行方不明中。私の見立てでは、行方不明というのはサハージャ側の流した噂《うわさ》で、すでに本国へ帰還していると踏んでいたのだが、どうやら違ったようだ」

「私も、その可能性は高いと思っていました」

マクシミリアンならそれくらいはする。

こちらの油断を誘うために、己が行方不明であるという噂を流布《るふ》することくらい余裕でやる男なのだ。

だが、新たな国王擁立というのなら話は変わってくる。

「マクシミリアンはまだ帰国していないということなのですね？」

「ああ。新たな国王を擁立するというくらいだ。帰国の見込みも立っていない。いや、どこにいるかも分からない状況なのだろう」

「……」

報告書の続きに目を通す。

「……国王擁立と言っても、代理国王。二年経《た》ってもマクシミリアンが戻らなければ、正式に国王就任となる……ですか」

「マクシミリアン国王は国王に就任してまだ一年も経っていない。すぐさま次の国王を……というのは外聞が悪すぎるということなのだろう」

「外聞。今更という気もしますが、もしマクシミリアンが帰国して、己の『次』がいることを知れば、烈火の如く怒るでしょうね」

「そのために代理国王という制度を使うのだろう。玉座を空白にするわけにはいかないが、マクシミリアン国王の怒りも怖い。だから二年という時間を置くのだ」

「なるほど」

サハージャ側の意図は明らかだ。

マクシミリアンが戻ってくるまでの間の繋《つな》ぎとして、代理国王を置く。

そうして彼が戻れば、代理国王は役割を終え、マクシミリアンに王座を返す。

完全に国王を交代するわけではないからマクシミリアンも納得するだろうし、とりあえずの措置としては悪くないと思う。一年ではなく二年としているのも、マクシミリアンに対する配慮だろう。

納得しながら報告書の続きを読む。

「次の国王は……エラン・ユル・ダ・サハージャ。……聞いたことのない名前ですね。このような名前の王子がサハージャにいましたか？」

サハージャの王子の名前は全員覚えているつもりだったが、全く聞き覚えが無かった。

「私も知らなかったが、どうやら隠された王子がいたらしい。前サハージャ王の息子だが、母親は娼《しょう》婦《ふ》。そのため、王子として正式には認められていなかったのだとか」

「……そうでしたか」

残念な話だが、母親の身分が低い場合、王族として認められないことは多々ある。

特にサハージャは女性の扱いがあまりよくない国だから、ありそうなことだとは思った。

父が淡々と語る。

「サハージャにいたのは四人の王子と二人の姫。第一王子が今のマクシミリアン国王で、第二王子は廃嫡され、第四王子は処刑。唯一残っていたのが王太子となった第三王子だが、彼は先日暗殺されたらしい」

「第三王子も。……十中八九、マクシミリアンが命じたのでしょうね」

自分の邪魔をする者は要らない。

第三王子が優秀という話は聞いたことがない。凡庸な弟をマクシミリアンが切った……というのが正解だろう。

父も苦い顔で同意した。

「おそらくはな」

四人もいたはずの王子が、気づけばマクシミリアンひとりを除いて誰《だれ》もいなくなってしまった。王太子という地位にあっても安堵《あんど》できない情勢。それが今のサハージャの実情だ。

「国を継ぐ者が誰もいない状況の中、今まで存在だけは認識されていた王子が担ぎ出された。それがエラン王子というわけですね」

「その通りだ。エラン王子は今年二十歳となる若者。王子と認知されていなかったため、その詳細は不明だが、どうやら婚約者がいるらしいな」

「婚約者、ですか」

王子と認められていなかったのに、もう婚約者がいるとは驚きだ。

「エラン王子が望んだらしい。婚約を認めないと、代理国王として立たないと条件を突きつけたようだな。ちなみに相手は聖女らしいぞ」

「聖女、ですか？」

聞き慣れない言葉に眉《まゆ》を上げる。私の疑問に父が答えた。

「お前もサハージャの聖女伝説は知っているだろう」

「それは……ええ」

他国の伝承を学ぶことは、王族にとって基本中の基本なのでもちろん知っている。

聖女伝説。

これはサハージャに昔からある話で、ヴィルヘルムにおける建国記と同じ。

どの国にも最低ひとつはある神話のひとつだ。

「サハージャの聖女伝説と言えば『雷鳴と共に現れた乙女《おとめ》が時の王の病を癒し、再び雷鳴と共に去って行った』というものですが、間違いありませんか」

思い出しながら尋ねると、父は首肯した。

「その通りだ。どうやらその聖女が十二年前、サハージャに現れていたようでな。長く姿を消していたが、最近再びその姿を見せたらしい。エラン王子は聖女にずいぶんと執着しているようで、彼女との結婚を強く望んでいるのだとか」

「そのような存在がサハージャにはいるのですね。無粋かもしれませんが、一応聞きます。その聖女、本物ですか？」

そもそもが神話なのだ。ヴィルヘルムの建国記は実話だが、神話が実話である方が珍しいことは分かっている。

だから話を利用した偽者という可能性もあると思った。父も頷く。

「私も疑っている。エラン王子がその女性と結婚したいがために聖女伝説を利用している……というのが実際のところだろう」

「そうでしょうね。そもそも本当に聖女なら、マクシミリアンが放っておかなかったと思いますし」

あれは、利用できるものは何でも手に入れようとする男だ。

もし聖女が本物なら、絶対に手中に収めていたはず。

そういう意味でも聖女が偽者である可能性は高かった。

「エラン王子の戴冠式はいつなのです？」

可能なら直接その王子の姿を確かめてみたかったのだが、父は首を横に振った。

「代理国王ということで、行わないらしい。それに即位こそ済ませているが、マクシミリアン国王も戴冠式を行ってはいなかったからな。それを差し置いて、代理国王の戴冠式はできぬだろう」

「そういえば、マクシミリアンは戴冠式をしていませんでしたね」

前国王が崩御し、新たな国王に就任したマクシミリアンではあったが、戴冠式は行っていなかった。

おそらくある程度地盤を固めてからと考えていたのだろう。もしかしたら、今回ヴィルヘルムとの戦争に勝ったら大々的にとでも思っていたのかもしれない。

戦争に勝って、リディをも攫《さら》い、そして彼女との結婚式と同時に戴冠式を行う。

如何《いか》にもマクシミリアンの考えそうなことだ。反吐《へど》が出る。

しかし彼が国王となってまだ一年も経っていないのに、新たな国王擁立の話とは。

国に国王がいないのは問題だし、仕方のないこととは思うが、あの男がいないというのが俄《にわか》には信じられなかった。

「……」

どこかに潜伏して、機を窺《うかが》っているのではないか。どうしたってそんな風に考えてしまう。

今、マクシミリアンはどこで何をしているのか。深く考え込んでいると、父が「フリード」と名前を呼んだ。

「はい」

「話は終わりではない。もうひとつ、大事な用件がある」

「？　なんでしょうか」

てっきりサハージャの話をしたかったのだと思ったが、父の口振りからすると、今からする話の方が重要そうだ。

「まだ何かありましたか」

気を引き締める。さすがにまた戦争ということはないと思いたいが、常に火種は転がっている。

何が起きても不思議ではない。

父が真剣な顔で私を見据える。応《こた》えるように見つめ返すと、父はゆっくりと口を開いた。

「フリード。お前に王位を譲りたい」

「は……？」

告げられた言葉が一瞬理解できなかった。

衝撃は遅れてやってくる。父の言っている意味を理解し、目を見開いた。

「お前に、新たなヴィルヘルム国王になって欲しいと打診している。受けてくれるか」

「……何故《なぜ》」

返事よりも先に、疑問が口を突いて出た。

だって、あり得ないからだ。

基本、ヴィルヘルムの国王交代は、正妃が王太子となる子を産んでから行われると決まっている。

だが、リディに懐妊の兆しは見えていない。

私としてはリディがいてくれればいいので焦っていないし、そもそもヴィルヘルム王家はなかなか子ができないことで有名だ。

だから早くてもまだ数年は先だと思っていたし、即位もその時だろうと覚悟していた。

「……まだ私たちに子はいません。王太子となる子もいないのに即位というのはおかしくはありませんか。今までの慣例はどうなるのです」

「別に子がいなければ、即位してはいけない、なんて法はないぞ。今まではなんとなく、そうなっていただけだ」

「なら何故、わざわざ今回に限り、慣例を破ろうとするのです。……何か即位を急がねばならない理由でもありますか」

たとえば、父が病に冒されているとか……。

考えたくもないことだが、そういう理由なら慣例をねじ曲げようとする気持ちも分からなくはない。父を見る。

どう見ても健康そのものだった。

「……別に病気というわけではなさそうですね」

「もちろんだ。身体《からだ》に問題はないぞ。ピンピンしている」

それならそれで余計に謎が深まる。

「……冗談というわけでは」

「ない。私は本気でお前に国王就任を打診している」

「……だから、何故です」

いつかは国王になると覚悟しているが、理由が分からないままというのは気持ち悪い。

特に父が健康なら余計だ。

「慣例をねじ曲げてまで、私を国王にしたがる、その理由はなんです」

納得できなければ受け入れられない。そういう気持ちで父を見る。何故か父はふいっと視線を逸《そ》らした。

「父上?」

「……いやまあ……もちろん理由はあるぞ。それに慣例をねじ曲げるとお前は言うが、慣例などそう大した問題ではない。……ですよね、アーレウス殿」

父がアルに話を振った。

それまでふらふらと飛んだり座ったりと自由にしていたアルが、待ってましたとばかりに、ぴょんとソファの上に立ち上がった。

元気よく告げる。

「もちろん！　王様も王妃様に子ができる前に即位なさいましたしね！　第一子が生まれてから……なんていうのは、後のヴィルヘルム王家が勝手に作った慣例。そんなの全然無視して大丈夫！」

「……そうなのか？」

初代国王がいつ即位したかまでは知らなかった。父も初耳という顔をしている。

「そうなんです！　跡継ぎができてから即位というのは確かに理にかなっているとは思いますが、別に御子がいなければ即位してはいけないなんて法はありません。僕としては嬉しいことでしかないので、是非！　やっちゃって下さい！」

「なるほど。アーレウス殿は息子が国王となることに賛成なのですね」

父が微笑《ほほえ》みながら尋ねる。アルは大きく頷いた。

「もっちろん！　だって僕にとって、いつだって王様は王様でしかないんだから！　ああっ！　一刻も早く国王となった王様を見たい～！　見たいです～！」

「うるさい」

「だって～！」

その場でゴロゴロと転がるアル。ついでにジタバタと短い手足をばたつかせ始めた。

白い腹を見せるその様子は、とてもではないが、千年生きた精霊には思えない。

まるで威厳のないアルを見ながら、父が「ふむ」と頷く。

「アーレウス殿もそうおっしゃっている。特に問題はないようだが、お前の意思は？」

「……継げとおっしゃるのなら否やはありませんが、どうして即位を急がれるのか、その理由は教えていただきたいと思います」

国王となることに文句はない。

昔からいずれそうなると思ってきたからだ。それに私にはリディがいる。

彼女が側《そば》にいてくれるのであれば、王子だろうが国王だろうが構わない。

「……そう、だな」

父の言葉に耳を傾ける。だが、続けられた言葉には耳を疑った。

「……エリザベートの側にいたいのだ」

「は……？」

自分でも驚くくらい低い声が出た。胡乱《うろん》な目で父を見る。父は何故か照れたように笑っていた。

はっきり言って気持ち悪い。

「最近、エリザベートと良い感じなのだ。なんというか、彼女と心の距離が近づいたような気がする。それで、だな。私としてはそろそろ攻勢を掛けたいと考えていて」

「……」

「だが、残念なことに時間は無い。お前も知っているだろうが国王業は決して暇ではないのだ。今のままでは、エリザベートを口説く時間も足りなければ、これ以上距離を詰めるのも難しい。だが、私はなんとかして彼女ともう一度やり直したい。そのための努力は惜しまないと自分に誓ったのだ！」

力説する父。予想外にくだらない理由で、身体から力が抜ける。

「父上……」

「し、仕方ないだろう。お前と違って、私はつがいと共にあれなかったのだから。ようやく彼女が頑《かたく》なな態度を緩和し始めたのだ。今はかつてないチャンス。私はこの機を逃したくはないっ！」

「……」

呆《あき》れが隠せない。そんな理由で、王位を譲ろうとしているのか。

いくらなんでも馬鹿《ばか》らしすぎると思っていると、父は目を見開き、私に熱く訴えてきた。

「お前ならどうする。長く振り向いてくれなかったつがいを手に入れられるかもしれないと分かっても、お前は動かないのか」

「動くに決まっているでしょう」

即答した。

リディは私の中における、最優先人物だ。

どんな時であれ、優先させるべきはリディ。はっきりと告げると、今度は父が呆れ顔になった。

「お前も私と同じではないか」

「……」

悔しいが、父の言葉を否定できなかった。

他人事《ひとごと》だからこそ馬鹿らしいと思うが、自身に置き換えれば、父の気持ちは理解できてしまう。

どうしたって己のつがいを手に入れたい。そう願い、行動するのが私たちヴィルヘルム王家の男子なのだ。

仕切り直すように咳払《せきばら》いをし、父に言う。

「……その、今がチャンスというのは本当なのですか？　父上の思い込みで、気のせいなのではありませんか」

「辛辣だな」

「過去が過去ですから」

リディから父たちの詳細は聞いているだけに、また父が暴走しているのではと疑ってしまう。

母が傷つくだけになるのではないだろうか。もしそんなことになったら、母と仲の良いリディがものすごく怒るような気がする。それは避けたい。

ジト目で見ると、父は慌てて言い訳してきた。

「わ、私とてさすがに同じ失敗は繰り返さないぞ。そ、そのだな。詳細は話せないが、今が攻め時だという確信はちゃんとあるのだ。その上で言っている。今を逃せば、せっかくこちらを向きつつあるエリザベートの心がまた閉ざされてしまう可能性だってあるのだ。それだけは避けたい。私には彼女と向き合い、口説く時間が必要なのだ。そのために是非とも王位はお前に譲りたいっ！」

母を口説く時間が欲しいから王位を譲りたいという父に、本気で頭痛がすると思った。

とはいえ、同じ立場に立たされれば、きっと同様のことをすると思うので、あまり強くは父を責められないのだけれど。

ため息を吐《つ》いていると、父が「駄目か？」と聞いてきた。

「アーレウス殿が目覚めたのもいい切っ掛けとなった。神剣の精霊であるアーレウス殿がお前と姫についているのだ。お前が王になった方が色々と都合が良いだろう」

「……」

「それにお前にはつがいがいるではないか……」

父が懇願するような目で私を見てくる。

「お前には私とは違い、真実つがいとなった姫がいる。それがどれだけ羨ましいことか。私も早くお前のようになりたいのだ」

「……」

「抱き合いたいし、イチャイチャしたいし、デートだってしたい。フリード……頼む。国王になってくれ」

身も蓋もなかった。がっくりしながらも返事をする。

「……分かりました」

まさかこのような形で即位を承諾することになるとは思わなかったが、父はぱあっと顔を明るくさせた。

「そうかっ！　受けてくれるか！」

「父上がそこまでおっしゃるのでしたら、受けましょう。正直、今とあまり変わらないような気もしますし」

リディと結婚してから、本来、国王がするべき仕事が回ってくることが多くなっていた。

未来のための布石だろうと思い処理していたが、結果的に良い準備期間となったと思う。

父は嬉しげに立ち上がると、私の手を握った。

「お前が引き受けてくれるのなら安心だ。頼んだぞ、フリード！」

「分かりましたが、即位まではまだ時間はあるでしょう。それまでの間は、父上が国王ですよ」

念を押す。父は小躍りしそうな勢いで頷いた。

「うむ。分かっている。しかしできるだけ早く戴冠式を行いたいな。三ヶ月……いや、さすがに半年は準備期間が必要か。いやでもできるだけ急いで執り行おう」

「無理に急ぐ必要はありませんよ」

「何を言う！　一日でも早く譲れば、その分エリザベートとイチャイチャできるだろう！　うむ、やはり最短での譲位を目指したいところだな！」

「父上……」

欲望駄々漏れの父に呆れが隠せない。

「……一応、聞きますが、まだ母上の気持ちが完全に向いたわけではないのですよね？」

「む……それは……」

目を泳がせる父を見て、やはり少々暴走気味であったのだなと理解する。

母の気持ちが父に傾いているのは本当なのかもしれないが、このままではまた失敗しそうな気がした。

「……失敗しないよう気をつけて下さい」

「……うむ」

「リディが母上のことを好きなのです。母上を悲しませれば、リディも悲しむ。それは絶対に避けて下さい。リディの悲しむ顔は見たくない」

「わ、分かっている」

父がコクコクと何度も頷く。

母が絡むと父はまるで子供のようにはしゃぎ、表情を変え、笑う。

それを私は、リディと出会ってから初めて知った。

それまではふたりは心の通わない夫婦だと思っていたのに。愛のない結婚だと、つがいではないのだと思っていたのに、それは事実ではなかったのだ。

母は父のつがいで、母が頑なになったのには理由があった。

私のことだって誤解で、母がやり直したいと望んでいたなんて、全然知らなかった。

全部、リディが教えてくれたことだ。

父が「そうだ。忘れていた」と手を打った。

「私は引退するが、ルーカスは現役を続けるとのことだ。いずれは息子のアレクセイに宰相の地位を譲るつもりらしいが、それはまだ先。色々教えてもらうといい」

「分かりました」

リディの父親であり、私の義理の父である宰相の名前を出され、頷く。

宰相が残ってくれるのなら心強い。彼は優秀な人物で、信頼に足る男だからだ。

更にアレクもいるのなら、困るようなこともないだろう。

話が決まったことで、アルがパタパタと私の周りを飛び始めた。

「やったあ！　王様が王様に！　めでたいですぅ！」

その声は本当に嬉しそうだったが、人の周りをグルグルと飛び回るのはやめて欲しい。

ともあれ、私の国王就任は決まった。

父の様子だと即位まで時間も殆《ほとん》どなさそうだし、忙しい日々も増えるだろう。

先を考えると大変な気もしたが、私の隣にはリディがいる。

それだけで何とかなるかと思えるのだから、つがいの効果というのはすごいものだと我がことながら感心した。

◇◇◇

「リディ、ただいま」

上機嫌のアルを連れ、自室に戻る。

近くを歩いていた兵士からリディが部屋に戻ったことは聞いていたので、帰宅の挨拶《あいさつ》を口にしながら扉を開けた。茶色い頭が見える。リディはソファでうたた寝をしていた。

本を持っているので、読書の途中で寝落ちしてしまったのだろう。

船を漕《こ》いでいる様が可愛《かわい》らしかった。

「リディ」

自然と声が甘くなる。

側へ行き、とんとんと優しく肩を叩《たた》くと、リディは「ふあっ！」というよく分からない奇声を上げて、目を開けた。

こちらを向き、焦ったように口を開く。

「フ、フリード！　いつの間に。お帰りなさい」

「ただいま」

「っていうか、私、寝てた!?」

「気持ち良さそうに船を漕いでいたよ」

「……なんか突然眠気が来て……あーもう、寝るつもりなかったんだけどなあ」

眉を寄せるリディの額に軽く口づけると、彼女はへにゃりと笑った。その隣に腰掛ける。

腰を引き寄せると、リディは素直に肩にもたれ掛かってきた。

甘える仕草がとても可愛い。

「ふああ……」

「ん？　まだ眠い？」

欠伸《あくび》を噛《か》み殺すリディの頭を撫《な》でる。彼女は目をゴシゴシと擦《こす》った。

「眠いっていうか、寝起きで頭がぼーっとしているだけ」

「目を擦っちゃ駄目だよ。うーん、ハーブティーでも淹《い》れさせようか？」

「そうだね……。ちょっと頭をすっきりさせたいかも」

リディの言葉に頷き、カーラを呼び出す。目が覚めるようにハーブティーを淹れて欲しいと頼むと彼女はミントティーを運んできた。

「さっぱりしたお茶ですから、目も覚めるかと思いますよ」

「ありがとう、カーラ」

「いえ、いつでもお呼び下さい」

カーラはにっこり笑って部屋を出て行った。リディは淹れてもらったミントティーを飲み「うん、すっきりするかも」と頷いている。

どうやら完全に目は覚めたようだ。カーラが用意した茶菓子にも手を伸ばし「美味《おい》しい」と目を輝かせる様はすっかりいつものリディだった。

「リディ」

名前を呼ぶ。リディは「ん？」とこちらを向いた。

「何、フリード」

「ちょっと話があるんだけど、いい？」

「話？」

首を傾《かし》げる。その様子はひどく可愛らしく、勝手に頬《ほお》が緩んでしまう。

「さっき、父上に呼ばれたでしょう？　その内容についてだよ」

「ああ……！」

なるほど、とリディが頷く。

「リディも母上に呼ばれていたみたいだけど、何の話だったの？」

もしかして母から即位の話を聞いたかもと思い尋ねてみると、彼女は曖昧《あいまい》に笑った。

「私の方は——うーん、女同士の気の置けない話って感じかな。いつも通りお義母《かあ》様と話してきただけ」

「そうなんだ」

「うん。特別なことは何もなかったよ」

どうやら母は何も言わなかったようだ。

いや、もしかしたら父が先走っているだけで、母は知らない可能性もある。

どうにも父は母のことになると暴走するので、大事な話をし忘れる……ということも普通にありそうなのだ。

国王としてそれはどうかとも思うが、父がポンコツになるのは母が絡んだ時だけなので、構わないのだろう。

リディがじっと私を見上げてきた。

「ね、そんなことを聞くってことは、フリードは違ったの？　……特別な話があった？」

「そうだね。うん――とても大事な話だったよ」

「？」

疑問符を浮かべるリディに、まずはサハージャの状況を説明する。

マクシミリアンがまだ行方不明であることと、代理国王の話をすると、彼女は「そっか」と眉を下げた。どうやらマクシミリアンのことを心配しているらしい。

「……まだサハージャに帰っていないんだね、マクシミリアン国王」

「代理国王が立つくらいだからね。多分、血眼《ちまなこ》になって探しているとは思うけど」

「そうだよね……。ね、フリード。マクシミリアン国王って無事、なのかな」

「……リディ？」

不穏なことを言い出したリディを見つめる。彼女は「だって……」と俯《うつむ》いた。

「マクシミリアン国王の下に帰るって言っていたシェアトの様子、おかしかったから。もしかして彼に殺されちゃったのかなって。考えたくないけど、可能性はゼロじゃないなって……」

「……ないとは断言できない、かな」

未だマクシミリアンが見つかっていないことを考えれば、リディの指摘は十分にあり得る話だ。

何せ黒の背教者は独自の感性で動いている。リディたちから話を聞いただけでもそれは明らかで、いつマクシミリアンを裏切ってもおかしくはなかった。

黒の背教者がマクシミリアンを殺す。むしろ、可能性としてはかなり高い部類ではないだろうか。

「フリード……？」

リディが不安そうな顔で私を見てくる。

たとえ誰であれ『死ぬ』ということに抵抗があるのだろう。それが嫌いな男であっても、だ。

複雑な心境ではあるが、リディが優しい女性であることは分かっているので、彼女を慰めるべく、咄嗟《とっさ》に笑みを浮かべた。

「大丈夫だよ、きっと。あの男が優秀なのは確かだし、どこかで再起の時を狙《ねら》ってるんじゃないかな」

「……そうかな」

「多分ね。私としては永遠に出てこなくても構わないけど」

「もう。フリードってば」

リディに笑顔が戻ったことにホッとした。

だが、黒の背教者に殺されたかもという可能性については、父に報告しておいた方がいいだろう。

私との戦いのあとに殺されたのだとしたら、ある程度場所は絞れる。

遺体、いや、遺品のひとつでも見つけられれば良いのだけれど。

「……」

「で？　マクシミリアン国王が戻るまで、暫定の国王が立つって話だけど」

どのあたりを中心に調査すべきか考えていると、リディが話の続きを促してきた。逆らわず頷く。

「そうだね。代理国王を二年間立てるらしいよ」

「ええっと、エラン殿下だっけ。初めて聞く名前だなあ」

さすがのリディも、エラン王子の名前は知らなかったらしい。

「隠された王子だったという話だからね。リディが知らなくても仕方ないよ。恥ずかしながら、私も知らなかったたし」

「え、フリードも？」

「それどころか父上も知らなかった」

「ええ？」

驚いた顔をするリディに頷いてみせる。

実際、いきなり現れた『エラン王子』は全《すべ》てが謎に包まれているのだ。

「どんな人物なのか、私としても実際のところを知りたいんだけど、なかなか機会がなくてね」

「戴冠式に行く、とか？」

「まだ代理だからね。戴冠式は行わないらしいよ」

「そっかあ。あ、じゃあ、結婚式に行くとか。エラン殿下って婚約者がいるんだっけ？」

「そうだよ。その婚約者、噂によれば聖女って話だけど」

「聖女？　聖女ってサハージャの聖女伝説のあれ？」

さらりと聖女伝説という言葉が出てきて、感心した。

どうやらサハージャの伝承や神話についてもきちんと押さえているようだ。

話が早くて助かる。

「そう。その聖女伝説。その女性は十二年前に突然現れ、姿を消したらしい。そうしてつい最近、再びその姿を見せたんだとか。エラン王子がずいぶんと執着しているようだよ」

「へええ……。聖女伝説では、国王の病を癒した、みたいな話があるけど」

「実際のところは分からない。ただ、本当に聖女なのかは怪しいんじゃないかな」

『雷鳴と共に現れた乙女が時の王の病を癒し、再び雷鳴と共に去って行った』だっけ？　病を治したことで、聖女認定されたんだよね。だとしたら、確かに難しいかあ」

聖女伝説に出てくる女性は、不治の病に冒された国王を癒した。

だが、そんなことは現実的に考えて不可能だ。

魔法や魔術は万能ではないし、不治の病は癒せない。魔女なら可能なのかもしれないが、彼女たちをカウントするのは間違いだろう。

リディも分かっているようで首を傾げていた。

「聖女……聖女かあ」

「その女性とどうしても結婚したい王子が、認められるために聖女だとでっち上げた……くらいが本当のところじゃないかというのが私と父上の見解だよ」

「妥当だね。聖女なら身元がはっきりしなくても王族と結婚だって許されそうだし……でも、どんな人なのかな」

「ん？　リディは聖女に興味があるの？」

「聖女というか、どんな人なのかは気になるよ。いつか会えると良いんだけど」

「そのうち会う機会もあるよ」

国際会議は一年に一回あるし、その際に己のパートナーを連れてくる者も多い。

来年の国際会議の時に、まだエラン王子が代理国王なら、一緒に来る可能性は高いだろう。

リディも私の言いたいことを理解し、笑顔を見せた。

「そうだね。その時を楽しみにしてる」

「王様、王様」

リディと未来のサハージャ国王の話をしていると、突然アルが私の服の裾《すそ》を引っ張ってきた。

無視するのも難しいので、返事をする。

「どうした、アル」

リディとの話の邪魔をするなんて珍しい。

普段のアルは、基本私たちの会話を聞いてニコニコしているだけなので、強引に割り込んできたことに少し驚いた。

アルは珍しくも私の膝《ひざ》の上に載ると、ウズウズとした様子で口を開いた。

「あの！　まだ！　まだ言わないんですか!?　僕、ずっと待ってるんですけど！」

「……」

何の話かと思いきや、どうやら国王就任の話を早くして欲しいというだけだった。

呆れつつもアルを窘《たしな》める。

「もちろんリディには話すつもりだ。大人《おとな》しくしていろ」

「僕、お利口ですから待てますけど、早く聞きたいのがファン心理じゃないですか。一分一秒でも早く王妃様の反応が見たい。それが僕の希望なんです」

「アル」

「だってえ、お預けを食らっている気分なんです～」

「……物事には順番というものがあるだろう」

「順番という意味では、むしろ最優先事項では⁉　王妃様のお顔を見た次の瞬間には、口にすべき話題では⁉」

「ね、フリード。なんの話？」

アルが煽《あお》ったせいで、リディまで興味が出てきたようだ。

リディの興味を引けたのが嬉しいのか、アルは更に調子に乗った。

「ええっ、ええっ！　とても素晴らしいビッグなサプライズ報告がございますよっ！　きっと王妃様もお喜びに」

「ええ⁉　一体なんだろ……」

ワクワクし始めたリディをアルが更に煽ろうとする。

このままでは変な方向に期待が上がりそうだと思った私は、アルの頭をペシリとはたいた。

「分かったからお前は少し黙っていろ、アル」

「あっ……！　お邪魔しましたっ。今からってことですね⁉　ええ、ええ、僕はお部屋の空気になりきっておりますので、遠慮無くどうぞ。あ、神剣に戻れ、なんて酷《ひど》いことはおっしゃらないで下さいね。僕、絶対に現場を目撃したいので」

「……はあ」

相変わらずなアルにため息が漏れる。

リディがキラキラと目を輝かせて私を見ている。期待してくれているのは分かるが、別に楽しい話ではないので、逆に言いづらい。

余計なことをしてくれたとアルに視線を向けると、何故か「グッ」と指を立てられた。

良い仕事をした、みたいな顔をしているが、完全に勘違いである。

ともあれ、ここまでお膳立てされてしまっては言わないわけにもいかないだろう。

私としては、一通り話が終わったところで落ち着いて話したかったのだが仕方ない。

アルが来てからというもの、こちらのリズムが崩されることが増えた気がするのは決して気のせいではないと思う。

「リディ」

アルを膝から退《ど》け、愛する人の名前を呼ぶ。声音から真剣な話だと気づいたリディが、ささっと姿勢を正した。

「何？」

ソワソワした様子で私を見てくるリディ。そんな彼女に告げる。

「近々、即位することになった」

もったいぶる必要はないので、簡潔に事実だけを告げる。リディは目をぱちぱちと瞬《また》かせた。

「え……」

「父上に呼ばれた話はふたつあってね。ふたつめが即位の話だったんだ。私に王位を譲りたいそうだよ」

「……譲位⁉　え、陛下って、お体の調子が悪いとか……ないよね？」

リディも、まさかこのタイミングで即位の話が出るとは思わなかったのだろう。やはり父の健康状態について聞いてきた。

「至って健康だそうだよ。健康状態が不安で譲位したいわけではないらしい」

「そうなの？　でも、即位のタイミング、おかしくない？　確かヴィルヘルムって、第一子が生まれてから……だったよね？」

「あくまで慣例で、絶対ではないようだよ」

私も感じた疑問をリディも抱《いだ》いたようだ。説明すると、彼女は微妙な顔で頷いた。

「へえ……。でもどうして慣例をねじ曲げてまで、フリードに譲位したいなんておっしゃったの？」

「……」

「フリード？」

「……いや」

あまり言いたくない話なので一瞬、躊躇《ちゅうちょ》したが、話さないわけにはいかないだろう。

仕方なく父から聞いた話を教えた。

「……父上曰《いわ》く、母上を口説く時間が欲しいんだそうだ」

「えっ……」

リディの目が点になった。

「今が母上を口説き落とす絶好のチャンスだから逃したくないそうだよ。国王は暇ではないからね。私に譲って、母上に専念したいらしい」

「……思っていたよりすごい理由だった。まさかのお義母様がらみなんだ」

声に呆れが混じっていたが、その気持ちはよく分かる。

「私としては、より母上に嫌われないか心配だけどね。私に王位を譲って、今まで以上に母上に纏《まと》わり付いて……父上は今が攻め時だなんて言っていたけど、どこまで本当なのだか」

頭痛がすると思いながら告げると、リディは何故か視線を逸らした。

「あーうん……、確かにそれは間違ってはないと思うけど」

「リディ？」

思っていた反応と違う。確認するように彼女を見ると、リディは「あのね」と口を開いた。

「詳細は話せないし、私も深くは知らないんだけど、さっきお義母様と話した感じ、確かに押せばいけるような気はした」

「え、そうなの？」

まさか父の見立てが正しかったとは思わず驚いた。リディが真顔で頷く。

「うん。やり方さえ間違えなければ、わりとあっさり元の鞘《さや》に収まるんじゃないかなあ。……やり方さえ間違わなければだけどね」

二回言ったことで、リディも私と同じことを懸念しているのが分かった。

父の強引さを彼女も心配しているのだ。

「……一応、父上には釘《くぎ》を刺しておいたけど」

「うん。私もさすがに二度同じ失敗をするとは思ってない。お義母様も以前より大分丸くなったから、ある程度は目を瞑《つむ》ってくれるだろうし。……うん、大丈夫、かな」

だといいなという心の声が聞こえた気がしたが、私たちにできることは何もない。

本人たちが努力する以外ないのだ。

リディがハッとしたように言う。

「えっ、でもお義母様を口説きたいだけで、譲位する決断をなさったの？　ヴィルヘルム王家、それでいいの!?」

「良いんじゃないかな」

「本当に？」

嘘《うそ》でしょという顔をするリディ。そんな彼女を抱き寄せ、唇にキスを贈った。

甘い唇の感触はいつも私に幸福をもたらしてくれる。

「……ヴィルヘルム王家の男子にとって、つがいとはそれだけ特別な存在なんだ。私も同じだから父上の気持ちは分かるし、そう言われたら断れないかな」

「……納得しちゃうんだ」

「うん。もし父上の立場に立たされたら、同じことをする自信しかないからね」

「そっかあ……え、フリードもするの？」

「うん。絶対にする」

「絶対なんだ……」

呆れとも感心ともつかないような声でリディが頷く。

私を見上げてきた。

「じゃあ、フリードは国王になるの？」

「戴冠式の準備があるから、すぐにというわけにはいかないけどね。父上の話からすると、三ヶ月から半年後くらいになると思うよ」

「……意外と早い。即位なんて、もっと審議を重ねて、時間を掛けるものだと思ってた」

「父上曰くは、今がチャンスらしいから。できるだけ早く譲位してしまいたいみたいだよ」

「なるほど～。まあ、鉄は熱いうちに打てって言うもんね」

うんうんと頷くリディ。そんな彼女に言った。

「つまりリディは王妃になるわけだけど」

「えっ……う、うん。そうなるよね。私、フリードの奥さんだし」

「……」

じっとリディを見つめる。彼女も私を見返してきた。

「何？」

リディの瞳《ひとみ》は綺麗《きれい》に澄んでいた。

私の妻であること。これからも私と歩むことを全く疑っていない、それが当たり前だと思っている顔だ。彼女の愛をこんなところでも感じてしまい、頬が緩む。

リディの手を握る。その甲に唇を落とし、今の気持ちを正直に告げた。

「……予定より少し早いけど、王になることになった。それで……うん、リディにはこれから王妃として色々苦労を掛けるだろうし、嫌だと思うことも多くなる。それはたぶん、王太子妃の時の比ではないと思うんだ」

「フリード……？　いきなり何？」

リディが戸惑ったように私を見てくる。握った手をぐっと引き寄せ、抱きしめた。

「でも、側にいて欲しい」

精一杯の気持ちを込め、告げる。

「ごめん。私はリディを逃がしてあげられない。リディを愛しているから、リディしか欲しくないから、リディがいつかの未来で『もう王妃なんていやだ、逃げたい』って泣いたとしても『いいよ』とは言ってあげられないんだ」

リディが目を見開く。まさかこんなことを言われるとは思っていなかったのだろう。

だが、これは私の本音だ。

「どんな時でもリディの味方になるよ。リディを損なうものは絶対に許さないし、私が守る。だから、酷いことを言っているのと分かっているけど、どんなに辛《つら》くても逃げたいなんて言わないで。私の側にいて。リディさえいてくれたら私はきっと良い君主になれると思うんだ」

欲しいのはいつだってリディだけで、それさえ与えられているのなら、私はきっと間違わず生きていけるのだとそう思う。

リディはパチパチと目を瞬かせ、ついでふんわりと笑った。

ひどく優しい声で言う。

「——知ってる」

「リディ」

「知ってるよ。フリードが私を手放せないことなんてとっくの昔に分かってる。それにあの結婚前夜、プロポーズしてくれた時にフリード、言ってくれたよね。王妃として側にいて欲しいって。あの時にとっくに覚悟はしてるから、確認してくれなくても大丈夫なんだよ」

結婚前夜、プロポーズのやり直しをした時のことを言われ、軽く目を見張る。

「ふふっ、私だってフリードのこと愛してるんだよ。一緒にいたいに決まってるじゃない」

「……うん」

「結婚式で一生一緒にいようって誓ったの、忘れちゃった？」

「忘れるわけがない」

即答した。あの時の喜びは未来永劫《えいごう》覚えていると確信できる。返事を聞いたリディが満足げに頷く。

「うん。ならわざわざ確認しなくても良いでしょ。フリードの言う通り色々あるんだろうなとは思うけど、フリードがちゃんと私のことを大好きでいてくれるなら大丈夫だと思うよ。要らないって言われちゃったら、そりゃ自信もなくなるかもだけど」

「は？　リディのことは心から愛してるし、気持ちが強くなることはあっても要らなくなるなんてあり得ないと断言できるけど？」

「怖い怖い怖い」

思わず真顔で答えてしまい、リディを怯《おび》えさせてしまったが、今のはリディが悪いと思うのだ。

「いくらリディでも、私の気持ちを疑われるのは心外だよ。それともリディを不安にさせるようなことをしたかな？　それならこれから一週間ほど寝室に閉じ込もって、私の愛情をその身をもって確かめてみる？　私は一向に構わないよ」

私の愛を理解してもらうのにむしろ絶好の機会ではないだろうか。

だがリディは震え上がり、ぶんぶんと首を横に振った。

「うっわ。これ本気の顔だ。私、もしかしなくても地雷踏んだ？　……えっと、あのね。大丈夫、大丈夫。フリードのことは一切、疑ってないから心配しないで。これ、単なるたとえ話だから、頼むからマジギレしないで……」

「たとえでも嫌だ。あり得ないたとえ話に意味はないよ」

吐き捨てるように言うと、リディは大きくため息を吐いた。

「はいはい。私が悪かったし、寝室に一週間も要らないから……。って、あれ？　なんで私が謝ってるんだろう」

首を傾げる仕草が可愛らしくて、思わず口づけてしまった。

いつだって私は私の妻に夢中なのだ。

「可愛い。リディ、愛してる」

「……私も好き。……ふふ、何の話をしているのか、分からなくなっちゃったじゃない」

笑ってくれるリディが可愛くて何度も口づけていると、彼女が小さく睨《ね》めつけてきた。だがその目には深い愛情が滲《にじ》んでおり、怒っていないのは明白だ。

「ごめんね。リディが可愛いなと思ったらつい」

「大事な話をしていたはずなのに……。でも、うん。フリードが改めて想いを口にしてくれたのは嬉しかったよ。それだけ私のことを真剣に考えてくれてるってことだもんね」

口元を緩め、幸せそうにリディが笑う。彼女を捕まえ、頬ずりをしながら告げた。

「確かにプロポーズの時にも話したけど、実際にその立場になると、感じ方も変わる。今のリディが王妃になることをどう考えているか分からなかったから、改めてきちんと話しておきたかったんだ。

何せ、その未来はすぐそこに来ているんだから」

「うん、ありがとう。正直、王妃って言われてもピンときていないけど、フリードの覚悟は伝わってきたし、私も全力で取り組まなきゃって思ったよ」

「ずっと一緒にいてくれる？」

「もちろん」

「何があっても？」

「夫婦だからね、逃げたいなんて言わないよ。それに私自身がフリードと一緒にいたいって思ってるから」

「リディ」

「だから一緒にいるね。……ふふ、改めて末永くお願いします」

感極まり、リディを抱きしめる。彼女も手を伸ばし、背中を抱きしめてくれた。

彼女が照れくさそうに言う。

「頑張ろうね。私、新米王妃なりに努力するから」

「それを言うなら、私も新米国王だよ」

「本当だ。お揃《そろ》いだね」

優しい響きに涙腺が緩む。誤魔化《ごまか》すように口づけた。リディも素直に受け止めてくれる。

「リディ」

「フリード……」

リディも潤んだ目で見上げてくる。そんな彼女がどうにも愛《いと》しくて可愛くて、身体の芯が熱くなる。

猛《たけ》る想いのまま告げた。

「リディ。リディの熱を感じたい」

「ん……フリード」

リディの声が蕩《とろ》けている。これは同意ととっても良いだろう。そう思い、彼女を抱き上げたところで、少し離れた場所からこちらをガン見している存在に気がついた。

「……」

アルがジーッと見ている。

邪魔をしないように極力気配を絶ってくれていたのだろうが、気づいてしまえば無視することはできなかった。

「……アル」

「はあぅーん。推しが……推したちが尊い……！　強まる絆《きずな》。深まる愛。国王となる王様に対する王妃様の百点満点の回答！　どれをとっても最高。ああっ、すごく良いものを見せていただきましたっ！　あの、ところでお布施はどこにお支払いすればよろしいですか!?」

声を掛けたことで、喋《しゃべ》ってもいいと判断したのだろう。怒涛《どとう》の如く、話し始めた。

うっとりと目を蕩けさせていたリディも我に返ったようだ。

「あー……アル……元気だね」

「せっかくの良い雰囲気を壊してくれて……あいつは一体何がしたいんだ」

リディも応じてくれそうな雰囲気だったのに台無しだ。

苛々《いらいら》した気持ちを隠せずにいると、リディも苦笑した。

「まあ、アルだから。フリード、下ろして」

非常に残念だが、この様子では夜までお預けだろう。ため息を吐きながらも、言われた通りリディを下ろす。

まだキャアキャアとひとりで喜んでいるアルは、部屋中を所狭しと飛び回っていた。

ようやく気が済んだのかこちらにやってくる。リディが手招きをすると、素直に彼女の腕の中に収まった。

「どうどう。はい、落ち着こうね」

「王妃様。僕、すごく嬉しくて。だって王様が王様になるんですよ？」

「王様が王様になるってすごい字面だね。でも、アルの喜びは伝わってきたよ。フリードの戴冠式楽しみだね」

「はい。ものすごく楽しみです。生きる理由ができました。絶対にその日まで死ねません」

「気持ちは分からなくもないけど。だってフリード、正装だもんね」

その瞬間、アルの目がキラキラと輝く。

「ええ！　その通りです。きっと後日、戴冠式の様子が描かれた絵姿が町中の至る場所で発売されますよ。王妃様、当然全てお求めになりますよね？」

「当然でしょ！　今度も十枚ずつ買うから！」

リディも力強く宣言する。アルは嬉しげに「さすが王妃様！」とリディを褒め称《たた》え、リディはリディで胸を張っている。

今やすっかり見慣れた光景だ。そして多分、これは一生続くのだろうと思う。

リディもアルも、ずっと私の側にいるのだから。

「まあ、悪くはないかな」

邪魔をされるのは本意ではないが、ふたりとも楽しそうに笑っているから。

国王となった己とその側で笑うリディを想像する。

その姿は思ったより簡単に思い浮かんだし、隣に立つ私もひどく幸せそうだったので、やっぱり国王になったところで何も変わらないのだろうと断言できた。

6・兄とこれからの未来（書き下ろし・アレク視点）

友人が幸せそうに笑っている。

隣には、彼の望んだ妻が立っていて、同じように幸福に包まれていた。

◇◇◇

今日はグレンの結婚式。

婚約期間を経てようやく訪れた日は、青空が眩《まぶ》しく、よく晴れていた。

「いやあ、めでたいな」

グレンとその妻であるヘレーネを見つめながら呟《つぶや》く。

結婚式はふたりたっての希望で、教会や聖堂ではなく、新居の庭で行われた。

式のあとはそのままお披露目へと移行。庭にはテーブルや椅子《いす》が運び込まれ、盛大なガーデンパーティーが開催されている。

ふたりは招待客に囲まれながら嬉《うれ》しそうに笑っていた。それを見つめながらワイングラスを呷《あお》る。

俺《おれ》の隣にいたウィルが小さくため息を吐《つ》いた。

「アレク、飲みすぎだ」

「そっかあ？　まだ五杯しか飲んでいないぜ？　それにめでたい席なんだ。ちょっとくらいかまわねえだろ」

五杯程度では酔った気にもなれない。

ウィルを見れば、彼はどこか羨《うらや》ましそうに己の弟を眺めていた。

「ウィル？」

「いや、なんでもない。ついにグレンも結婚したかと思っただけだ」

「それな。意外に早かったよなあ」

正直、もっと後になるかと思っていた。

それが想い人と早々に結婚することになったのだから、驚きだ。

グレンにウィル、そしてフリードと俺の四人は、いわゆる幼馴染みという関係だ。

小さい頃《ころ》から一緒にいたので、互いの性格もよく分かっている。

皆、結婚向きではないなと思っていたのに、気づけばすでにふたり結婚しているのだから不思議なものだ。

しかも結婚したふたりは、それぞれ想う相手を手中に収めている。

グレンはヘレーネを。そしてフリードはリディを。

ふたりとも好きな相手とでなければきっと酷《ひど》い結婚生活になったと思うから、想う相手と結ばれてよかったが、残ったのが俺と……ウィルというのが笑えない。

俺はまだ結婚したいと思わないし、そういう相手もいないからいいが、ウィルに至っては好きな相手――リディがすでに結婚しているという状況なのだ。

ウィルの性格上、リディを諦《あきら》める……というのは難しそうだし、現在彼が一番、独身街道まっしぐらなのではないだろうか。

父親であるペジェグリーニ公爵は跡継ぎであるウィルをなんとか結婚させようと躍起になっているようだが――というか、だ。

「そういや、ウィル。この間、見合いをしたんだよな。どうだったんだ？」

少し前、ウィルが見合いをすると言っていたことを思い出した。

どうせ破談になったのだろうが、どんな感じだったのかを聞くだけでも面白い。特にウィルは見合いをすることすら拒否し続けてきたから、余計に知りたいのだ。

「アレク……」

興味津々という顔で聞くと、思い切り睨《にら》まれた。だがそれくらいで退くようなら最初から聞いていない。

「破談になったのは分かっているさ。でも見合いなんて俺もしたことがないんだ。今後の参考のために聞かせてくれよ」

「……見合いなどする気もないくせに、よくもまあ……」

「わっかんねえだろ。親父がやれって言う可能性もなきにしもあらずだし」

まあ、言われたところで受け入れる気はないけど。

父が変な女を連れてくるとは思わないが、結婚は一生の問題なのだ。どうせなら、自分で相手を選びたい。

「アレク……」

俺の考えなどお見通しだという顔をされたが、肩を竦《すく》めてやり過ごす。

ウィルはため息を吐いたあと「別に面白いことは何もないぞ」と言った。

「見合いはしたが、保留となった。以上だ」

「待て待て待て、色々説明が足りてねえ。もっと詳しく」

結論だけ言われても面白くない。

詳細を求めると、ウィルは嫌な顔をしつつも説明してくれた。

「見合い当日、相手が僕の屋敷に来たんだ。場所はうちの応接室。使用人たちが気を利かせて、僕たちをふたりきりにさせた」

「ふんふん」

いかにもな話に頷《うなず》きを返す。

ウィルが淡々と話を続けた。

「期待させるのは申し訳ないので、僕には好きな人がいて結婚する気はないと言った」

「……おい。本気でそれを言ったのか」

「？　ああ、そうだが」

見合いの席で言う言葉ではない。いや、確か以前グレンが似たようなことをしていたような……。

今までグレンとウィルはあまり似ていない兄弟だと思っていたが、こんなところでそっくりだと実感したくはなかった。

「……お前、それ最低だぞ」

「分かっている。だが、結婚の意思がない僕に話を持ってきたのは父だ。僕は僕なりに誠意を見せたつもりなんだが」

「相手を傷つけるだけの発言なんだよなあ」

ウィルは本心を告げただけなのだろうが、拙《まず》すぎる。思わず頭を抱えたが、ウィルは更なる驚き発言をした。

「向こうも似たようなものだから、気にしていないと思うぞ。何せ『私も同じです』と返ってきたからな」

「はあ⁉」

「好きな相手がいるそうだ。互いに結婚の意思がないことが確認できたので、あとは時間が来るまで好きに過ごしたな。以上だ」

「うっわ……」

想像以上に酷い見合い話だった。

「……それで破談ってわけか。そりゃ、そうなるよなあ」

互いに結婚の意思がない、形だけにしても酷すぎる見合いだ。

しみじみと告げると、ウィルはきょとんとした顔で言った。

「何を言っている、アレク。保留になったと言っただろう」

「保留⁉　破談じゃねえのか？」

今の話のどこに保留の要素があったのか。

「えっ、何だ。話しているうちに同族意識でも芽生えたのか？　それともついにリディを諦めたとか？　いや、まあなあ。あいつら年がら年中イチャイチャしてるから、いい加減諦めもつくってもんかもしれねえけど」

「違う。別に諦めたわけじゃない」

「あ、なんだ。違うのか」

あのバカップル夫婦に呆《あき》れて諦めたのかと思いきや、違ったらしい。

「……諦められたら楽なんだろうが、僕には到底無理な話だからな。見合いが保留になったのは、父上のせいだ。向こうも結婚の意思はなく、僕も破談にして欲しい。それなのに父上が……」

「ペジェグリーニ公爵が、保留にしろって？」

「保留にしろというか、保留にしたと言われた。父上曰《いわ》く『彼女を逃すと、次を見つけるのに相当時間が掛かってしまう』とのことだそうだ。僕としては相手なんか要らないから、さっさと破談にして欲しいのだが」

「次を見つけるのに時間が掛かる、か。次期公爵の魔術師団団長が見合い相手を見つけるにも苦労するってどういうことなんだよ」

普通なら、皆が飛びついてくるような条件の男。

実際、ウィルは夜会ではかなりモテる。頭も良くて、性格も悪くない。顔立ちも整っているから、我こそはという女性は後を絶たないのだ。

だがウィルは相手にしないし、ペジェグリーニ公爵は彼の妻となる女性を厳しく見定める。

地位や顔、金目的で寄ってくる女性は、公爵によって門前払いされるのだ。

公爵が認めた女性だけがウィルの見合い相手となる。だが、そんな女性がそうそういるはずもなく、次の相手がなかなか見つからないというのも頷けた。

「……別にどうでもいい。結婚なんてするつもりはないから」

「お前はそれで良くても公爵は困るんだろ。何せ大事な跡継ぎだ。ペジェグリーニ公爵家をお前の代で終わらせたくはないだろうし」

「それは父上の都合であって、僕はペジェグリーニ公爵家がどうなろうと知ったことじゃない」

「気持ちは分かるけどさ……」

無理に結婚したくないというのは俺も同じなので分かるが、ウィルの場合は少々頑《かたく》なになりすぎているきらいがある。

結婚したくないのなら、ただ嫌だと言うだけではなく父親を説得しなければならないし、許されるだけの状況を作り上げることが大事だと思うのだ。その努力をせず拒否するだけでは、現状は何も変わらない。

とはいっても、今のウィルに言ったところで聞くとは思えない。こういうことは、自分で気づかなければ意味がないのだ。

「とりあえずは放置でいいんじゃね？　向こうにもその気がないんなら、そのうち話は白紙になるだろうし。ま、リディに子供でもできれば、今度こそ逃げられねえだろうけど」

リディとフリードの子供は、次代の国王となることが約束されている。

その子供の側《そば》に友人として己の子を付けるというのはよくあることで、俺自身もそうしてフリードに付けられたから、同じことを求められるのは分からなくもなかった。

「あいつらに合わせて子供をもうけろって言われるぜ、絶対」

「……」

軽い気持ちで言ったのだが、ウィルは黙り込んでしまった。纏《まと》う空気が重くなる。

まるで葬式にでも参列しているかのような雰囲気だ。とてもではないが、弟の結婚式に出席中の男が醸し出していいものではない。

失敗したと思いつつ、ウィルの背中を叩《たた》く。

「悪かったって。無神経だったよな」

「いや、お前の言うことは正論だ」

ふるふると首を左右に振り、ウィルが悲しげに微笑《ほほえ》む。

「いつかその時が来るのはちゃんと分かっている。ただ、僕の覚悟が足りないだけだ」

「……そっか」

「リディの子、か。……その時までにちゃんと祝ってやれるようになりたいな」

「そうだな」

「あと、その時に父の結婚しろ攻撃が、今より酷くならないといいな。うんざりなんだ」

「それは難しいんじゃねえか。お互い」

本音だと分かる言葉に苦笑する。その時になれば、うちの親だって口うるさくなるだろう。

俺もきっと逃げられない。

だが、俺はそこまで結婚を厭《いと》う気持ちがないので、なるようになるとしか思わなかった。

ウィルが俺に目を向ける。

「お前は気楽でいいな」

「おい、それ、どういう意味だよ。俺だってそれなりに大変なんだぞ」

「そういう意味じゃない。お前も本気で人を好きになってみるといいと言っているんだ。そうしたら今みたいに暢気《のんき》なことは言っていられなくなるから」

「……ははっ。そう言われてもな」

恋や愛など、まだ俺には縁の無い話。

だけどいつかは俺もウィルが言うように、ひとりの女性に振り回されることになるのだろう。

それがいつになるかは分からないが、フリードとリディを見る限り、悪くない……いや、やっぱり遠慮したいと思い直した。

◇◇◇

ウィルと別れ、のんびりと庭を散策する。ガーデンパーティーのために開放された庭は、見応《みごた》えがあり、ただ眺めるのも楽しい。雇い入れた庭師の腕が良いのだろう。

「アレク」

「ん？　ああ、親父か」

声を掛けてきたのは父だった。

グレンは近衛《このえ》騎士団の団長。宰相である父も当然祝いに駆けつけている。

父の側にはドレスアップした母がいて、ニコニコと笑っていた。

「良い式だったわね。ふたりともとても幸せそうで、見ていてとても気持ちが良かったわ」

貴族は政略結婚が殆《ほとん》どだ。ほぼ初対面で結婚……なんてことも珍しくない。

そんな結婚式がどのような雰囲気になるのかなど推して知るべしというところだろう。

久々の気持ち良い結婚式に父も母も上機嫌な様子だった。

「私、リディの結婚式を思い出してしまったわ。ほら、あの子もとっても幸せそうだったじゃない」

「リディの？　ああ、確かにそうだな」

母の言葉に、父が同意する。

確かにリディとフリードの結婚式は非常に雰囲気の良いものだった。

何せフリードがリディを溺愛していることは知れ渡っていたし、そもそもふたりはバカップルとしてすでに有名だったからだ。

王族の結婚式、しかも王太子の結婚となればもっと厳粛な雰囲気になってもおかしくなかったが、ふたりがあまりにも幸せそうなので、参列者の表情は早い段階から緩み、あとはもう祝福ムードしか残らなかった。

おめでとうの声に、リディも大きく手を振って全開の笑顔で応えていたし。

フリードなんかは、どこの誰《だれ》だと言いたくなるくらい顔が緩んでいた。望んだ女を妻に迎えることができて嬉しいのがよく伝わってくる表情だった。

あれは希《まれ》に見る幸せな式だったと思う。

「幸せな式って、良い気分になれるから好きよ。ふふ、アレクにもそんな式を挙げてもらいたいわね」

「相手がいねえって、母さん」

期待した目で見られたが、無い袖は振れない。

父が眉《まゆ》を中央に寄せながら言った。

「殿下に御子ができるまでには、せめて相手くらいは見繕うのだぞ」

「へいへい、考えとく」

やっぱり言われたと思いつつ、話を流す。

適当に返事をする俺に、父が難しい顔をした。

「お前は……はあ、まあいい。ロジーナ、アレクと話がある。少しの間、その辺りの景色でも見ていてくれるか」

「ええ、分かりました」

父の言葉に頷き、母が俺たちから距離を取る。父は周囲を見回し、誰もいないことを確認してから口を開いた。

「アレク」

「なんだ？」

わざわざ母を遠ざけてまでする話とはなんだろう。

話の続きを目線で促すと、父は小声で言った。

「先日、内々にではあるが殿下の即位が決まった。近く正式に発表があるだろう」

「っ！」

目を見開く。

思わず父に詰め寄った。声のトーンを抑えて尋ねる。

「マジかよ。フリードが？」

「ああ」

「……リディのやつ、まだ懐妊していないよな？」

念のため、聞いた。

ヴィルヘルムの王位交代は、基本、時の王太子に子ができてから行われるからだ。

昨日も城でリディと会ったが、いつも通りピンピン元気に跳ねていたし、走り回っていた。

とてもではないが妊娠が発覚した妊婦のすることではないし、リディが懐妊なんて話になれば、フリードが過保護に動くだろうから一発で分かると思う。

どういうことだと父を見る。父は軽く首を横に振った。

「いや、懐妊の知らせは聞いていない」

「だよな。それなのに国王交代なのか？　……まさか、陛下の健康状態に何かあったとか？」

小声で尋ねる。父は首を左右に振った。

「それもない。陛下はいたってお元気でいらっしゃる。今回の件は、陛下たってのご希望なのだ。できるだけ早く殿下に譲位したいというのが、陛下のお望み。すでに殿下には話を通し、受諾されている」

「できるだけ早く譲位したいって……本当急だよな」

「……うむ。詳しくはお聞きしていないが、陛下にもご事情があるのだろう。それよりアレク、これから忙しくなるぞ。何せ、戴冠式があるからな」

「っ！　そうだ、戴冠式。準備期間はどれくらいあるんだ？」

できれば一年。最低でも半年は欲しい。

そう思いながら聞くと、父からは絶望的な答えがあった。

「三ヶ月だ」

「三ヶ月⁉　冗談だろ……？」

わずか三ヶ月で戴冠式の準備をしろという話に、目を見張る。

国王交代というのは、諸外国も注目する大きな儀式だ。当然その準備には時間も金も掛かるし、失敗は許されない。

「親父……ちょっと無理がないか？」

「無理だろうが、決まったのならやらねばならぬ」

「えー、そりゃそうだけどさ……あ！　まさか親父も引退とか、そういうことは言わないよな⁉」

父は宰相としてずっと国王を支え続けてきた。

その国王がフリードに王位を譲って引退するのなら、父もまた職を辞する可能性があると思ったのだ。

国王交代という大きな出来事の中、父にまで引退されては敵《かな》わない。

俺は顔色を変えたが、父はあっさりと言ってのけた。

「私はまだ引退しない。少なくとも殿下の治世が落ち着くまでは、今まで通り宰相として仕えるつもりだ」

「だ、だよな……よかった……」

死ぬほど安堵《あんど》した。

今、父にいなくなられたらどうしようかと思った。

胸を撫《な》で下ろす俺に、父が「だが」と言う。

「いずれは私も引退する。その時、跡を継ぐのはお前だぞ、アレク。お前は今日より私の補佐となれ。側につき、宰相の仕事を覚えるのだ。お前に殿下のお側に居続ける気持ちがあるのなら、必要なことだ。分かるな？」

「親父……」

これまでも父の手伝いはしてきたが、正式に宰相補佐を任じられ、息を呑《の》んだ。

フリードが即位するということは、俺だってただの側近のままでいていいはずがない。彼が国王になるのなら、俺もそれなりの地位を得なければならないのだ。

「その意思がないのなら、今の内に殿下のお側から離れろ。言っている意味は分かるな？」

「……ああ、分かってるぜ」

父の問いかけに応える。

いずれ宰相になることは分かっていたし、自分でも決めていた。それが思ったより早いだけの話だ。

フリードが国王になるのなら、俺も急がねばならない。

それだけのことなのだ。

己の唇を舐《な》める。やってやるという気持ちが湧《わ》き出ていた。

「とうに覚悟は決めてる。宰相補佐の任、受けてやろうじゃねえか」

「その言葉に、二言はないな」

「当たり前だ」

子供の頃、フリードと友人になった時に決めたのだ。

彼が国王となった時、自分が心許せる存在としてその側に在ってやろうと。

当時の彼は友人も少なく、女性嫌いも激しかった。信頼できる者が殆どいなかったのだ。

今はリディもいて、それなりに楽しそうに過ごしているけれど、あの時決めたことを忘れてはいない。

あのふたりと関わっていると、頭痛や胃痛が絶えないし、正直大変だ。だが、それを俺は悪くないと思っているし、ふたりが笑顔であれるよう側で支えてやりたい気持ちを強く持っているから。

だから逃げるなんてあり得ない。

「ま、あの二人を御せる奴《やつ》が俺以外にいるとも思えないしな」

茶化すように言う。

父は目を瞬《またた》かせたあと「御すどころか、お前も好き放題振り回されているではないか」と、とても痛いところを突いてきた。

7・彼女と変わらぬ日々（書き下ろし）

フリードの即位は、打診からしばらく経《た》って、大々的に発表された。

予想外の新国王誕生に国民は驚きはしたものの、比較的好意的に受け止められたようだ。

何せ、三ヶ国から攻め込まれた状況をひっくり返し、タリムとサハージャを退けた直後。

フリードは皆から英雄視されており、そういう強い人が国王になってくれるのは安心できるという意見が大半で、町には早速祝いムードが広がっていた。

戴冠式はなんと三ヶ月後。さすがに即位まで半年はかかるだろうと思っていたのに、驚異的なスピードだ。国王が強く推したせいなのだけれど、お陰で城内は結婚式の時以上の忙しさとなっている。

各国に招待状を出したり、当日の警備や式の工程を確認したりで皆、慌ただしく働いていて、国王となるフリードも大変そうだ。

それは兄も同様で、廊下で見かけることは多いが、いつも早足で仕事に追われているようだった。

この間、正式に宰相補佐となったことで、仕事が倍増しているのだ。

父はまだ引退する気はないようだが、いずれ兄に宰相位を継がせるつもりのようで、兄自身にもやる気があるのは、態度を見れば一目瞭然。

いつもの気怠《けだる》そうな雰囲気を封印し、忙しくても文句ひとつ言わずにキビキビと働いているのだから分かろうというもの。

兄はフリードを助けようとしているのだ。フリードが兄のことを親友だと認めているのは知っているが、こういうところを見ると本当なんだなと思うし、兄には言わないけど、ちょっと尊敬したし、格好良いなと思った。

そして城中が忙しさに忙殺されている中、私はといえばそこまで忙しいわけでもなく、ひとり平穏な日々を送っていた。

いや、やることはあるのだけれど、皆に比べれば圧倒的に少ないというか、そこまで負荷の掛かるものがないのである。

もちろん戴冠式の際には私も新米王妃としてフリードの隣に立つし、色々頑張る必要があるのだけれど、それは当日とか数日前の話で今ではない。

つまり、時間を持て余しているのだ。

邪魔をしては申し訳ないので、できる限り自室にいるけど、そもそも引き籠もりは性に合わないので、私は同じく時間があるであろう人を誘って遊びに出掛けることにした。

この王城内で時間がある人。それはイルヴァーンから留学してきているレイドである。

もちろん彼女には勉強もあるが、忙しすぎて時間を作れないというほどでもない。

思い立ったが吉日。私が早速、町へ出掛けないかと誘いを掛けると、彼女は大喜びで頷《うなず》いた。

午後からは勉強があるので午前中だけとは言われたが、有り難い限りだ。

護衛にはカインとアルがいてくれるので、フリードからはあっさりと許可が下りた。

「リディも退屈だろうしね。楽しんでおいで」

そうしてレイドと連れだって、町に出てきたのだけれど、どうやら思いの外《ほか》ストレスが溜《た》まっていたらしい。

町の空気を吸うと、身体《からだ》から余分な力が抜ける気がした。

「ああっ、自由って素晴らしい……！」

感動していると、レイドが苦笑した。

「まるで閉じ込められていたかのような言い方だな」

「そんなつもりはないんだけど、ほら、やっぱり気を遣うから」

皆の邪魔になるのは申し訳ないではないか。

そう言うとレイドも「確かに」と頷いた。

「部外者の私から見ても、皆、忙しそうだものな」

「時間が無いから仕方ないんだけど、殺伐としているでしょ。フリードもね、毎日夜遅くまでお仕事しているし、大変そうだよ」

引き継ぎがあるのだ。

彼は最近、毎日のように国王のもとに行き、引き継ぎ作業に追われている。

「執務室の引っ越しとかもあるみたいだし、兄さんも忙しそうだし」

「がらりと体制が変わるんだ。皆が殺気立つのも仕方ないだろう」

「だよね」

そこはさすがに分かっているので頷く。

「何もできないのがもどかしいのかなあ」

何もしていないわけではないが、暇な時間があるのが申し訳ないのである。

レイドも私の言いたいことを分かってくれたようだった。

「それなら王妃様に伺ってみてはどうなんだ？　経験者なんだ。良い知恵を出して下さるかもしれないぞ」

レイドの案は悪くなかったが、私は首を横に振った。

「聞いてみたけど、お義母様《かあ》も特に何もしていなかったんだって」

義母に聞く作戦はとうに実行済みなのだ。

王妃になるに当たっての心構えとか、やっておいた方が良いことなど、何かあればと思って聞いてみたのだけれど、特別なことはしなかったとか。

というか、実際はもっとどうしようもない答えだった。

「その当時、私はヨハネス様のことでひどく疲れ果てていましたから、そこまで気が回りませんでした」

「……あー……」

「役に立てなくてごめんなさい、リディ。何か参考になることでも言えれば良かったのですが」

「いえ、そのこちらこそ余計なことを聞いてしまって」

「良いのですよ。今となっては良い思い出……というわけでもありませんが、新たに怒りが込み上げるということも……ありますね」

「あるんだ！」

思わずツッコミを入れてしまった。

しかしそんな話を聞いてしまっては、それ以上言えることなどありはしない。

お邪魔しましたと言い、大人《おとな》しく引き下がった。今は大分改善したとはいえ、当時の闇《やみ》が時折垣間《かいま》見《み》えて恐ろしい話である。

もちろんこんな話をレイドにするわけにはいかないので言わないが、彼女は詳しく話したくない雰囲気を察知してくれたのか、それ以上は突っ込んでこなかった。

代わりに言う。

「ま、それなら君にできることは、当日の健康状態を万全にするくらいじゃないのか？　心身共に健康に過ごして、その日を迎える。とても大事なことだぞ」

「そうだよね」

当日、体調不良ですでは皆に申し訳ないし、自分で自分が許せない。

体調管理はしっかりしようと頷く。

レイドがしみじみと言った。

「だが、君も王妃か。ついこの間、王太子妃になったばかりだというのに忙しいことだな」

「そうなんだよね」

まさか結婚して一年も経たないうちに王妃になるとは思わなかった。

フリードと結婚することを決めた時から、いつかはこの日がくることを覚悟していたけれど、予想外に早くて戸惑っている。

フリードに話を聞いた時のことを思い出しながら、レイドに言った。

「ヴィルヘルムでは第一子が生まれてから譲位するのが慣例だったから、フリードから聞いた時は『え、私まだ妊娠してないけど!?』ってなったよ」

「ヴィルヘルムではそうなんだな。イルヴァーンには特別な慣例はないぞ。現国王が譲りたいと思った時がタイミングだ」

　国が変われば常識も変わる。なるほどなあと思いながらも口を開いた。

「それもいつ来るか分からなくて、ドキドキするよね」

「確かに。だが、うちはまだしばらく先だろう。何せ次の国王となるのは私だからな。念入りな根回しが必要となる。王位継承は最低でも十年は先だと思う」

「……そっか」

　イルヴァーン王家の複雑な現状を知っているだけに、何も言えない。

　ヘンドリック王子の妃《きさき》、イリヤが獣人であるため、王子は王位を継ぐことができないのだ。

　獣人差別が根強く残っているイルヴァーン。そんな中、イリヤを心から愛したヘンドリック王子を私は素晴らしいと思うけど、国民皆が同じように思ってくれるとは限らないし、実際、イルヴァーンの王妃様は『まだ無理だ』と断言していた。

「不安がないと言えば嘘《うそ》になるが、なんとかなるだろうとは思っている。こうして勉強もさせてもらっていることだしな。無駄にはしないさ」

「そうだね」

　心強い言葉に同意を返す。

「私が気にしているのは、どちらかというとパートナーの方だな。できるだけ早く王配となる存在を捕まえたい。信頼できる伴侶が側《そば》にいるといないでは、全然違うと思うからな」

「確かに」

　フリードが側にいてくれることは、間違いなく私の力になっていると思うので力強く頷いた。

「大好きな人が一緒にいるって、すごく心強いよ」

「君たちを見ていると、特にそう思う。さっさとアベルを捕まえたいんだがなあ」

想い人の名前を出すレイドの表情は優しくて、彼女が恋をしているのが伝わってくる。

そうしてふたり話しながら向かったのは、最早《もはや》お馴染みとなった和カフェだった。

一応、フリードの目が届きやすいところに行こうと考えた結果である。王城関係者も多くいるし、彼も安心すると思ったから。

あと、レイドも行きたがった。

そんなに和菓子を気に入ってくれたのかと思ったが、どうやらそういうわけではないらしい。

「実はな、あそこに行くとアベルとよく会えるんだ」

「えっ、そうなの？」

以前、和カフェでアベルと会ったことは覚えているが、まさか今も通い続けているとは知らなかった。

というか、何度も来てくれてるって、つまりはお得意様ではないか。

——へえ、アベルって、和菓子が好きなんだ……。

和菓子を広めたいと思っているだけに、彼が気に入ってくれたという話は嬉《うれ》しかった。

レイドが恋する乙女らしく、頬《ほお》を赤らめながら言う。

「実は君に連れていってもらってから、何度かひとりで足を運んだんだけどな。結構な割合で会える。だから私としてはあの店に行けるのは嬉しいんだ」

「へえ……」

それは予想外だ。

だってアベルはレイドとくっつく気がないように見えたし、本人もそう言っていた。

だから顔を合わせるような場所へ繰り返し行くとは思えなかったのだけれど。

――これ、もしかして勝機はあるってこと？

本当に嫌なら、レイドが来ると分かっている場所に来ないのではないだろうか。

アベルの真意は分からないが、前回、暗殺者からレイドを助けたという話も聞いているし、彼女に対する好感度はそこそこ高いのではと思ってしまった。

それどころか、もしかしたら。

「ね、ねえ、レイド。もうアベルを落としたとかないよね？」

ドキドキしながら確認する。レイドは目を見開き、慌てたように否定した。

「まさか！　相変わらず私の片想いさ。前にも、命を粗末にしていると怒られたばかりだから、むしろ両想いへの道は遠ざかったとさえ言えるな」

「そうなの？」

「ああ。もちろん私に諦《あきら》めるという選択肢はないが、少なくとも現状を説明するなら友人以下だ！」

何故《なぜ》か胸を張って告げるレイドを胡乱《うろん》な目で見た。

「そんな自慢げに言わないでよ……」

「すまないな。だが嘘を言っても仕方ない。たまに和カフェで顔を合わせる程度の知り合い、くらいが関の山だと思うぞ」

「そうなんだ」

そこまではっきり言ってしまうのもどうなんだと思ったが、ツッコミを入れるのも違うので口を噤《つぐ》む。

レイドが和カフェへの道を迷いなく歩く。通い慣れているというのは本当らしい。

「いや、楽しみだな。今日もアベルと会えると良いんだが」

快活に笑うレイドに「そうだね」とだけ返す。

護衛のカインたちはすぐ後ろにいるが、私たちの話に口を挟んだりはしない。茶々を入れそうなアルも大人しかった。今日は頭の上に止まるのではなく、頭上をふよふよと飛んでいる。

時折手を伸ばすと腕に止まってくれるのが可愛《かわい》くて、ニコニコしてしまう。

「ご正妃様、いらっしゃいませ！　おや、レイド様ではありませんか。またいらして下さったんですね」

和カフェに着くと、従業員たちが笑顔で歓迎してくれた。レイドに対する笑顔が、愛想笑いではない。少し親しい目上の人に向けるものだ。

彼女が如何《いか》にこの店に通い詰めているのかそれだけでもよく分かって、思わず笑ってしまった。

女性店員がやってきて、私たちに告げる。

「こちらへどうぞ。奥の席が空いていています」

「ありがとう」

奥の席なら落ち着ける。そう思っていると、何故か女性店員は小声でレイドに話し掛けた。

「レイド様。あの例の方、今日も来られていますよ」

「えっ!?」

思わずギュインと彼らの方を見てしまった。

店員はニマニマとした顔でレイドに報告している。彼女は元々王城で働いていた女官だったのだが、和カフェで働きたいとこちらにやってきた人なのだ。

カーラからお墨付きをもらったので雇っているのだけれど、確かによく働いてくれる。

その彼女が興奮を隠しきれない様子でレイドに話し掛けていた。

「つい先ほど来られたばかりなので、しばらくはおられるかと。良いタイミングでしたねっ！」

「そ、そうか。ありがとう、感謝する」

「良いんですよ。私たちはレイド様の恋を応援していますからっ！」

グッと親指を立てる女性店員――確か、セリスという名前だった――を見てから、他《ほか》の店員に目を向ける。彼らも興味津々という顔でレイドの様子を窺《うかが》っていた。

――わ、わあ。

どうやらレイドは、和カフェの皆にアベルとの恋を応援されているらしい。

とんだところに味方がいたものだ。びっくりである。

「レ、レイド……」

どういうことだと彼女を見ると、レイドは気まずげに私から視線を逸《そ》らした。

「そ、その、別に私から言ったわけではないんだが……気づいた時には応援されていて……」

もごもごと告げるレイド。

セリスが笑顔で言ってのけた。

「あら、だってレイド様の告白事件は有名ですから。初めてうちにいらした時に、大声で告白していらっしゃったでしょう？　女性なのにあの男気溢《あふ》れる告白。すごく感動したんです。あれから私たちはレイド様の恋を応援する会を結成いたしました。参加者はうなぎ登り。天井知らずです」

「お、応援する会⁉　初めて聞いたぞ」

ギョッとするレイド。

戦《おのの》きを隠せない様子の彼女だが、私は「ここでもか……」という気持ちにしかならなかった。

何せ私自身が『王太子夫妻を見守る会』を知らぬ間に結成されている当事者なので。

最初は応援する会だったのにいつの間にか見守る会に名前を変え、会員数も日に日に増えているらしいと聞けば、恐ろしいとしか言いようがない。

まあ、私はフリードの絵姿欲しさに会を公認した馬鹿者《ばかもの》なので、文句を言うことはできないが、レイドは違うのだ。思う通りにすればいいと思う。

「レイド。嫌なら嫌って言って良いんだよ」

嫌がられてまで、会を続けようとはしないだろう。和カフェの面子《メンツ》は元王城勤めの、常識的な判断ができる人たちだ。

オープンする際、私自身が面接したのだからそこは自信を持って言えるし、レイドに迷惑を掛けてまで活動を続けるような人たちではない。

だが、レイドは首を横に振った。

「いや、驚いたのは確かだが……別に嫌とかではないんだ」

「え、そうなの？」

私なら絶対にやめてくれと訴えると思うから、レイドの答えは意外だった。

「応援する会だよ？　そのうち会報誌とか配られるようになるよ？　それでもいいの？」

「それは勘弁してもらいたいところだが、応援してくれるのは嬉しいと思う。それに、だ。落とすのならまず外堀を埋めていくのは基本だ。気づいた時には逃げられないようにしたいからな。精々、応援する会とやらを利用させてもらうことにするさ」

「……おおう」

利用できるものは全部利用すると言ってのけるレイドが格好良すぎる。

話を聞いていた店員たちも全員、首がもげるほど頷いていた。

「ええ、是非、我々のことは好きに利用なさって下さい。おふたりがくっつく切っ掛けのひとつになれるのなら、願ってもないことですので！」

「応援する会としては本望です!!」

「皆、ありがとう。絶対にアベルを落としてみせるよ」

「頑張って下さい！」

「……うわあ」

これは完全に結託している。

いや、被害者はアベルひとりだから構わないといえば構わないのだけれど……うーん、すごいものを見た気分だ。

呆《あき》れつつも、勧められた席へと向かう。そこには店員たちが言っていた通りアベルがいて、三色団子を貪っていた。

私たちに気づくと、食べる手を止め「お」と言う。

「王太子妃さんじゃん。あー、いや、もうすぐ王妃になるんだっけ？　おめでとう！」

「あ、ありがとう。……ねえ、アベルってすごい神経しているのね」

店員たちの騒ぎは間違いなく聞こえていたと思うのに、平然と私に話し掛けてくるメンタルが強すぎる。ある意味王族向きとも言えるけど。

私の言葉にアベルは首を傾《かし》げたが、すぐに得心した様子になった。

「あ？　あー、あいつらのことか？　別に、今更だから気にしないって。だって毎回言ってくるんだぜ？　いつ、レイド様の求婚を受けられるのですかってさ。受けねえって言ってるのに」

「そっかあ……」

どうやらあまりにもいつものことすぎて、スルーしているらしい。

なんとなくだけど、申し訳ない気持ちになってしまった。

何せ、この店のオーナーは私なのだ。店員たちが迷惑を掛けているのなら、オーナーである私が謝らなくてはならない。

「えっと、ごめんなさい。迷惑を掛けて。その、色々言われるのが嫌なら、無理にここに来なくても……」

友人としてレイドの恋を応援しているが、うちの従業員が迷惑を掛けているのなら話は別だ。

だが、アベルは肩を竦《すく》めるだけだった。

「別に気にしてないからいいって。それにここには和菓子を食べに来てるんだ。他に和菓子を食べられる店があるなら移ることも考えたけどさ。和カフェはここしかないだろう？　あいつらやそこの王女さんを避けて、好きなものが食べられなくなる方がオレは嫌だね」

「な、なるほど」

「オレ、和菓子が好きなんだよな～。なんていうかさ、妙に懐かしい気分になるんだ。故郷に帰ってきたかのような、そんな気持ちにさ」

三色団子を見ながらしみじみと告げるアベル。

「オレ、今まで特別好きな食べ物ってなかったんだけど、ヴィルヘルムに来て変わったよ。和菓子と、あと、カレーライスも好きなんだ。舌に合うっていうかさ。もうこのままヴィルヘルムに永住しようかなあ」

「アベルさえ良ければ、私たちは歓迎するわよ」

カレーライスも好きと言ってもらえて嬉しくなった。

どうやらアベルはかなり日本人の味覚に近いものを持っているらしい。こんなところにファンがいてくれるとは思わなかったからニコニコだ。

「カレーライスは何が好きなの？」

「カツカレー一択！　食べ応《ごた》えがあって好きなんだ」

「そう。じゃ、今度私がいる時に店に来てくれたらサービスしてあげる」

色々迷惑を掛けているみたいだし、それくらいならと思い提案すると、アベルは意外なほど喜んだ。

「本当かよ。それは嬉しいな。ま、これで分かってくれたと思うけど、オレは好きでここに来てるってこと。だからあいつらのことは別に気にしてくれなくて良い。特に害はないんだ。放っておけばいいだろ」

「アベルがそれでいいって言うのなら私は構わないけど、本当に良いの？」

「ああ！」

「そう」

よく来てくれるお得意様をなくしたくはないから、むしろこちらとしては有り難い限りである。

本人が納得しているのならいいかと気にしないことにして、席に座った。

早速、レイドがアベルに話し掛けている。

「アベル、また会ったな！」

嬉しげなレイドに対し、アベルは呆れ顔だ。

適当な感じで相手をしている。

「毎度毎度、タイミング良く来るよな、あんた。もしかしなくても王女って暇なのか？」

「ははは。それなりに忙しいぞ。だが、君に会えるかもと思えば、いくらでも時間は作れる。今日は単なるラッキーだがな。リディが誘ってくれたおかげで君に会えた。本当に私は運が良い」

「それ、つまりはオレが不運ってことになるんだよな。嫌になるぜ」

「そう言いつつも、来ないことを選択しないでくれる君のことが私は好きだ」

「さっき、王太子妃さんにも言ったろ。オレは食べたい時に食べたいものを食べるだけって。それ以外に理由はない」

「ああ、それでも。私を避けないでくれて嬉しい」

「……」

嬉しげに笑うレイドを見て、アベルが複雑そうな顔をする。

良くも悪くもレイドは素直な子なので、やりづらいのだろう。

「……オレはあんたと結婚なんてしないって言ってんのに」

「気持ちとは変わるものだ。私はなんとしても君を落とすつもりだからな。まだしばらくヴィルヘルムにいる予定だし、腰を据えて頑張るさ」

「嬉しくないいんだよなあ」

ほとほと疲れたとアベルが肩を落とす。そうしてしっしとレイドを追い払った。

「オレ、まだ食べてるからこれ以上邪魔しないでくれ」

「ああ、すまなかったな。相手をしてくれて感謝する」

アベルの言葉にレイドはあっさりと引き下がり、私の向かい側の席に座った。

彼女に声を掛ける。

「……いいの？」

「ああ。挨拶《あいさつ》できただけでも十分なくらいだ。あまりしつこくして嫌われたくもないからな。言葉を交わせたのだから今日は百点満点だと思うぞ」

「へ、へえ」

レイドなりに色々考えているようだ。

気を取り直し、和菓子を注文する。

彼女が注文したのは、やはりといおうか醤油《しょうゆ》団子だ。どうやらずいぶんと気に入ってくれたらしい。

私はみたらし団子と緑茶を頼んだが、その際にふと思いつき、気を遣ってカインと一緒に外にいてくれたアルを呼んでみた。

すぐにアルはやってきて、可愛らしく首を傾げる。

「なんでしょう、王妃様」

「えっとね、アル、せっかくだから何か食べてみない？」

和カフェに行こうと以前、誘ったことを覚えていたからの言葉だったのだが、意外にもアルはキリッとした顔で拒絶した。

「申し訳ありません、王妃様。今日の僕は護衛ですので遠慮させていただきたく存じます！」

「そうなの？　気にせず食べたら良いのに」

護衛でも、近くで和菓子を食べるくらいは許されるだろう。そう思ったが、アルは頑《かたく》なに断り続けた。

「出掛ける前、王様と約束したんです。絶対、王妃様は僕がお守りするって。その任を僕は今、遂行中ですので、飲食の類いは遠慮させていただきたく」

鼻息も荒く告げる。

どうやらフリード直々に、声を掛けられたらしい。

なるほど、アルが張り切るわけである。

カインにも声を掛けてみたが、彼にも断られてしまった。

アベルは自分の分を食べ終わったあと、さっさと席を立ち、私たちに声を掛けることもなく立ち去った。レイドも特に引き留める様子はない。本当に今日はもういいと思っている様子だ。

レイドがそれで良いならとのんびり過ごしていると、今度は彼女の護衛であるランティノーツと女官のレナが連れ立ってやってきた。

どうやらレイドを迎えに来たらしい。

「オフィリア様。そろそろお戻り下さい」

私に頭を下げたあと、レナがレイドに話し掛ける。レイドは残念そうに「もうそんな時間か」と立ち上がった。

「すまない、リディ。もう少しいられるかと思ったが、時間切れのようだ。私は先に失礼させてもらうよ」

「うん、分かった。頑張ってね」

予定があることは聞いていたので、快く頷く。

レイドはレナたちと王城へ帰っていったが、私はまだ時間があるし、帰ったところでやることもないので、もう少し時間つぶしがしたかった。

「姫さん、これからどうするんだ?」

カインに聞かれ、ちょっと考える。答えはすぐに出た。

「久しぶりにカレー店に寄ろうと思うんだけど、良いかな」

先ほどアベルにカレーライスを褒められたのが嬉しかったのだ。それに店主を任せているラーシュにも久々に会いたいし。

「姫さんが行きたいなら付き合うぜ」

「どこでもお供いたします〜」

カインとアルからも反対は出なかったので、和カフェの面々に別れを告げて、私は早速カレーライス店へと向かった。

◇◇◇

「ラーシュ、久しぶり！　なかなか来られなくてごめんなさい」

「師匠!?　忙しいんじゃないのか？」

夕方の開店時間までの休憩時間中。カレーライス店の従業員用入り口から顔を出すと、皆がギョッとしたように私を見た。

その中でも特に驚いた様子を見せたのが店長のラーシュだ。

皆を押し退《の》け、心配そうに駆け寄ってくる。

「師匠、王妃になるんだろう？　うろうろしていて大丈夫なのか？　というか、殿下は一緒では？」

「フリードは忙しいから私ひとりよ。私はあんまりやることがなくて、暇を持て余しているの」

「殿下に許可は取ったのか？」

「それはもちろん」

おそるおそる尋ねてくるラーシュに大きく頷いてみせる。彼はホッとしたように胸を撫《な》で下ろした。

「それなら良いけど。護衛もいるんだよな？」

「ちゃんとふたり連れてきたわ。大丈夫よ」

後ろにいるカインとアルに目をやると、視線を追ったラーシュがギョッと目を見開いた。

「へ……りゅ、竜!?」

完全に腰が退《ひ》けている。どうやら怖いようだ。

危険はないことを示すためにアルを捕まえ、ラーシュの目の前にずずいっと差し出す。

「大丈夫、怖くないから。あと、竜ではなくて彼は精霊よ。名前はアル。私の新しい護衛なの」

簡単に紹介すると、アルはドヤ顔を披露しながら言った。

「王妃様を陰日向《ひなた》になってお守りするのが僕の使命。王妃様の安全は僕が保障します」

「……そ、そうか。な、なんかすごいことになってるんだな」

「アルは良い子よ」

「うふふ、王妃様ってば。照れますよう」

パタパタと尻尾を振り、喜びを表すアル。後ろからカインがボソッと告げた。

「本当、姫さんには尻尾振りまくりなんだから」

途端、アルはキュルンとした表情を消し、カインを睨《にら》み付けた。

「うるっさい。お前は黙っていろ！」

「なんだよ。オレは単に事実を告げただけだからな」

「言い方に悪意を感じる！」

「そりゃ、そうだろ。オレはお前が気に入らないんだから」

「それは僕もだけどー!?」

ウガーッとアルが吠《ほ》える。

あっという間に睨み合いが始まってしまった。ラーシュがおろおろしながら言う。

「し、師匠、大丈夫なのか？」

「大丈夫、大丈夫。このふたりのやりとりはいつものことだから……」

「いつ……も？」

「え、ええ。実はあんまり仲良くなくて……あ、でも仕事はちゃんと協力できるみたいだからそこは安心して！」

「……安心できる気がしない」

ラーシュの言葉に皆がコクコクと頷く。私はため息を吐《つ》き、不穏な空気を漂わせ始めたふたりに言った。

「……ふたりとも、外で待っていてね」

頼むから、食べ物を扱う店で喧嘩《けんか》をしようとしないで欲しい。

ふたりを追い出したところで、改めて皆に向き合う。

「騒がせてごめんなさい。ええっと、今日は時間もあるし、せっかくだから様子を見に来たの。どう？　お客さん、増えてる？」

私の質問に、ラーシュではなく別の料理人が答えた。

「はい。客数も増加していますし、売上げも右肩上がりです。ただ、最近、客が多すぎて、夕方過ぎにはカレールウが切れてしまうんですよね」

「そうなの？」

ラーシュを見ると彼は頷き、ため息を吐いた。

「ルウの量はかなり増やしているんだけどな。追いつかないんだよ。お陰でここのところ、夕方過ぎには店じまいだ。夜に来る客も多いのに申し訳ないってのが悩みの種だな」

「そうなのね……」

「私たちが作れるルウの量にも限界はありますし」

料理人の言葉に頷く。考えながら口を開いた。

「集まるお客さんを分散させなきゃ駄目よね」

「分散？」

「そろそろ二号店を作ろうかって話よ。カレーライスを売っているのが二ヶ所になれば、お客さんもその分分散されるでしょう？　違う？」

元々二号店については考えていたのだ。何せ、いつも行列ができているから。

ただ、急ぎではないかと思って後回しにしていた。

「二号店か……。店長は誰《だれ》にする？」

ラーシュが真顔で聞いてくる。そんな彼に言った。

「あなたの推薦は？」

「オレ？」

「ずっとここで頑張ってくれたのはあなただもの。カレーライス店二号店を任せてもいい人材、誰かいる？」

「……ちょっと待ってくれ。少し考える」

「いいわ。二号店をどこに出すかもまだ決めてないし。ゆっくり考えて」

ラーシュが悩み出す。皆もざわざわし始めた。

だけどちょうどいいタイミングだと思うのだ。増えすぎた客をばらけさせる目的としても悪くないし、ラーシュが推薦してくれた店長なら味も問題ないと思えるから。

悩んでいたラーシュがハッとしたように顔を上げる。

「……でも、師匠も忙しいだろ。もうすぐ王妃になるんだし、オレたちのことに構っていられなくなるんじゃないか？　それなのに二号店なんて」

「王妃になったって、何も変わらないわよ。大丈夫」

ヒラヒラと手を振る。

ちょっと王太子妃が王妃になるだけだ。だが、ラーシュたちは懐疑的だった。

「……本当に？」

「本当、本当」

「でも……」

「リディ」

心配する皆を宥《なだ》めていると、従業員用入り口の方からフリードの声がした。

振り返れば、彼が笑顔で手を振っている。

まさか来るとは思っていなかったのでびっくりだ。

「フリード!?　え、忙しいんじゃなかったの？」

「今日の仕事は大体終わらせたからね、リディを迎えにきたんだ」

「そ、そうなんだ。ここにいるのはどうして分かったの？」

「カインとアルに聞いた」

「そっかあ……」

私の行き先は報告済みだったようだ。

フリードがこちらへやってくる。隣に立つと、当然のように腰を引き寄せてきた。

「わわっ……」

「会いたかったよ、リディ」

「そ、それは私もだけど……」

甘い声で囁《ささや》かれるのは好きだし嬉しいのだけれど、ラーシュたちがいるので、ちょっとだけ恥ずかしい。

ちらりとラーシュたちを見る。彼らは焦ったようにその場に膝《ひざ》をつき、頭を下げていた。

フリードが鷹揚《おうよう》に告げる。

「気にしないで下さい。妻を迎えにきただけですから」

「し、しかし……」

代表してラーシュが答える。そんな彼にフリードは言った。

「本当に気にしなくて大丈夫ですよ。妻がカレーライス店を大切にしていることは知っていますから。あと、彼女が王妃になったあとのことも大丈夫です。今まで通り顔を出すと思っていただいて構いません」

「っ……！」

皆がハッと顔を上げる。私もフリードを見た。

「フリード……！」

「王妃になったからといって、リディの行動を変えさせようとは思わないよ。今まで通り、好きにしてくれたらいいし、そうして欲しいと願っている」

優しく告げるフリードの目を見れば、彼が本気で言ってくれているのが伝わってくる。

「ただし、カインとアルは連れていってもらうけどね。それだけ守ってくれたら構わない」

「ありがとう……！　ね、皆。フリードが今まで通りでいいって！」

嬉しくて、自然と声のトーンが弾んだものになる。不安そうにしていた皆も喜んでくれた。

「師匠……王妃殿下になっても来てくれるんですね。嬉しいです」

「良かった……さすがに王妃になったら、難しいんじゃないかと思っていました……」

「うん、うん。大丈夫。ちゃんと来るから。二号店の話も進めるからね！」

「はい!!」

皆が元気よく返事をしてくれる。

「じゃ、残念だけど、今日はもう帰るわね。近いうちにまた来るから」

フリードが迎えにきてくれたのなら帰った方が良いだろう。そう思っていると、彼が言った。

「もういいの？　別に急いでいないから、用事があるなら済ませてくれて構わないよ」

「本当？　実はお店の味を久しぶりにチェックしようかなって思っていたんだけど」

正直に答えるとフリードは少し考えたあと、言った。

「それくらいなら全然」

「いいの？」

「うん。リディもこれから少しずつ忙しくなると思うから、やろうと思っていることは後回しにしない方が良い」

「……そう？　あ、じゃあ、フリードも一緒に食べていく？　実は秘密裏に、辛口好きのお客様をより満足させるべく、今までより辛さレベルの高いカレーを開発していたんだよね。試食してくれると嬉しいな」

辛いものが好きという人は意外と多いのだ。

もっと辛くして欲しいという要望を受け、ラーシュたちとこっそり開発していた辛さレベル『ヴィルヘルム』。まだメニューには出していない試作段階ではあるが、かなりの自信作だった。

わざわざイルヴァーンから輸入したエミューという種の唐辛子を使っているので、辛いものが好きなフリードに試してもらえるのは正直とても有り難い。

「そういえば、前に実験したいって言ってたね。いいよ。リディの役に立てるのなら喜んで」

「本当？　やった……！　ラーシュ、フリードが『ヴィルヘルム』を試食してくれるって！」

ギュインと勢いよくラーシュを見る。彼はギョッとしたように言った。

「え。王太子殿下に？　……本当に良いのか？」

「フリードが良いって言ってるんだもの。良いの、良いの。わ〜、客側からの意見も聞きたかったからありがたい〜」

「いや、本当ならありがたいけど……。あの、本当に構わないんですか？」

恐る恐るラーシュがフリードに話し掛ける。彼は好意的な笑みを作り、頷いた。

「ええ。リディが望むのでしたらいくらでも。私で参考になるのかは分かりませんが、構いませんよ」

「あ、ありがとうございます……！　よし、皆。準備にかかれっ！」

「はいっ!!」

フリードから直接承諾の言葉をもらえたことで安心したのだろう。困惑していたラーシュの顔が瞬時に料理人のものへと変わった。

料理人たちが立ち上がり、厨房《ちゅうぼう》へ駆け戻る。私もフリードの手を引っ張り、カウンター席へと向かった。

午後の休憩時間中なので、他に客はいない。

営業の邪魔をするつもりはないから、夕方の開店時間前には帰るつもりだ。

「お待たせしました。カレーライス、辛さレベル『ヴィルヘルム』です」

しばらくしてラーシュ自ら、見た目が黒いカレーライスを持ってきた。私には普通レベルのカレーライスが置かれる。

予想外に黒いカレーライスを見て、フリードが「えっ」という顔で私の方を向く。

「リディ？」

「辛いカレーは黒いんだよね。大丈夫。味は美味《おい》しいはずだから」

「……なんだか本当に実験台にでもなった気分だよ」

言いながらもスプーンを使い、カレーライスを口に含む。

一口食べ、フリードは「ん!?」という声を出した。

「どう？　辛すぎるとかある？」

ドキドキしつつもフリードに尋ねる。

イルヴァーン産の唐辛子、エミューは、大陸一辛い唐辛子として知られている。今回、そんじょそこらの辛さでは満足できないお客さんのためにわざわざ輸入を決断したのだけれど、食べられないのでは意味がない。

皆も固唾《かたず》を呑《の》んでフリードを見守っている。

フリードは黙ってもう一口カレーライスを食べ「うん」と頷いた。

「これは……確かに辛いね。でもこの辛さが堪《たま》らないというか癖になる。うん……かなり好きかもしれない」

「やった……！」

フリードの批評を聞き、両手を挙げる。

皆も「良かったぁ」と手を取り合って喜んでいた。

本当に気に入ったのだろう。フリードの食べる速度はかなり速い。

辛さレベル『ヴィルヘルム』は私も食べられないので、お客さんに喜んでもらえるか心配だったが、フリードの反応を見る限り大丈夫そうだ。

「じゃ、私もいただきます」

安心したので、自分の分のカレーライスを食べることにする。

私の辛さはいわゆる中辛。標準的な辛さで、注文数も圧倒的に多い。

自分で作ったのではないカレーライスを食べようとすると、フリードが口を開けた。

「え」

「リディのカレーも欲しいな」

「……良いけど」

フリードの口にスプーンごとカレーライスを突っ込む。彼はもぐもぐと咀嚼《そしゃく》すると「美味しいけど、やっぱり私は辛い方が好みだな」と言った。

ならば何故、私のカレーライスを取ったのかと思いつつ、自分の分を改めて口に入れた。

「うん、美味しい。花丸ね！」

私が作ったより美味しいかもしれない。大きく頷くと、料理人たちは一様にホッとした顔をした。

「うわぁあ……良かった」

ラーシュも胸を撫で下ろしている。

「良かったぜ。不味《まず》くなっているなんて言われたらどうしようかと思った」

「ラーシュたちに限って、そんなことになるはずないでしょ。すっごく美味しいから安心して」

存分に褒めちぎってから、カレーライスを完食した。フリードはすでに食べ終わっており、出された水を飲んでいた。

相当な辛さだったというのに、非常に満足そうな顔をしている。

「そんなに気に入ったんだ」

「まあね。前にリディが辛口のカレーを作ってくれたでしょう？　あの時も美味しいとは思ったんだけど、今日の方が好きかな」

「ああ、あの時……」

少し前、義母や国王たちと一緒にカレーを食べたことを思い出した。

あの時はライスではなくナンを作ったのだけれど、それもフリードには好評だった。

「辛口カレーにナンの組み合わせだったよね。あ、そうだ。二号店はライスではなくナン専門にしようかな」

「ナンって師匠が前に教えてくれたパンのことか？」

「そうそう」

　ラーシュに聞かれ、頷いた。ナンについては、すでに彼に話してあるのだ。

「米が重くて食べられなくても、ナンなら大丈夫ってこともあるし、選択肢が増えるのは良いことだと思うのよね」

「それはそう思うが、二号店だけでなく、うちの店でも扱いたいところだな。たまに女性客にもう少し軽く食べたいと言われるんだ」

「なるほど。じゃあ、そうしようか。需要があるのに無視するのはよくないものね……」

　ふんふんと頷く。

　完全に新作についての話し合いになっているが、誰も気にしていないのでまあいいのだろう。

　フリードが空になった皿を見つめながら言う。

「ところで、どうして辛さレベルに『ヴィルヘルム』なんて名前を付けたの？」

「え、この店のオリジナルですよって感じが分かりやすいと思ったから」

　普通に辛さレベル20とかにしても良かったのだけれど、パンチが効いていないと思ったのだ。

　名前を付けた方が広まるような気がしたし、悪くないと思ったのだけれど。

「越えるべき壁……みたいなイメージ？」

「越えられてもどうなのかと思うけどね。ま、このカレーライス店はヴィルヘルムの名物店として認識されてるから、皆、普通に受け入れるだろうけど」

「『辛さレベル『ヴィルヘルム』を完食したぜ……』みたいな感じで皆に話して欲しくて」

「そこまで辛いとは思わなかったけど」

「……それは多分、フリードだからだと思うよ。私、一口も食べられる気がしないもん。……ね、ちょっと聞くけど、あなたたちの中に『ヴィルヘルム』を完食できる強者《つわもの》はいる？」

「辛いものはいける方だが『ヴィルヘルム』はちょっとな」

真っ先にラーシュが言い、他の料理人たちも首を横に振った。ひとりだけ「辛いものは好きなので平気です」という料理人がいたが、彼だけだ。

エミューを使ったカレーライスを嬉々《きき》として食べられる人はそうはいない。

ただ、今回のフリードの反応を見るに、辛いもの好きな人にはウケるのではないかと思った。そしてそれならやるべきだ。

私は頷き、ラーシュに言った。

「辛さレベル『ヴィルヘルム』、今日からメニューに追加しましょう」

「お、良いのか？　ゴーサインを出して」

「ええ。フリードもそこの彼も食べられるようだし。ただし、注文する人には注意してあげて。ちょっと辛いものが好きレベルで食べられるものではないから」

「それはそうだな。よし、皆。師匠のゴーサインが出たから、今日の夜から出すぞ！」

「はい！」

「急いでメニューに書き加えてくれ！　あと値段だが――」

ラーシュがテキパキと皆に指示を出していく。それを見ながらフリードと一緒に立ち上がった。

「ごちそうさま。これ以上はお邪魔だから私たちは行くわね」

「ああ、忙しいのにわざわざ来てくれてありがとうな」

「こちらこそ相手をしてくれてありがとう。次に来られるのは……多分、戴冠式が終わったあとになると思うけど」

時間が空いてしまうことを申し訳なく思いながらも告げると、ラーシュは手をヒラヒラと振った。

「来てくれるだけでありがたいからいい。あとはこっちでやっとく」

「ありがとう。その時、二号店の話ができるように準備しておくわね」

「ああ、オレも店長候補を考えておく」

「よろしく」

話を終え、来た時と同じく従業員用入り口から外に出る。カレーライス皿の下に料金を忍ばせておいたので、あとで気づいてくれるだろう。

直接渡そうとすると受け取ってくれないことも多いから、こっそり置いていくようにしているのだ。

「あ、出てきた」

「王様～、僕、ちゃんと見張りをしていましたよ。特に怪しい者はいませんでした！」

外に出ると、カインとアルが待っていた。

アルはここぞとばかりに仕事をしたとフリードにアピールしている。

あからさまに褒めて欲しいオーラを出すアルにフリードは苦笑していたが、それでも一言「よくやった」と褒め言葉を口にした。途端、アルがメロメロになる。

「はあああああん。王様直々に褒められちゃった～」

両手を組み、夢見心地で告げるアルをカインが呆れた目で見ている。

「……姫さんに追い払われたくせに」

「まあまあ。良いじゃない。カインも見張り、ありがとう」

　ふたりを追い出したのは私だが、そのあときちんと仕事をしてくれていたのなら、感謝するべきだ。そう思いお礼を言うと、カインは気まずそうに言った。

「……別に。仕事だからな。それにこいつに隙を見せるような真似《まね》はしたくないんだよ。認めたくはないが、オレは先輩みたいだし」

　カインの言葉に、アルがすぐさま反応した。

「だーかーらー、お前は僕の先輩なんかじゃないって言ってるだろ」

「後から入ってきたんだから後輩で間違ってないだろ。年功序列なんて古いぜ？　年食ってるから敬えなんて時代遅れだって分からないか？」

「きー！　この、常に時代の最先端を行く僕に生意気っ！　口が減らないっ！」

　空中で地団太《じだんだ》を踏むアルと、言い負かしたと満足げに笑うカイン。

　最早、いつも通りだと言える光景である。

「リディ、帰ろうか」

　ふたりをスルーしたフリードが手を差し出してくる。その手を握り、頷いた。

「そうだね」

　夕方にはまだ早い時間だ。

　のんびりとした気持ちで歩き出す。

　カインとアルはまだ言い争いをしていたが、私たちが歩き出すと、すぐにあとをついてきた。

　大通りに出る。

私たちに気づいた町の人たちが、親しげに声を掛けてくる。

「リディちゃん、今度王妃様になるんだって？」

「本当にあっという間だねえ。王妃様になっても町には来るんだろう？　サービスしてやるから、うちの店にも寄っておくれよ」

「はーい。今度寄らせてもらいますね」

「ああ。隣の旦那《だんな》様も一緒に。歓迎するよ」

「ありがとうございます。ふふ、フリードも一緒にだって」

ね、と声を掛けるとフリードも「ぜひ」と返事をした。

そのあとも色んな人たちが各々声を掛けてきて、そのたびに立ち止まっていたせいか、少し帰る時間が遅れてしまった。

「結構遅くなっちゃったね」

自室に戻って着替えると、ようやく人心地ついた。

カインはすでに姿を消し、アルも神剣の中に戻っている。ふたりでソファに座り、カーラに淹《い》れてもらったお茶を飲んでいると、フリードが言った。

「でも、皆と話せて良かったよ。実際の声を聞くと、元気がもらえる気がするから」

「うん、そうだね。分かる」

今日、声を掛けてくれた人たちは皆好意的で、三ヶ月後の戴冠式を楽しみにしてくれていた。

それを直接知ることができて嬉しい。

「頑張らないとね」

フリードが気合いのこもった顔で告げる。私も彼に同意した。

「うん。私も頑張る」

皆のためにできることがあるのなら、頑張りたい。

力強く告げると、フリードが抱き寄せてきた。

「フリード？」

「とりあえず今、リディがすることは、私を癒すことだと思うんだけど」

「えっ……」

「何せ、リディを抱くと心身ともに元気になるから」

「ま、まあ……確かにそれはそうかもだけど」

実際に回復するのは知っているので、否定はしない。

誰が聞いても疑うだろうが、私を抱くと本当に元気になるのだ。この人は。

「……わっ」

フリードが立ち上がり、私の腕を引っ張った。つられてソファから立ち上がると抱き上げられる。

「フリード……」

「そういうことだから、良いよね？」

「……もう」

そんなことだろうと思ったが、やっぱりか。

一応抗議のために睨《ね》めつけてみるも効果はない。あっという間に寝室へ運ばれてしまった。

大切なものを扱う手つきで、ベッドの上に下ろされる。どこまでも優しい動きにきゅんと胸が高鳴った。大事にされているのが分かるたび、嬉しくなってしまうのだ。私という女は。

フリードが私の上にのしかかり、もう一度聞いてくる。

「──ね、リディ。いい？」

「……うん」

今度ははっきりと頷く。

だけど晩ご飯抜きになるのは嫌なので、そこだけはきっちり主張させてもらった。

「ご飯には間に合うようにしてね」

「えっ、さっきカレーライスを食べたのに？」

「あれは別腹なので」

キリッと告げると、フリードは笑い「はいはい、リディを空腹にはさせないよ」と了承してくれた。

優しいキスが落とされ、目を瞑《つむ》る。

フリードの手が身体の線をなぞっていく。心地良い感触に身を任せながらも私は、今日の晩ご飯は何かな、なんてとても暢気《のんき》なことを考えていた。

8・店主の祝い（書き下ろし・ラーシュ視点）

「はー……師匠、相変わらずでしたね～」

料理人のひとりが、野菜を切りながら呟《つぶや》く。場にいた全員が頷《うなず》いた。

つい先ほど、師匠が店にやってきた。

最近はあまり顔を見せなかったので、来てくれたのは嬉《うれ》しかったが、久々の師匠は前に見た時より更に綺麗《きれい》になっていて驚いた。

やはり王太子妃として過ごしていると、色々と変わるものなのだろう。

とはいえ、師匠自身に変化はないようで、それはオレたちにとって嬉しいことだった。

今までと同じように話し掛けてくれるし、きちんとオーナーとしての視点で接してくれる。

もうすぐ王妃になるという彼女だが、きっと王妃になっても何も変わらないのだろう。

師匠に直接会ったことで、少し不安になっていた気持ちも払拭できたし、大丈夫なのだと確信できた。それはオレだけではなく他《ほか》の料理人たちも同じようで、口々に「師匠は変わらない」「それが師匠のいいところ」なんて言い合っている。

「相変わらず、王太子殿下とラブラブみたいでしたけどね～」

「それな」

辛いものが得意な料理人がボソリと言う。それに全員が頷いた。

途中、師匠を迎えに王太子殿下が合流したのだが、以前見た時と同様、いや、それ以上に甘々だった。

　師匠が望むことは何でも叶《かな》えてやりたいというのが、彼の態度や口振りから伝わってきて、ああ、師匠は愛されているのだなあと思ったのだけれど。

「ほんっと、めちゃくちゃ愛が重いよな」

「分かる。前もだったけど、普通にうちの店で出したカレーライスも食べてくれたし。普通、王太子殿下って毒味をしていないものは口にしちゃいけないんじゃないか？」

「師匠の店だから特別……とか？　あ、でも師匠のカレーライスを先に食べていたよな？　あれってもしかしなくても、師匠の毒味を王太子殿下自らがしていた……とか」

「うわ、ありそう……」

「いや、うちの最強王太子様だぜ？　毒味なんて必要ないのかもしれない。ほら、何せ精霊の加護があるって話じゃないか。毒に当たっても問題ない、とか」

「うおおおおお！　それ、すごいな。でも、それはそれとして師匠のカレーライスを食べていたのは毒味で間違いないよな？」

「間違いない。師匠は気づいてなさそうだけど」

「師匠、意外とそういうところ、抜けてるもんな……」

「分かる」

　皆が好きに語るのを聞きながら、先ほど師匠に言われた辛口カレーをメニューに付け加える作業をする。なんとなく口にした。

「三ヶ月後かあ」

「店長？」

「いや、三ヶ月後には戴冠式で、師匠は王妃になるんだろう？　その、さ、オレたちもなんかお祝いができないかって思ったんだが」

師匠には普段から世話になりっぱなしなのだ。

めでたい時くらい、おおっぴらに祝いたいではないか。

それは皆も同じようで、すぐに話に乗ってくる。

「良いですね、それ！」

「え、じゃあ、町の飲食店全部巻き込んで『新国王即位おめでとうフェア』とか大々的にやりませんか？　そうすればオレたちが殿下の即位を祝福してるって伝わるかなって思うし」

料理人のひとりから出てきた案に、全員が賛成の意を示した。

「いいな！」

「店長！　今度の会合、いつでしたっけ？　組合に話を通して、他の町にも参加を呼びかけて下さいよ。北の町や東の町、西の町も全部！　祝ってるって雰囲気、オレたちで出していきましょう！」

期待するように皆から見られ、苦笑した。

「会合は来週だ。分かった。オレから話を通してみる」

元々話を持ち出したのは自分だし、皆で祝意を形にするというのは良い案だと思うから、反対する理由はない。

一店舗だけでやるより、全部を巻き込んだ方が分かりやすいし、師匠たちの目にも留まりやすいだろう。

良い案だと皆が喜び合う中、ひとりの料理人が不安そうに言った。

「でも、大丈夫でしょうか。組合には一筋縄ではいかない人もいると聞きます。オレたちの言い出した話に乗ってくれるとは限らないのではないでしょうか」

「その心配は杞憂《きゆう》だな」

彼の言い分は普通なら尤《もっと》もだと思うが、今回に関しては考えすぎだと笑い飛ばせる。

何せうちの師匠は、組合の気難しどころに妙に好かれているから。

皆、結婚前から「リディちゃん、リディちゃん」と師匠を可愛《かわい》がっており、今もそれは変わらない。

「師匠を祝いたいと言えば、絶対に頷いてくれるはずだし、他の町にも話を通してくれると思う」

自信たっぷりに告げると、心配していた料理人も目を輝かせた。

「良かった！　その、オレからの提案なんですけど、せっかくならフェアは、殿下が即位する前から始めませんか？　その方が皆の気持ちも高まるかなって思うんですけど」

「良いな。提案してみる。即位してからは、フェア第二弾を開催するか」

即位前からフェアを始めるというのは、考えもしなかったが悪くない。

オレたちがその日を楽しみにしているというのが伝わりやすい良いアイディアだ。

聞いていた他の料理人たちも興が乗ってきたようで、次々と良い案が出てくる。

「それなら全店共通のスタンプカードとか作ってみません？　前に師匠が採用していたコインも良いとは思うんですけど、カードの方が作りやすいですし、各店でスタンプを押すようにして、いくつか貯まったら共通の値段を割引にするとか」

「フェア用の特別メニューとかも作りたいですね。せっかくですし、色々用意したいです」

出てくる案を急いで紙に書き留める。

話しているうちに忘れては困ると思ったのだ。皆の案を一通り聞き、その中でも秀逸と思われる案を次の組合で発表すれば間違いないだろう。

王都全《すべ》ての町で、連携しての祝い。

大がかりなことになるのは分かっているが、やってやるという気持ちにしかならなかった。

「楽しみですねえ」

スタンプカードの案を出してくれた料理人が夢見心地で言う。

「きっと師匠、今回も綺麗な姿を見せてくれるんだろうなって思うので」

別の料理人も同意した。

「ああ。結婚式の時もすごく綺麗だったもんな。王太子殿下の隣に立って、全然見劣りしてなかったし。今回もこれぞ王妃って貫禄《かんろく》を見せつけてくれるんだぜ、きっと」

「自慢でしかないですよね。あれは僕たちの師匠なんだぞって気持ちで見れますから」

「分かる」

まだ若い料理人の言葉にオレも含めた全員が頷いた。

皆の上に立ち、敬われ、愛される王妃。だがその女性はオレたちの師匠で、とても身近な人物なのだ。それがこんなにも嬉しい。

「店長！　もう今からでも会合って開けないんですか？　ほら、臨時集会とか言って」

気の早い料理人が、これまた気の早いことを言う。

それを皆は「さすがにそれはやりすぎだ」と諫《いさ》めたが、心のどこかで「それも良いじゃないか」と思っていたのは確かだったし、オレもできることなら今すぐ臨時会合とでも言って、全員を招集したかった。

9・彼女と誕生日（書き下ろし）

「明日はリディの誕生日だね」

「えっ……」

夜、のんびりしていたところ、フリードに突然言われ、目を瞬《またた》かせた。

確かに明日は私の誕生日だ。別に忘れていたわけではないけれど、今は誕生日どころではないので祝ってもらうつもりはなかったから言わなかっただけ。でも、フリードはそうは考えていなかったようだ。

「リディの誕生日を祝わないなんてあり得ないでしょう。残念ながら休みにはできなかったけど、明日の夜はきちんとお祝いをするから楽しみにしてて」

「えっ、いいの？」

「もちろん。本当は休みにするはずだったんだけどね。アレクにも大分前から話を通していたし」

「それは仕方ないよ」

即位前の目の回るような忙しさの中で、一日丸ごと休みにできるとは思わない。

フリードが忙しいのはよく知っているのだ。だから気持ちだけで十分だったのだけれど、せっかく祝ってくれるというのなら素直に受け取ろうと思った。

私だって、祝われたくないわけではないのだ。

好きな人に「おめでとう」を言われたい気持ちは大いにある。

そして迎えた誕生日当日。

その日は忙しいながらも、皆がそれぞれお祝いをしてくれた。

おめでとうの言葉と共にプレゼントを受け取る。ちょっと照れくさかったけど、皆が私のことを考えてくれるのがとても嬉《うれ》しかった。

フリードはといえば、朝から執務室に籠もって、仕事をしている。

それこそ朝、目を覚ました時にはもういなかった。

彼からの「おめでとう」の言葉は、日付が変わるのとほぼ同時にもらったが、朝起きたらいないとは思っていなかったので拍子抜けだ。

だけど兄からプレゼントをもらった時に、私との時間を多く作りたいから、フリードは朝早くから仕事を頑張っているのだと聞いて、そういうことなら私も大人《おとな》しく読書でもして待っていようと決めた。

カインにも事情を話し、今日は部屋でフリードを待つと告げた。もちろんアルにも遠慮して欲しいとお願いしている。

だって私と過ごすためにフリードは今、頑張ってくれているのだ。

私も身体《からだ》を空けておかなければ失礼というものだろう。

ふたりきりで誕生日を過ごしたいのだとアルに告げれば「分かります。もちろんお邪魔はしませんともっ！」と快い返事が返ってきた。

そして午後になり、そろそろ三時のお茶でもしようかなと思っていた頃《ころ》、なんともうフリードが帰ってきた。

「リディ、ただいま」

「っ！　お帰りなさい！」

待ち望んだ夫の帰宅に、声も弾む。帰ってきた時間も普段より二時間以上は早く、フリードが私のために頑張ってくれたのがよく分かった。

読んでいた本をテーブルに置き、ソファから立ち上がる。フリードの側《そば》に駆け寄った。

「ありがとう。無理させてごめんね……」

申し訳ないやら嬉しいやらでよく分からなくなりながらも告げると、フリードは私を抱きしめ、唇を寄せてきた。

触れるだけの口づけ。これはただいまのキスだ。

私もお帰りなさいの気持ちを込めて、キスを返した。唇を離すと、フリードが笑う。

「私がリディと過ごしたかっただけだから。でも、私こそごめんね。朝起きたら側にいなくて驚いたでしょう。話してから行こうと思ったんだけど、気持ち良さそうに寝ていたから起こせなかったんだ」

「兄さんから聞いてるから大丈夫」

「うん。せめてと思って、アレクに伝言を頼んだんだ。リディに誤解されたくなかったし」

「今更変な誤解なんてしないって」

そうは言いつつも、兄に伝言してくれたのは有り難かった。

だって起きた時、ちょっとだけ寂しかったのだ。

一日中一緒に過ごせないのは仕方ないけど「おはよう」くらいは言いたかったと思ったから。

でも兄から事情を聞いたおかげで、暗い気持ちにならなくて済んだし、落ち着いてフリードを待つことができた。兄には感謝である。

フリードはもう一度私にキスすると、抱きしめていた腕を離し、手に持っていた白いプレゼントボックスを差し出した。ボックスには青いリボンが掛けられている。

というか、フリードがこの箱を持っていたことに全く気がついていなかった。

どうやらフリード本人に気を取られすぎていたらしい。

「改めて、誕生日おめでとう。リディが生まれてきてくれたこの日に感謝を。これからも私の側にいてくれると嬉しい」

「ありがとう！」

幸せな気持ちでプレゼントを受け取る。

「開けていい？」

「もちろん」

小走りでソファに戻り、テーブルの上にプレゼントボックスを置く。ワクワクしつつも慎重にリボンと包装を解いた。

「わあ……」

現れたのは、青薔薇《ばら》のブローチだった。フリードが正装の時に付けているものとデザインがよく似ている。おそらく使われている素材はほぼ同じだろう。女性用だからか少し小さめサイズで、とても可愛《かわい》い。

「フリードとお揃《そろ》いだ……嬉しい！」

「髪飾りとしても使えるように小さめのサイズにしてある。ストールを留めるのに使ってもいいかもね」

「すっごく綺麗《きれい》！　ありがとう！」

精巧な細工が施された青薔薇のブローチは見ているだけでも楽しい。

今度髪をアップする時に、カーラに頼んで付けてもらおう。それに確かに夜はストールを羽織る機会が多い。その時に使うというのはありだ。

「素敵……キラキラしてる……」

こんな素晴らしい贈り物をもらえるなんて思ってもみなかった。

ブローチを眺め、うっとりする。それを見ていたフリードが「実はプレゼントはもうひとつあるんだ」と言った。

「え」

十分すぎるほど素敵なものをもらったのに、まだあるのか。

「わ、私、これ以上は要らないよ。このブローチ、すっごく嬉しいし」

ブンブンと首を横に振る。だがフリードは笑って言った。

「次のプレゼントは、私にとっても益《えき》になるものだから。遠慮せずにもらってくれたら良いよ」

「フリードにとってもプラスになるプレゼント？」

それは一体なんなのか。

首を傾げる私にフリードは、寝室に行くよう告げた。用意をするところを見られたくないらしい。

言われるがままに寝室へと移動する。もちろんブローチは宝石箱の中にしまってきた。

一体フリードは、私に何をくれる気なのか。

ワクワクする気持ちを抑えながら待っていると、しばらくしてフリードが声を掛けてきた。

「――用意ができた。リディ、入るよ」

「は、はいっ！」

今度はドキドキしてきたぞと思いながら返事をする。扉が開いて、フリードが入ってきた。

その姿に目を留め――冗談抜きで時が止まった。

「え……」

「どうかな？」

まじまじとフリードを見つめる。少し照れたようにポーズをとった彼は以前、私が猛《たけ》る思いのまま作り上げた軍服を着ていた。

あれだ。サハージャの正装。

細身の開襟ジャケットとネクタイに乗馬パンツ。黒で揃えられた砂時計型のシルエット。

私がきっとフリードに似合うんじゃないかと思い、秘密裏に作り上げた軍服。

それをフリードは見事に着こなしていた。

「え、え、え……それ……」

「リディが作ったものだよね」

「えっ……いや、そう……だけど」

格好悪いことに声がひっくり返った。

フリードの着ている服を再度まじまじと見つめる。サハージャの正装とよく似た軍服。それは左の

胸ポケットに青薔薇の刺繍《ししゅう》が施されており、細部の飾り付けもよく似せているが違っていて、間違いなく私が作ったものだった。

フリードに着て欲しいなと思いつつも、さすがに無理だろうと諦《あきら》め、完成だけさせてお蔵入りにしたブツ。それを今、フリードが着ているという事実にクラクラした。

「……え、え？　どうしてこれを？」

「ごめん。以前、偶然引き出しに入っていたのを見つけてしまって」

「ひえっ」

「試しに羽織ってみたら私のサイズだったし、胸に青薔薇の刺繍もあったから、リディが私に着て欲しくて作ったのかなと思っていたんだけど……違った？」

「お、大当たりです……」

「うん。だからそんなに着て欲しいのならと、せっかく誕生日だしってことで着てみたんだ」

「……」

——ブラボー。

いや、ブラボーじゃない。

あまりのサプライズに思考がよく分からないことになっていた。

感動しすぎて言葉を発せられない私を見たフリードが、あれという顔をする。

「……余計な世話だったかな。この格好で抱かれたいんじゃないかって思ったんだけど、勘違いだったらごめん。すぐに脱ぐよ」

「っ！　ぬ、脱がないでッ!!」

上着に手を掛けたフリードを慌てて止めた。

私の願望という願望が詰まった格好を何もしないまま脱いでしまうなんて、そんなこと許されるはずがない。私は声を上ずらせながらも必死に言った。

「な、何も言えなかったのは、驚いていたからであって……その……フリードがその服を着てくれたのは本当に嬉しいし、完璧だからっ」

黒服祭りは叶《かな》わぬ夢と思い、引き出しの奥深くにしまい込んでいたのだ。いくら細部を変えたところでサハージャの正装。フリードに着せるのはさすがに申し訳ないからと。

だが、すでに着てくれているのなら、堪能しても構わないのではないか？

——もちろん、いいに決まってる!!

光の速さで結論を出した。改めてフリードを見つめる。

信じられないくらい、黒の開襟ジャケットが似合っていた。

金髪に黒の開襟ジャケットが死ぬほど嵌《は》まる。普段の正装とはまた違うストイックな色気が滲《にじ》み出ていた。この格好で椅子《いす》に座り、足を組んで肘《ひじ》でもついてくれないだろうか。

「うわああ……」

格好良さで悶《もだ》え死ねると思うから。

「格好良い〜……」

我ながら良い仕事をしたと胸を張れる出来映えに、冗談抜きで涙が出そうだ。

ただ立ち尽くすしかできない私にフリードは苦笑し、こちらに近づいてきた。

クイッと顎《あご》に手を掛け、上を向かせる。

「ひっ……」

「どう？　お気に召してくれた？」

「さ、最高ですぅ……」

顔が真っ赤になっている自覚はあった。だって本当に格好良い。

脳内にいるミニリディたちが、和気藹々《わきあいあい》と黒服祭りの開催準備を始め出したくらいだから相当だ。

『黒服格好良いよね！』『この時を待っていた！』と皆、ウッキウキである。

私としても最早《もはや》この格好の彼に抱かれることしか考えられず、目を潤ませ、尋ねてしまう。

「そ、その格好で抱いてくれるの？」

「うん。今日はリディの誕生日だからね。リディの望むことをしてあげたいって思って」

「ひえっ、黒服祭り……」

さすがはフリードである。私が何を願っているか、ピンポイントで当ててくる。

「是非、是非、お願いします……」

うるうるしながら懇願する。

しかし確かにこれはフリードにとって益になる……というかふたりにとって嬉しい話だ。

私を思いきり抱きたいフリードと軍服フリードに抱かれたい私。見事に互いの望みが合致している。

フリードがゆっくりと顔を近づけ、唇を重ねてくる。いつもと同じキスのはずなのに、ドキドキ度合いが全然違った。

もう、お前は重度のコスプレ好きと言われても否定できないくらい、心と身体の全部が喜んでいる。

「フリード……」

うっとりとフリードを見つめる。

「今日は、この格好で命令してあげようかなって思ってる。どう？」

「め、命令もしてくれるの？　最高……」

格好だけではなく、私の大好きな命令プレイまで追加してくれるようだ。

脳内にいるミニリディたちも狂喜乱舞している。

なんか盆踊りの準備をしているようだが……きっと彼女たちも嬉しすぎて自分たちが何を用意しているのか分かっていないのだろう。私もよく分からない。

だって黒服で、更に命令プレイなんてしてもらえると思わなかったから。

え、私、明日死なないかな、大丈夫かなと本気で心配してしまった。

「誕生日万歳……」

こんな素敵なことが起こる誕生日、毎日でも迎えたい。

フリードの予想外すぎる素敵な誕生日プレゼントに感激しながら、私は大喜びで彼と一緒にベッドへと向かった。

◇◇◇

「リディ、まずは何をするべきか分かるな？」

「はいっ！」

ベッドについた私は、勢いよく己のドレスに手を掛けた。

抱いてもらうためには、脱がなければならない。当然である。

フリードの視線を感じながらも服を脱いでいく。

私の心の中ではすでに大盆踊り大会が始まっており、浴衣《ゆかた》を着たミニリディたちが所狭しと踊っていた。どうやら突然訪れた幸運に相当混乱しているようだ。

ドレスを脱ぎ捨て、下着も外す。

全裸になった私は、フリードの手を引き、己の胸に触れさせた。

「ぬ、脱ぎました。……だ、抱いて、下さい」

「どんな風に抱かれたい？」

「んっ……」

低音で囁《ささや》かれ、どうしようもなく子宮が疼《うず》いた。腹の奥から蜜《みつ》が溢《あふ》れたのが分かる。

私はゾクゾクとした喜びに浸りながらも、陶然とフリードを見つめた。

「わ、私、フリードの好きにされたいです。ぐっちゃぐちゃに抱いて欲しい……」

黒服姿のフリードに抱かれる機会なんて二度とないかもしれないのだ。

後悔のないように己の欲望全開で告げると、フリードはたぶん、わざとであろう。酷《ひど》くニヒルな笑みを浮かべた。

「ふあっ！」

心臓を一撃で打ち抜かれたような衝撃があった。

——何それ、何それ、めちゃくちゃその格好に似合うんですけど!!

普段しない笑い方のせいで動悸《どうき》が激しいいし、胸が苦しい。真っ赤になりながらもフリードを見つめると、彼は私をベッドに押し倒し、凄絶な色気をダダ漏れにさせながら言った。

「それなら覚悟しろ。やめてと言っても、私が満足するまでやめない」

――それは私にとってご褒美でしかないのでは？

私はこくこくと頷《うなず》き、己の望みを二百パーセントの勢いで叶えてくれる夫に身を任せた。

◇◇◇

フリードは宣言した通り、実に好き放題私を抱いてくれた。

まず軽く触り、蜜孔《みつあな》がひどく濡《ぬ》れていることに気づいた彼は、実に意地悪く私に言ったのだ。

「触れていないのにもう濡らしているのか？」

「ご、ごめんなさい……」

咎《とが》められるような視線が心地良くてゾクゾクする。

どうにも軍服プレイになると、私の中のMっ気が目覚めてしまうのだ。もちろん『プレイ』であることと、フリードが私が喜ぶと思ってわざと言ってくれているのが分かっているからである。

「あっ……あんっ」

手袋を外したフリードが、蜜壺《みつつぼ》に指を二本入れ、中を掻《か》き回す。濡れているので当然痛くない……というかすごく気持ち良かった。

「んっ、んっ……」

――た、堪《たま》らない……。

黒服姿で愛撫《あいぶ》されているという事実にトキメキが止まらない。厳しくも色気ある男に好き放題されている現実に狂喜乱舞である。

——私の旦那《だんな》様、最高……！

素敵すぎて、その事実だけで濡れる。もう一刻も早く彼のモノで貫いて欲しかった。

そしてそんな私の気持ちをフリードは分かっているようで、望みの台詞《セリフ》が告げられる。

「もう挿入できそうだな。リディ、もっと大きく足を開け」

「い、挿《い》れてくれるの？　嬉しいっ……」

完全に私の望みを理解した行動に一層動悸が速くなった。夫の視線を感じながら、足を大きく開き、両膝《ひざ》を手で抱える。

「ひ、開きました。挿れて下さい」

期待で息が荒くなる。

フリードはベルトを緩めると、乗馬パンツを引き下げ、パンパンに張り詰めた肉棒を引《ひ》き摺《ず》り出した。そうして切っ先を開いた蜜孔に押し当て、一気に奥まで挿入する。

その瞬間、壮絶な快感が勢いよく背筋を走り抜けた。

「ああぁっ……！」

あまりの心地よさに思いきりイってしまう。肉棒を迎え入れた蜜壺はギュウギュウに男根を締め上げ、もっともっとと強請《ねだ》っている。蜜道いっぱいに剛直が埋まる感覚が、たとえようもなく気持ち良かった。

「んんっ……んっ」

イった余韻で震える私の耳元で、フリードが言う。

「もうイったのか。淫《みだ》らだな」

「ああんっ……」

吐息と共に囁かれた声に感じ入り、肉棒を思いきり食い締めてしまった。

フリードが腰を動かす。熱くも太い肉棒が膣奥《ちつおく》を叩《たた》くのが気持ち良く、喘《あえ》ぎ声が止まらない。

「ああっ、ああんっ、あああっ」

「リディ、もっと声を上げろ。気持ち良いなら気持ち良いとはっきり言え」

「き、気持ち良いです。フリードのが奥に当たって……あんっ！」

声を大きくしたところで、外に漏れることはないと知っているので、素直に従う。

屹立《きつりつ》は私の弱点を的確に抉《えぐ》り、彼がそこを突くたび、達してしまいそうなほどの激しい快楽に襲われる。

「ああっ、ひゃあっ、あっ！　胸と一緒、駄目っ……！　ひいんっ！」

グリグリと膣奥を切っ先で抉られ、ついでに乳首をキュッと抓《つね》られた。

甘い刺激が連続して起こる。すごく気持ち良かったのだけれど、何故《なぜ》か突然フリードの動きが止まった。

「え……」

「今、私に逆らったか？」

「んっ……」

厳しい目で見据えられ、腹の奥が熱く燃えた。

――ヤバイ。すごく感じる……。

キュンキュンする私にフリードが言った。

「今、駄目だと言っただろう」

「あ、それは……つい」

「リディが嫌ならやめる。私はそれでも構わないが」

言い捨てられ、慌てて否定の言葉を紡《つむ》ぐ。このまま放置されるなんて絶対に嫌だった。

「ち、違うんです。今のは単なる言葉の綾で……」

「本当は違う、と？」

「そ、そうです！」

「そうか。ならばリディが言うべき言葉は何だ。今度こそ間違えず、言ってみろ」

「ご、ごめんなさい。も、もっと、です。もっとして下さい」

「どこをどうして欲しい？　言え」

「あっ……」

最後の「言え」に痛いくらい心臓が締め付けられた気がした。すごい……フリードが私の好みを知り尽くしている……。

「ち、乳首を抓ったり、舐《な》めたりして欲しいです……」

「他《ほか》には？」

「お、奥、もっと突いて欲しいし、感じるところ、いっぱい虐《いじ》めて欲しい、です。ああっ！」

手が伸び、再び乳首を抓られた。じんとくる刺激に身を任せる。

激しい抽送《ちゅうそう》も再開され、また気持ち良いのがやってくる。しかし、思った以上に黒服で抱かれるのは良い。間違いなく黒服は、フリードの魅力を最大限に引き出す魅惑の服装のひとつだった。

――いつもの軍服とも雰囲気が変わるし、すごくいい……。

思いきり揺さぶられ、喘ぎながらも、フリードを観察する。

クラヴァットではなくネクタイというのも、かっちりとした感じで良いし、服装の乱れが殆《ほとん》どない状態で抱かれるというのが、とにかく私の性癖に合致する。

「あっ、気持ち良いっ、気持ち良いのっ」

声を出せと命じられているので、感じるままを口に出す。フリードが奥を突く度、軽い絶頂に達し、その度にヒクヒクと身体が痙攣《けいれん》した。フリードが私に命じる。

「――そろそろ強請ってもらおうか。……リディ、どこに欲しい？」

「中、中に下さいっ。フリードの熱くて気持ちいいの、いっぱい欲しいっ……！」

フリードが中に欲しいと強請らせるのが好きなのは知っているし、私も別に嫌ではないので、望まれるまま口にする。

実際、中に出されるのは気持ち良いから、言っている言葉に嘘《うそ》はないし。

「ああああっ!!」

ガンガンと一際強く腰を振り、フリードが熱い飛沫を吐き出す。

飛沫は勢いよく奥へと流れ、身体の中に染み込んでいった。内側から溢れ出る波に呑《の》まれた私も、ほぼ同時に達する。

フリードが上半身を倒し、子種を吐き出しながらも、舌を絡めるキスをしてくる。私も彼の背中を抱きしめ、それに応《こた》えた。

　黒服はいつもの正装ほどゴテゴテしていないから、くっつけていいなあなんて思ってしまう。

「んぅ……」

　最後の一滴まで子種を注ぎ込み、満足したフリードが身体を起こす。

　一生懸命呼吸を整えていると、フリードが欲に塗《まみ》れた目で私を見つめながら言った。

「では、次だ」

「えっ……」

「やめるつもりはないと言っただろう？」

「は、はいっ……」

　低くも甘い声に感じてしまい、勝手に背筋が震える。

　もちろん私としてももっとして欲しいし、脳内盆踊りは現在進行形で行われている。ミニリディたちは大喜びで、それは私だって同じだ。

『いえーい！　オールナイト盆踊り大会決定！』

　ミニリディたちが気勢を上げる。私も彼女たちに賛同するように、再度彼の背中を抱きしめた。

◇◇◇

　彼のやめない発言は、やはりといおうか、本気だったようだ。

　最初は正常位で、その次は側位で。更には四つん這《ば》いにさせ、後背位で貫いた。私も望んだことだし構わないのだけれど、本当にやりたい放題だ。

ちなみに今はベッドではなく、近くのクローゼットに手を突いた状態で、後ろから抱かれている。

「あっ、あっ、あっ……」

立った状態で後ろからというのは、普段あまりしないせいか、妙に感じてしまう。

特にそれをしているのが、黒服姿のフリードだと思うと、より一層感度が上がるような気がした。

「ひっ、あっ、ああっ」

何度も彼を受け止めた蜜壺は柔らかく広がり、すっかり蕩《とろ》けきっている。

彼の欲望が蜜孔を獰猛《どうもう》に掻き回すたび、ぐぷぐぷという音がするのがいやらしいが、気にする余裕などとっくになくなっていた。

だって気持ち良い。柔肉を抉るように突かれると、とんでもない多幸感に襲われるのだ。

「はあ……ああ、ああ……気持ち良い……気持ち良いよう」

「リディ、リディ、リディ……」

命令プレイを続けてくれていたフリードだったが、やはり本来の彼のプレイスタイルではないので、四度目くらいから普段通りのものとなっていた。

でも、そこに至るまでにすっかり満足していたので、別に文句を言うつもりはない。

だって今も黒服のまま抱いてくれているし。

それにいつものフリードに抱かれるのも好きなのだ。強引なのも好きだが、甘々も好きという性癖ごった煮のどうしようもない女で本当に申し訳ない。

「リディ、好きだよ。リディ」

「フリード……私も……好き、ああんっ」

後ろから鋭く突き上げられ、淫らな嬌声《きょうせい》が上がる。乳房を鷲《わし》づかみにされ、ぐにぐにと揉《も》みしだかれながら硬い楔《くさび》で蹂躙《じゅうりん》されると、頭の中が真っ白になる。

「くっ……出る……」

フリードの動きが止まり、煮えたぎった欲望が体内に注がれる。もう何度目になるかも分からない熱い飛沫を身体の深い場所で受け止めた。

「あっ、あん……」

力が抜け、その場に座り込みそうになる。フリードはそんな私を支え、器用に肉棒を引き抜いた。

「んんっ……」

「可愛い声を出さないでよ。また挿れたくなってしまう」

「ん……いいよ、フリードがしたいなら」

これだけ素晴らしい誕生日プレゼントをもらったのだ。最初に告げた通り、好き放題抱いてくれていいし、私もそれを望んでいる。

「わっ……」

フリードが私を抱き上げる。お姫様抱っこでベッドまで運ばれた。

丁寧に横たえられる。両手を伸ばすと、フリードは身を屈《かが》めてくれた。思いきり抱きしめる。

「フリード、大好き」

「私もだよ。今日はここまでにしようか。リディ、力が入らないみたいだし」

「……うん。フリードに抱きついていてもいい？」

「もちろん。でもさすがに上着とネクタイは外させて」

「ん」

フリードがずっと着ていた上着を脱ぎ、ネクタイを外す。その仕草も非常に決まっており、抱かれまくったばかりだというのに、馬鹿《ばか》な私は相も変わらずときめいていた。

とはいえ、これにて黒服祭りも終わりだ。

オールナイト盆踊り大会を繰り広げていたミニリディたちも、各自撤収作業を始めている。

皆、とても満足顔で「いい黒服祭りだった」「こういうのは毎年恒例にしていきたい」とか好き勝手に言っているが、それは全部私の本音で間違いなかった。

フリードが私の隣に寝転がる。くっつきにいくと抱きしめられ、それがとても幸せだと思った。

「フリード、素敵な誕生日プレゼントをありがとう」

ブローチもそのあとの黒服祭りも、全部が全部嬉しかった。特に黒服祭りは開催できると思っていなかったので尚更だ。

心からお礼を言うと、彼は「リディが喜んでくれたのなら良かったよ」と笑ってくれた。

「実は結構悩んだんだけどね」

「えっ、そうなの?」

「だってリディ、何を贈っても喜んでくれそうだし」

「それは……まあ」

フリードの言葉を否定できなかった。だって好きな人からもらえるものならなんだって嬉しいし。

「私としてはね、やっぱり一番喜んでくれるものをあげたいんだよ。どうやら上手《うま》くいったようでホッとしたけど」

「最高だった……たぶん、一生覚えてると思う」

「一生は大袈裟《おおげさ》じゃない？」

「だって嬉しかったし」

フリードが私の頭をゆっくりと撫でながら言った。

「本当はね、誕生日にはリディを王家所有の保養地へ連れていこうって考えていたんだ」

「保養地？」

そんなものがあるのか。

興味を見せると、フリードは保養地について説明してくれた。

「温泉が湧《わ》き出るところでね、お風呂好きなリディなら喜ぶだろうって計画を立てていたんだけど、ほら、父上が急に譲位したいって言い出したから」

計画を中止せざるを得なかったらしい。

「あー……でも、それは仕方ないんじゃない？」

保養地とやらは気になるけど、中止の理由が『戴冠式があるから』ではどうしようもない。

フリードもそれは分かっているようで「そうなんだよね」とため息を吐《つ》いていた。

「だから今度、どこかのタイミングでリディを連れていきたいなと思っていて」

「えっ」

「即位してしばらくは時間がないだろうけど、落ち着けば一泊二日くらいなら大丈夫だと思うから」

「行きたいっ！」

嬉しい誘いにすぐに頷いた。先の予定が立つのは嬉しいものだ。ずっと一緒にいるのだと互いに思っているのが分かるから。

「私、楽しみにしてるね」

「私も行ったことがないから、一緒に楽しもう」

「うん！」

保養地はどんなところだろう。

泊まりがけのデートなんて絶対楽しいに決まっている。

ワクワクする私の額にフリードが口づける。

「リディ――誕生日おめでとう」

改めて告げられた『おめでとう』の言葉に、私は笑顔で「ありがとう」と心から告げた。

10・彼女と即位三日前

念願の黒服祭りが行われた誕生日も過ぎ、いよいよ戴冠式の日が近づいてきた。

忙しくしていれば、三ヶ月なんてあっという間。

三日後にはフリードはヴィルヘルムの新たな国王に任じられ、私はその妃《きさき》となる。

すでに覚悟はできているし、フリードと一緒ならなんでも構わないと思っているが、やはり戴冠式という響きには緊張する。

それに数日前から、戴冠式に出席する面々が外国からやってきているのだ。

少し前に行われた国際会議とも結婚式の時ともまた違う雰囲気。

祝意を示しつつも、新たな国王となるフリードを見極めようとしている。

謁見の間で主に対応するのはまだ国王だが、フリードと私も同席していて、値踏みするような視線をどうしたって感じてしまう。

「リディ、大丈夫？」

次の謁見まで休憩と言われて隣の部屋で休んでいると、フリードが気遣わしげに聞いてきた。

「うん、大丈夫……。でも、前の国際会議の時と全然違うんだなって吃驚《びっくり》してる。前の時はこんな感じはなかったから」

ため息を吐《つ》きながらも答えると、フリードは苦笑した。

「あの時と今では事情が違うからね。国王になると思っているのと、実際に戴冠式を行うのでは全く変わってくる。国のトップが替わるんだ。そりゃ、王子の時と同じようには見ないでしょう」

「そうだよね」

これからのヴィルヘルムがどうなるのか、皆、気になっているのだ。

ヴィルヘルムは大陸一の大国で、王となるフリードの強さも有名。彼がどんな施政方針を打ち出すのか、皆が注目している。

「私も侮られないようにしっかりしないと……」

フリードは無理でも、妃の私なら懐柔できる……なんて思われても困る。隙を見せないようにしようと気合いを入れた。

幸いなことに、国際会議である程度、各国の重要人物とは顔を合わせている。

その時と同じ面子《メンツ》もかなりいるので、だいぶ気は楽だった。

イルヴァーンからは当たり前のようにヘンドリック王子とイリヤが来たし、アルカナム島からもウサギ獣人以外の各族長がやってきた。

通常、誘いを掛けたところで断られるだけのアルカナム島の代表が来てくれたのは、やはり即位するのがフリードでその妃が私だからである。

「恩人の夫の戴冠式なら出ないわけにはいくまい」

そう言って、重い腰を上げてくれたのだ。

ちなみにサハージャにも招待状は出していて、向こうからは参加の返事をもらっている。

これを機に、正式に休戦協定を結ぶのだとか。

誰《だれ》が来るのかと思ったが、どうやら例の代理国王が来るらしい。

マクシミリアン国王の代理。どんな人なのか密《ひそ》かに楽しみにしていたのだけれど、残念ながら謁見時間には間に合わなかった。

仕事が立て込んでおり、出発時間が遅れるという連絡をもらったのだ。

今夜開かれる夜会で合流するとのこと。

続々と戴冠式への参加者が集まってくる。その全《すべ》てを笑顔で捌《さば》ききり、やってきた夜会。

私はカーラたちの手により、目一杯美しく着飾られた。

「今日の夜会は殿下とご正妃様が主役なのです。誰よりも美しくあっていただかなくてはなりません」

目を鋭くさせ、カーラが告げる。彼女の部下である女官たちも真剣な顔で頷《うなず》いた。

「結婚式の時に勝るとも劣らぬよう仕上げますよ。ご正妃様、どうか動かないようにお願いします」

「分かったわ」

並々ならぬ決意を見せられれば、従うより他《ほか》はない。

というか、カーラの言葉は正しいと思うので。

万が一にも見劣りするようなことがあってはいけない。

フリードの横に立つに相応《ふさわ》しいと思ってもらわなければならないのだ。

そうして気合いの入ったカーラたちの手により化粧を施された私は、いつもより数段美しくなっていた。

普段とは化粧の仕方を変えたのだろうか。

全体的にすっきりとしたように見えるし、肌は艶々《つやつや》で髪は毛先まで潤ってピカピカだ。それを複雑な形に結い上げ、フリードにもらった青薔薇《ばら》の髪飾りを挿《さ》している。

ドレスの色は青だ。

フリードのイメージカラーで、差し色としてこれまたフリードを意識するような金色が使われている。

「完璧です。誰もがご正妃様に見惚《みと》れること間違いなしの美しさですよ。さ、皆の視線を釘付《くぎづ》けになさってきて下さい」

「頑張るわ」

それくらいの気持ちで行けということだなと理解し、頷く。

「リディ、迎えにきたよ」

ちょうど全部の支度が終わったところでフリードが迎えにきた。

光沢ある黒の夜会服はフリードにとても似合っている。

帯剣しているのは、アルの本体だからだ。普通は夜会では帯剣はしないものだが、事情があるので特別に許可されていた。

しかし相も変わらず、私の夫は格好良い。

しかも最近では国王になるに相応しい貫禄《かんろく》まで出始めているし。

そもそもフリードは背が高くて体つきもしっかりしているので、見栄《みば》えがするのだ。

間違いなく今日の夜会では、皆が彼の一挙手一投足に注目することだろう。

「フリード」

賞賛を込めて彼の名前を呼ぶ。

フリードは私の姿を見ると、眩《まぶ》しげに目を細めた。

「いつも綺麗《きれい》だけど、今日はより美しいね。どうしたの？　もしかして今すぐ寝室に連れ込まれたいとか？」

非常にフリードらしい褒め言葉に、思わず苦笑する。

「違う、違う。ほら、私たち主役でしょう？　誰よりも目立たなきゃってカーラたちが頑張ってくれたの」

せっかくだから見せびらかしたい。

どうだとばかりに彼の前でくるりと回ってみせると、フリードは愛《いと》おしげに私を見つめ、次に困ったような顔をした。

「ええ？　参ったな。こんなに綺麗なリディを私以外に見せるとか、絶対に嫌なんだけど」

「もう、フリードはいっつもそれなんだから」

悪い気はしないので、自然と声は明るいものになる。フリードは私の額に口づけを落とすと、心底嫌そうに言った。

「そりゃそうでしょう。いつも嫌だって思ってるんだから。でも今日のリディは特別輝いているから、本当に気が気でないよ。私の可愛《かわい》い妃に不埒《ふらち》な視線を向ける男がいたら、どうしてくれようかな」

どうしてくれようかな、の部分がとても不穏だった。

宥《なだ》めるように、彼の腕をポンポンと軽く叩《たた》く。

「見てくるとしても、フリードの奥さんとしての私を見定めているだけだから大丈夫。ね？」

「そんなことないと思うけど」

「そんなことあるって。ほら、ね、もう時間もないでしょ。そろそろ会場に向かおうよ」

今度はツンツンと突っつく。彼は「仕方ない」と頷いた。

「遅れるわけにはいかないからね。――はい、お手をどうぞ」

「うん」

差し出された手の上に己の手を重ねる。

更衣室から出ると、アルがふよふよと所在なげに飛んでいた。

「アル」

名前を呼ぶ。こちらに気づいたアルは、パッと目を輝かせた。

「わ〜、王妃様、お綺麗ですっ！」

「ありがとう」

「王様も素晴らしい。いや、もちろん王様には正装が一番お似合いになると思いますけどね。夜会服バージョンもなかなか。は〜、どんなお衣装も着こなす僕の王様、素敵すぎでは⁉」

テンション高く騒ぎ立てながら、アルが私たちの周りをキャッキャと飛び回る。

今日の夜会にはアルも出席するのだ。

何せ彼は、ヴィルヘルム王家を守り続けてきた神剣に宿る精霊。その精霊が目覚め、主人とその妃を守っている……という話はすでに諸外国に知れ渡っており、皆がアルの姿を見ることを期待している。

ヴィルヘルムとしても、精霊が次期国王と共にいるところを見せておきたいということで、今日の夜会は諸外国に対するアルのお披露目も兼ねていた。

「頭に載る？」

いつも頭の上に載っているので尋ねると、彼からは「いいえ」という答えが返ってきた。

「今日は近くを飛んでいることにします。だってせっかく美しく御髪《おぐし》を結っていらっしゃるので。僕が載ると崩れちゃうじゃないですか」

「あ、そっか」

髪をアップにしていることを忘れていた。

「王妃様に触れている方が守りやすいのは事実ですけど、今夜は近くに王様も、あと、腹立たしいですけどアイツも陰ながらお守りしているでしょ？　それなら警備体制は万全。僕も王妃様のすぐ側《そば》にはいますし、何かあっても後れは取りませんよ。すぐさま結界を張ってご覧に入れます」

「頼もしい。ありがとうね」

「はい！」

アルの頭を撫《な》でる。

どうやらカインのことはまだ名前で呼びたくないようだが、彼の実力自体は認めているらしい。

アルと出会った最初の頃《ころ》は、それこそ移動時は私の頭の上から動かなかったが、少しずつ側を飛ぶだけになったり、違う場所で待機したりすることが増えてきた。

それを私は気遣ってくれているのかなと思っていたのだけれど、どうやらアルなりに少しずつカインのことを認めた結果らしい。

カインもいるのなら、べったり張り付いてまで護衛をしなくてもいい。アルはそう判断したのだろう。

まだまだ仲の悪いふたりだけれど、そのうち相性ぴったりになるのではないだろうか。

アルを連れて、フリードと一緒に夜会の会場へ行く。

会場にはすでに参加者のほぼ全員が揃《そろ》っており、私たちが最後の入場となった。

扉が開かれる。皆の視線を受けながら、中へと入っていった。

会場となったのは、国際会議の時にも使われた二階の広間だ。

上座には国王と義母がいる。ふたりの側へ歩いていくと、国王が私たちを改めて紹介してくれた。

「いよいよ三日後、私の息子フリードリヒがこのヴィルヘルムの新たなる国王となる。まだまだ若輩者ではあるが、息子とその妃ならきっとヴィルヘルムを良い方向へと導いてくれると信じている」

拍手が沸き起こる。

フリードも皆の前で決意表明をした。

その声は朗々と会場内に響き渡り、皆の意識を彼に釘付けにするには十分すぎるほどだった。

緊張した様子もなく、自信に満ち溢《あふ》れた態度と声で今後のヴィルヘルムについて語るフリードを見つめる。

――格好良いな。

やはり私の旦那《だんな》様は格別に素敵である。

私のすぐ側にはアルが控えていたが、彼はこっそり身悶《みもだ》えていた。

「あ、ああ……っ！　僕の王様が格好良すぎるぅ……どこまでもついていきますぅ」

一応、私以外には聞こえていないようだが、どんな時でも我が道を行けるのはすごいと思う。

皆がフリードに注目する中、彼は諸外国の皆に今後もヴィルヘルムと友好関係を続けて欲しい旨を告げてから、話を終えた。

そのあとはダンスを披露したが、我ながら完璧に踊れたと思う。

拍手を受けながら、ダンスホールから下がる。皆が自由に踊ったり、食べ物や飲み物に手を付けたりし始めたのを確認し、ホッと息を吐いた。

隣のフリードに声を掛ける。

「お疲れ様」

「リディこそ、お疲れ」

にこりと笑ってくれるフリードはいつも通りだ。三日後には王位を継ぐというのに、全く気負ったところがない。

「ん？」

いつの間にか、各国の招待客たちが集まってきていた。謁見の時に軽く挨拶《あいさつ》をしただけなので、国王就任の前にきちんと話しておきたいのだろう。

皆がなんとなく周囲を窺《うかが》い、牽制《けんせい》を掛けつつ、話し掛けるタイミングを窺っている。

そんな中、誰よりも先にフリードの前に立った人物がいた。

「あ……」

思わず声を上げる。

目の前に立ったのは、銀色の髪に灰色の瞳《ひとみ》を持つ青年だ。右目の下に泣きぼくろがあり、それが妙に色気を醸し出している。非常に背が高い。フリードと同じくらいではないだろうか。

目は垂れ目で厭世《えんせい》的な雰囲気を纏《まと》っている。

睫《まつげ》が長く、ダウナーな美形というのがぴったりだ。

黒に銀の夜会服が細身の身体《からだ》によく似合っている。一度も見たことのない人物だが、それが誰なのか、説明されなくても分かるような気がした。

だって顔の系統がよく似ている。纏う雰囲気こそ違うが、たぶん間違いないだろう。

「フリード」

「……うん」

確認するように名前を呼ぶ。フリードは頷き、青年と目を合わせた。

青年は優雅に一礼し、名乗りを上げる。

「お初にお目にかかります、フリードリヒ殿下。僕はエラン・ユル・ダ・サハージャ。先日、サハージャの代理国王となりました。以後、お見知りおきを」

ざわり、と場が揺れる。

サハージャが代理国王を立てたのは知っていても、どんな人物なのかは皆、知らなかったのだろう。

一瞬で彼に注目が集まった。そんな中、フリードは柔らかな笑みを浮かべ、握手を求めるように手を差し出した。

「初めまして。フリードリヒです。お会いできて光栄です」

「約束の時間に来られず、申し訳ありませんでした。なにぶん、忙しくて」

「即位されたばかりなのです。忙しいのは当然でしょう」

「……僕は代理ですけどね。それでもやることは腐るほどあります」

フリードの手を取り、握手を交わす。

口調は柔らかで、言い方は悪いけど、サハージャ国王としてはとてもまともそうに見えた。

フリードも意外そうにしつつ、私を紹介した。

「妻のリディアナです」

「リディアナです。よろしくお願いします」

「ご丁寧にありがとうございます」

挨拶を済ませる。

どうやらエラン国王はひとりで、噂《うわさ》の婚約者は連れてきてはいないようだ。

フリードも気になったみたいで直接彼に聞いていた。

「今日は、婚約者の方は一緒では？」

「彼女は置いてきました。まだ婚約しただけで正式に妃となったわけではありませんので。挙式後ならお目に掛かる機会もあるかと思います」

「そう、ですか」

残念。噂の聖女とは会えないみたいだ。

皆がふたりの話に聞き入っている。少しでも情報を得たいのだろう。

それに気づいたフリードがエラン国王に誘いを掛けた。

「よろしければ、向こうのバルコニーで話でも如何《いかが》です？」

「願ってもない話です。こちらこそよろしくお願いします」

ギャラリーのいないところで話そうというフリードに、エラン国王も即座に了承する。

サハージャの新国王とフリードの関係を興味津々で観察していた皆は残念そうではあったが、さすがについてくるような無粋な真似《まね》はしなかった。

ふたりが歩き始める。後を追おうとして、立ち止まった。

――これ、私も離れていた方が良いのかな。

どうなんだろうと考えていると、立ち止まった私に気づいたフリードが手招きしてきた。

「リディ。リディもおいで」

「えっ、いいの?」

フリードとエラン国王の顔を交互に見つめる。ふたりが頷いたのを確認し、ついていくことにした。

当然のようにアルも来る。

会場の隅、厚いカーテンの奥にある大きな窓を開けてバルコニーに出ると、冷たい夜風に晒《さら》される。

今夜は月が見える良い天気だが、かなり冷え込んでいた。

「ひえっ」

「大丈夫?」

急な寒さに身体を抱きしめると、フリードはさっと上着を脱いで、私に被せた。

「フリード?」

「着ておくといいよ。私は平気だから」

「で、でも」

ちらりとエラン国王を見る。彼は静かに頷いた。

「――フリードリヒ殿下のおっしゃる通りにした方がよいと思います。夜の風は冷えますから」

「えっと……はい」

大人《おとな》しく、フリードの上着を羽織る。彼の上着は私にはブカブカだったが人肌で温められた服は暖かく、ホッとした気持ちにさせてくれた。

しかし、エラン国王はマクシミリアン国王とは全然違う。

なんというか落ち着いているし、物静かな大人の男性という雰囲気があるのだ。

――サハージャにもまともな王族っていたんだ……。

サハージャの王族は好戦的な人物が多く、常に領土拡大を狙《ねら》っているような野心家な国王が続いたせいで、意外という思いが隠せない。

驚きつつもフリードの上着を握りしめる。

フリードは「それで――」とエラン国王を見た。

「あなたが代理国王ということですが」

「ええ。マクシミリアン兄上は現在も行方不明。引き続き捜索はさせていますが、未《いま》だ見つかったという報告はありません。非常に不本意ながら、今、一番王位継承順位が高いのが僕だということで、代理国王に就任する運びとなりました」

淡々と告げ、エラン国王はため息を吐いた。

「国王の地位に興味はないんですけどね。引き受けるのなら彼女との結婚を認めると言うから……」

だから代理国王になったのだと言うエラン国王の言葉に嘘《うそ》は感じられなかった。

フリードが如才なく婚約を祝う。

「ああ、そうだ。私としたことが、婚約を祝うのを忘れておりました。遅れましたが、ご婚約おめでとうございます」

「ありがとうございます。本当に彼女と婚約できたことだけが、国王になって良かったと思えることですよ。僕は、自分から前に出るような性格ではないのです。日の光は嫌いだし、何をするのも面倒臭い。さっさと兄上に戻ってきていただいて、国王に返り咲いてもらいたいのが偽らざる本音です」

「そう……ですか」

心底うんざりしたように告げるエラン国王に、フリードは困惑を隠せないようだった。

だがそれは私も同じだ。まさかサハージャの新たな代理国王が『こういう』タイプだなんて誰が思うだろう。

マクシミリアン国王とは全く違う。

「マクシミリアン国王は現在も行方不明だとか」

「ええ。ヴィルヘルムとの戦争後、杳《よう》として行方が知れません。こちらに帰ってくるまでの間に何かあったのは確かみたいなのですが……何せ、兄の護衛騎士の遺体が発見されましたから」

「えっ……」

驚きの声が出た。

マクシミリアン国王の護衛騎士といえば、あの紺色の髪のファビウスと呼ばれていた青年ではないのか。

彼の遺体が見つかったと聞き、背筋が冷える。フリードを見ると、彼は厳しい顔つきをしていた。

「マクシミリアン国王の護衛騎士が……。彼が撤退する様は見ましたが、確かに護衛騎士が後を追っていたような気がします」

「そうですか。だとすれば、きっと彼は兄を守って亡くなったのでしょう。忠誠心の厚い男でしたから。現場を確認させましたが、他に遺体らしきものは見あたりませんでしたし、おそらく兄は逃げたのだと思うのですが……」

「未だ、国には帰っていない、と」

「はい。兄は強い人ですから、何かアクシデントが起こったとしても必ずサハージャに戻ると思うのです。僕はその時を待っているのですが、いつになることやら……」

小さくため息を吐くエラン国王。なんとなく気になり、聞いてみた。

「その、ひとつ質問をしても？」

「ええ、どうぞ」

「先ほどからあなたは、マクシミリアン国王に戻ってきてもらいたいとおっしゃっていますが、もしそうなった場合、あなたはどうなさるおつもりなのですか？」

単純に気になったのだ。

マクシミリアン国王は、自分を追い落とす可能性のある人物を許さない男。

そんな彼がもしサハージャに戻ったとして、弟が代理国王を務めている……なんてことになっているのを見れば、どう思うのか。

下手《へた》をすれば、弟を殺しかねない可能性があると、そう思った。

「大丈夫ですよ。僕が王位に興味のないことは兄上もご存じですから。それに僕には別に本業があるので。王でなくなれば、そちらに戻るだけです」

「本業、ですか？　差し支えなければ、お聞きしても構いませんか？」

「ええ、医者です。僕はサハージャで医者をやっているんですよ」

「お医者様!?」

びっくりして大きな声が出てしまった。

「エラン陛下、お医者様なんですか？」

「ええ。昔から医術に興味がありまして、気づけば自然に。彼女とふたり、いつかサハージャの王都に大きな病院を建てることが夢なんです」

「すごい……」

「ありがとうございます。サハージャは病気の子供が多いですから」

サハージャの国王とは思えない素晴らしすぎる夢だ。

エラン国王の言う通り、サハージャの国民は貧しい者が多く、子供は栄養不足で病気がちだ。

戦争ばかりしているせいという噂だが、それはおそらく間違いではない。

——なんてまともな人なんだろう。

話を聞けば聞くほど、エラン国王が王様のままでいる方が良いような気がしてくる。

だって子供の病気を治したいと願う人なら、戦争なんて起こさないだろうし。

フリードも同じように思ったのか、好意的な視線を向けていた。

「素晴らしい夢ですね。あなたが国王であれば、サハージャも平和になることでしょう」

「いえ、平和なんてどうでも良いんですが」

「え……？」

——どうでもいいの？

さっきまでと正反対のことを言うエラン国王をまじまじと見つめる。エラン国王は首を傾《かし》げ「あー

「……」と己の銀色の髪を掻《か》いた。

「言い方が悪かったですね。もちろん、戦争を起こしたいなんて思っていませんよ。面倒ですから。僕はとにかく面倒なことが嫌いなんです。ただ、それだけなんですけど」

「……」

「僕は彼女以外はどうでもいい。どうなろうが知ったことじゃない。だけど彼女がやれと言うならやりますよ。平和が良いと言うのなら、平和にしますし、領土が欲しいのならいくら面倒でも頑張ります。まあ、彼女はそんなこと言う女性ではありませんが」

「……」

「僕は、彼女だけがいれば良いんです」

うっとりと告げるエラン国王の目に狂気が宿っているように見えた。よほど彼は婚約者である聖女を愛しているのだろう。

だが、その想いはあまりにも重い気がする。

「その……婚約者の方はどのような女性なのです？」

そこまで夢中になっている女性のことが気になったのか、フリードが聞いた。

「え？　すごく優しくて可愛い人ですよ。彼女は幼い頃、皆に見向きもされなかった僕を守り、愛してくれました。あの時から僕はずっとルビーを愛しているんです」

「ご婚約者はルビー殿というお名前なのですね」

「はい。ルビーは愛称ですけどね。彼女によく似合っていると思っています」

頬《ほお》を染め、嬉しそうに語るエラン国王。

「本当なら今日の夜会にも連れてきたかったんですけど、大臣たちに反対されてしまって。ようやく国に戻ってきた聖女を国外に出すのはやめて欲しいと懇願されてはさすがに連れてこられませんでした」

サハージャの聖女が一度姿を消し、また現れたというのはフリードから聞いている。

フリードに目配せをすると、彼も小さく頷いた。

「ルビーは一度、僕の目の前から消えました。それから十二年。ようやく彼女は帰ってきたんだ。もう二度と、彼女を奪わせない。僕はそう決めているんです」

「十二年も待っていたんですね」

「ええ。僕にはルビーしかいなかったから、二十年でも三十年でも待ったと思いますよ。十二年なんてあっという間なくらいだ」

「……」

すごい執着だ。目を丸くしていると、エラン国王は笑みを浮かべ、言った。

「十二年前、ルビーは僕の身体を治して、消えました。それこそ伝説にある聖女のように。おそらくあなた方はルビーが偽者の聖女だと疑っているのでしょうけど、彼女は正真正銘本物だ。それは僕が保証します」

「本物の聖女?」

「ええ」

にこりと笑い、エラン国王が言う。

「十二年前、彼女は不治の病と言われる病気を治したんですよ。そんなこと当時の医療技術では、いえ、今だってできることじゃない」

きっぱりと告げ、エラン国王はフリードに向かった。

「あなた方にここまで話しているのは、話が通じるだろうと踏んだからです。ヴィルヘルムの最強王太子の噂はもちろん僕も聞き及んでいます。だけども自分からは決して仕掛けず、性格は温厚だということも同時に知っているのです。実際、こうしてお会いすれば、それが事実であることは分かります。父や兄が領土欲しさにヴィルヘルムに突っかかっているだけなのは明らかですしね。あなた方には僕にその気はないこと、ルビーにさえ触れなければ敵対する意思を持つことはないと知ってもらいたかった。僕という男が何を考えているのか、知って欲しかったんです」

「ヴィルヘルムに敵対する意思はない、ですか。今までのサハージャ国王たちが口が裂けても言わなかった言葉ですね」

フリードの多少の棘《とげ》を含んだ言葉にエラン国王は苦笑した。

「その通りです。ですが、僕は兄たちとは違います。そもそも育ち方から異なるので、同じと思ってもらっても困るのですよ」

「そうですか」

「ええ。どちらかというと、あなたと近いと思います。フリードリヒ王子。あなたもリディアナ妃さえ側にいれば、それで満足できる方でしょう？」

「……」

フリードが目を丸くする。

「少し見ただけでも、あなたがどれほどリディアナ妃を愛し、大切にしているか分かります。あなたは僕の同類だ。興味があるのは愛する人だけ。その人が側にいるのなら自分からむやみに争いを起こそうなんて思わない。違いますか？」

挑むように見つめられ、フリードは苦笑した。私をぐっと抱き寄せる。

「ええ、違いませんね。全くもってその通りです」

「そんなあなただからこそ、僕のことを分かってもらえると思ったんですよ。国では誰も理解してくれませんけどね。ルビーだけがいれば良いと言ったところで、信じてもらえない」

「それは……サハージャという国ですから」

野心家を多く輩出し、またそれを良しとするお国柄だ。

好きな人さえ側にいれば良いという主張は理解されないのだろう。

エラン国王もフリードの言葉を否定しなかった。

「サハージャをよくご存じで。残念ですが、その通りです」

そうしてハッとするほど真剣な顔になって言う。

「フリードリヒ殿下。僕を信じていただけますか？　ルビーがいれば良いという僕の言葉を、彼女さえ奪われなければ敵対する意思がないことを信じてもらえますか？」

フリードは静かにエラン国王を見つめ返した。

しばらく彼の真意を確かめるかのようにエラン国王を見ていたフリードだったが、やがて納得したように手を差し出した。

「信じましょう。あなたの目の輝きは、嘘を吐いている人ができるものではない」

すぐにエラン国王は彼に応じた。強く手を握り、嬉しげに言う。

「ああ、良かった。サハージャの石頭共とは全然違う。やはりあなたとは良い友人になれそうだ」

「こちらこそ、是非、お願いしたいですね」

「兄上が戻られるまでの期間限定とはなりますが、良き友人であることをお約束しましょう。僕が国王の間は、サハージャがヴィルヘルムを襲うことはありません」

「ありがとうございます」

「ですが、兄上が戻られた時は知りません。僕は王位を返すつもりですから。その時、またサハージャはあなた方に牙を剥《む》くやもしれませんが、僕はお味方できないことを覚えておいて下さい」

「分かりました。心に留めておきましょう」

マクシミリアン国王が帰ってきたあとのことは知らないというエラン国王の言葉は冷たいようだが、国のトップが替われば方針も変化するもの。仕方のないことだ。

「たとえ短い間でも、サハージャと争わなくて済むのなら助かります。……戦争は私も嫌いなのですよ。リディと、妃と離れなくてはなりませんから」

「よく、分かります」

大きく頷くエラン国王。ふたりは再度がっしりと握手を交わした。

まるで十年来の友人の如き姿だ。

エラン国王がフリードに言った。

「良ければ僕のことはエランと呼び捨てにして下さい」

「それでは私のことはフリード、と」

「敬語もやめませんか？　あなたとは腹を割った付き合いがしたいのです」

笑顔で告げるエラン国王をフリードはまじまじと見つめた。そうして頷く。

「……良いだろう。良い付き合いをしたいのはこちらも同じだ」

「良かった。……実を言うと、敬語を使うのは面倒で。ざっくばらんに話せる方が助かるんだ」

「面倒、か。先ほどからお前はそればかりだな」

「僕は、自他共に認める生粋《きっすい》の面倒臭がりなんだ。人生の目標は楽に生きること。それなのに代理とはいえ国王になんて担ぎ上げられて、正直言って迷惑してる」

「マクシミリアン国王とは大違いだな」

「兄上は、国王になるべくしてなった方だ。比べることに意味はない」

エラン国王は「あ、そうだ」と何かを思い出したように言った。

「あとで休戦協定を結ぶことになっているだろう？　その件について言っておこうと思って」

「……なんだ」

フリードが身構える。

先だっての戦争ではヴィルヘルムが勝利している。

その場合、休戦協定を結ぶにしても、ヴィルヘルム側が有利になるのだ。敗戦国であるサハージャはできるだけ不利な条件を減らすべく交渉することになる。

その交渉をしようというのだろうか。

必要なことだとは思うが、今、このタイミングでとは思わなかったので驚きだ。

フリードも何を言われるのかと表情を引き締めている。

エラン国王があっさりと言った。

「そんなに構えてくれなくていい。大したことではないから。ただ、条件は好きにしてくれていいと言いたかっただけだ」

「え……」

「仮で条約は結んでいるが、あれより条件をきつくしてもらって構わない」

予想外すぎる言葉に、私もフリードも驚きを隠せない。

エラン国王は至極面倒そうに口を開いた。

「当然だろう。今回の戦争は、誰がどう見たってサハージャが悪いのだから。大臣共が多少騒ぐだろうが知ったことか。自業自得という言葉を噛《か》みしめるといい」

「構わないのか」

フリードの言葉には、自国の利益を守らなくて大丈夫なのかという意味が含まれていたが、エラン国王は一蹴した。

「魔女まで使って三ヶ国で襲う。僕は兄上を尊敬しているが、そのやり方にまで賛同しているわけじゃない。今回の件は、はっきり言って屑《くず》の所業だと思っているんだ。だから遠慮無くむしり取るといい。交渉なんぞ面倒。君たちの望み通りの条件でサインする。ほんと、怠《だる》い」

「……わかった」

複雑そうな顔をしつつも、フリードが頷く。エラン国王は欄干から身を乗り出し、夜空を見上げながら呟《つぶや》いた。

「ああ、本当に兄上も面倒な仕事ばかり残してくれたものだ。ただ代理で国王をするだけではなく、戦争の後始末まで。それも敗戦処理なんて面倒の極みだろう？　怪我《けが》人も多く、できればそちらに回りたいのに許されない。全く、兄上には今すぐ戻ってきてもらいたいところだ。ああ、怠い怠い」

うんざりした顔を隠しもせず告げるエラン国王。

しかし、『面倒』や『怠い』という言葉がやたらと出てくるところからも、彼の自己申告通り、相当な面倒臭がりやであることは確からしい。

あと、怠いはもしかして口癖なのだろうか。

彼のダウナーな雰囲気も合わさって、余計に怠そうに見えてしまう。

エラン国王がふと、私の方を向く。彼がじっと観察するように私を見ていることに気づき、首を傾げた。

「えっと、何か？」

「いや、僕のルビーと少し雰囲気が似ているなと思っただけだ。当然、僕のルビーの方が何百倍も愛らしいが、なんとなく君を見ていると彼女を思い出してしまった」

「はあ……」

「ああ、僕の愛しのルビー。早く君に会いに帰りたい。君が頑張れと言ってくれたから頑張るけど、本当は今すぐにでも帰りたいんだ……」

ため息と共に愚痴を吐き出すエラン国王。

その様子にはフリードも苦笑するしかないようで「戴冠式が終わって、休戦協定に捺印《なついん》すればいつ帰ってもらっても構わない」と言うしかなかった。

◇◇◇

エラン国王と別れ、バルコニーから中に入ってきた。

彼はもう少し夜風に当たっているというので、私たちだけだ。

マクシミリアン国王とは全く違うサハージャの新国王に、私はすっかり面食らっていた。

ただ、悪い人ではないと思う。

婚約者である聖女を想う気持ちは本物のように見えたし、面倒だから戦争したくないというのも本音に感じられた。バルコニーまではついてこなかったアルと合流し、フリードに上着を返す。

「これ、ありがとう。……ね、フリードは、どう思った？」

どうにも気になり尋ねると、フリードは上着を受け取りながら答えた。

「少なくとも、嘘は吐いていないと思ったよ」

彼の言葉に耳を傾ける。

「エランはきっととても賢い人なんだろうね。うまく本音を隠して話してる。どこにも嘘はないけど、全部を話してくれたわけじゃない。そんな風に思うんだ」

「へえ」

フリードはそう感じたのか。

「あれが彼の全てではないよ。リディは気づかなかった？　時々彼の目が鋭くなっていたことに。間違いなくエランはマクシミリアンの弟だ。同じ血が流れてる」

「同じって……やっぱり戦争しようと企《たくら》んでるってこと？」

それは嫌だなと思いながら尋ねると、フリードは否定した。

「いや。戦争をしたくないというのは本音だと思う。たぶん、私たちに見せたあの性格は見せかけ、外向きのものなんだ。少し話しただけでも分かった。エランは自分を害する存在を容赦なくねじ伏せることのできる男だ」

「……ねじ伏せる」

それは確かにマクシミリアン国王と同じ血流だ。

彼にも自分に逆らうものに容赦しない冷徹さがあったから。

「ただ、マクシミリアンと違うのは、エランが怒るのは己の婚約者関連だということ。聖女にさえ手を出さなければ、温厚で付き合いやすい人物を演じてくれると思うよ」

「演じてくれるんだ」

「そう。別に自分の思惑や真実を全部見せる必要はどこにもないからね。今まで表に出てこなかったけど、エランはずいぶんと王族向きの性格と考え方をしていると思うよ」

「ふうん」

「私と彼が似たもの同士だというのも頷ける。彼の言う通り、私もリディさえいてくれれば構わないという考えだからね。同類だからこそ相手の思考が理解できる」

「……」

「エランは付き合いやすい男だよ。互いに何に触れてはいけないか分かってる。私としては彼がこのままサハージャ王でいてくれると有り難いんだけどな」

しみじみと告げるフリード。

どうやらエラン国王は、フリードに気に入られたらしい。

私も別にエラン国王のことは嫌いではないし、悪い人ではないと感じたので彼が国王でも構わないのだけれど、マクシミリアン国王が見つからないままというのは可哀想《かわいそう》な気がする。だから言った。

「……マクシミリアン国王が見つかって、でもエラン国王のままっていうのがいいな」

「リディ、それはさすがにあり得ないよ」

「だよね、分かってる」

マクシミリアン国王が戻れば、間違いなく彼は国王に返り咲くだろう。

エラン国王もそう言っていたし、彼自身、兄であるマクシミリアン国王を慕っているような発言をしていた。

そもそもマクシミリアン国王が、誰かの下につく……という事態が考えられないし。

「エラン国王ってマクシミリアン国王のことを好きみたいだったよね。……なんか、ちょっと意外だった。マクシミリアン国王って周囲全部敵ばかりってイメージだったから」

「私もそれは思った。何せマクシミリアンは、親兄弟を殺すことを全く躊躇《ちゅうちょ》しない冷徹な男だ。王族として認められていなかったにしても、それならそれで、エランのことは見向きもしない……というのが彼の取りそうな態度だと思うんだけど」

「そうなの。それともエラン国王のことだけは別だったのかな。そういう特別扱いをするタイプには見えなかったんだけど」

必要なのは利用できる者だけ。己の邪魔となるものは一切の遠慮なくなぎ払う。そういうマクシミリアン国王を知っているだけに不思議で仕方なかった。

「気にしても仕方ないよ。今はエランがサハージャ国王で、私たちは彼と付き合っていかなくてはならない。それだけだ」

「二年だっけ？　それまでにマクシミリアン国王、戻ってくるかな」

「どうだろう。こればかりはなんとも。……護衛騎士が殺されていたらしいけど、マクシミリアンの遺体は見つかっていないみたいだし、サハージャからの続報を待つしかないね」

「そうだね」

マクシミリアン国王は今どこにいるのか。

気になるけれど、それればかりにかまけていることはできない。

「あ、いたいた。もう、今日の主役がどこに行っていたんだよ」

話しながら会場に戻ってくると、イルヴァーンのヘンドリック王子が手を振りながらこちらにやってきた。

「話したいなと思って探していたのに見つからないし。何していたのさ」

親しげにフリードと絡むヘンドリック王子。彼の後ろからはイリヤもやってきた。

私を見た目が嬉しげに輝く。

「リディ」

「イリヤ、国際会議ぶり」

先ほど謁見の間でも会ったが、他人行儀な挨拶しかしていないので、普通に話せることが嬉しい。

ヘンドリック王子に強引に肩を組まれたフリードは、面倒そうな顔をしつつも律儀に彼の疑問に答えていた。

「エランと少し話していただけだ。ここだとギャラリーが気になって、まともな話はできないからな」

「ふうん。エラン……エランって、え、サハージャの新国王？　君、エラン国王と話してたの？　どんな人だった？　やっぱりサハージャって感じだったかい？」

「お前のサハージャに対するイメージがどんなものかは知らないが、なかなか話せる人物のように思えた」

フリードの答えを聞き、ヘンドリック王子が吃驚したという顔をする。

「へえ……フリードにそう言わせるなんて、今度のサハージャ国王はそれなりに期待できる人物なのかな」

「さてな。そうだといいとは思うが。……そうだ。ヘンドリック、礼が遅れた。この間の戦、兵を出してもらえて助かった。迅速な行動に感謝している」

「お互い様だよ。それにヴィルヘルムとは協定を結んでいるからね。助けるのは当然のこと。でも、あまり役には立たなかったんじゃないかな。戦闘には参加しなかったし」

「お前が南から睨《にら》んでくれたことには大いに意味があった。十分すぎるほど力になってくれたさ」

「そう？　なら良かったけど。何せヴィルヘルムには妹を預けているからね。何かあっては僕たちも困るんだよ」

「妹……オフィリア王女とはもう会ったのか？」

レイドも今夜の夜会に参加している。そのことを告げると、ヘンドリック王子は頷いた。

「とっくに。しばらく見ない間にすごく頼もしくなっていたよ。今回、僕たちに『さっさと兵を出してくれ』って急《せ》かしてきたのもオフィリアだったし、そんなことできるくらい成長したんだって嬉しかったな」

しみじみと語るヘンドリック王子は本当に嬉しそうだった。

そうしてハッとしたように声を潜める。

「あのさ、ちょっと小耳に挟んだんだけど、知ってる？　タリムの第八王子が出奔したって話」

「第八王子……ハロルドか？」

ハロルド王子といえば、この間、フリードと戦った人だ。

私の和カフェにも来てくれた、フリードと親しいタリムの第八王子。国際会議の時にも会ったが、そういえば今回タリムからは彼は来ていない。

やってきたのは、第三王子を名乗る人物でハロルド王子ではなかったのだ。

タリムとも休戦協定を結んだが、そちらに対応してくれたのも彼とは違う王子だった。

タリムは王子が多いし、ハロルド王子も王太子というわけではないので彼以外の人が来ても気にしていなかった。だけどまさか国を出ていたなんて。

驚いていると、ヘンドリック王子が更に声を潜めて言った。

「うん。彼ね、どうやら君たちと戦ったあと、国に帰らなかったらしいんだ。精鋭を引き連れて、マクシミリアン国王を追ったんだって」

「マクシミリアンを？」

「僕も詳しくは知らないんだけどさ、面子を潰されたとか騙《だま》されたとか？　マクシミリアン国王って今回の戦争で方々に嘘を吐いていたんでしょう？　その関係かなって思うんだけど」

「……なるほど」

沈痛な面持ちでフリードが頷く。眉《まゆ》が少し中央に寄っていた。

「……詳細は話せないが、マクシミリアンはハロルドに対し、それだけはしてはいけなかったことをしたんだ。ハロルドがマクシミリアンを狙うのは分からなくもない」

私もフリードからハロルド王子がいかにシオンに執着していたか聞いていたので、彼の言いたいことはすぐに分かった。

シオンのことで騙されたハロルド王子は、マクシミリアン国王を許せなかったのだ。だから国に帰るのをやめ、独自に彼を追った。

そういうことなのだと思う。

「実際、彼はマクシミリアン国王を追いつめたようだよ。退却ルートに潜んで、敗走してきた彼を狙った。かなり激しい戦闘になったらしい」

「よくそんな情報を得られたな」

フリードの感心した声に、ヘンドリック王子はどこか自慢げに言った。

「僕にも色々と伝手《つて》があるんだよ。それで続きなんだけど、その戦いでサハージャ兵たちは必死にマクシミリアン国王を逃がした。結局、ハロルド王子はマクシミリアン国王を仕留められなかったんだ。彼を逃がしたサハージャ兵たちはほぼ全滅したらしいけどね。当然、ハロルド王子の怒りは収まらず、彼を討つまでは帰らないと言い捨て、ひとり旅立ったとか」

「タリムへ帰らなかったのか」

「みたいだね。今のタリム国王は苛烈《かれつ》な人物として知られている。勝手な行動を取った息子を処分するかとも思ったんだけど、今のところそれはないようだよ」

「そうなのか？」

「うん。己を陥れた敵を殺すまでは戻らないという意思を、タリム国王は評価したらしい。そういうところはいかにもタリムって感じだよね。復讐《ふくしゅう》に燃える息子をむしろ褒め称《たた》えたんだとか」

「確かにタリムらしいな」

フリードがふっと笑う。その表情にほんの少しだけど安堵《あんど》が滲《にじ》んでいることに気づいた。

フリードはハロルド王子とそれなりに親しかった。その親しい人が処罰されずに済んでホッとしたのだろう。

タリム国王は裏切りには容赦ないと聞くし、勝手に出奔……なんて聞いたら、王子の位を剥奪《はくだつ》され、処刑命令を出してもおかしくない。残念だけどタリムとはそういう国なのだ。

サハージャとはまた少し違う独自ルールを敷き、虎視《こし》眈々《たんたん》と周囲の領土を狙っている。

「ね、ねえ、リディ」

「ん？　何、イリヤ」

くいくいとドレスを引っ張られた。イリヤが私を見ている。

「さっきね、お父様たちと擦れ違ったの」

「ああ。あの方たちもお祝いに来て下さったから」

一応、アルカナム島の面々の名前は出さないでおく。

イリヤが獣人であることは秘密だからだ。そして秘密はどこから漏れるか分からない。どんな時でも慎重に対応する必要があった。

「まさかお父様たちが来ているとは思わなかったから驚いたわ」

「前の戦いで協力していただいたから、その関係で来て下さったの」

「そうなの？　叔父様方もいらして吃驚したのだけれど」

「叔父……？　ああ、うん。そう。彼らも色々あって知り合って」

イーオンとレヴィットの親のことだなと理解し、頷いた。

イリヤが嬉しそうに言う。

「お父様たち、あまりこういう派手な場には出ていらっしゃらないから、お会いできて本当に嬉しいの。あ、でも、さっきレヴィット兄様を見つけた叔父様たちが追いかけていったけど」

「あー……」

レヴィットは警備として今日の夜会に参加していたのだ。

彼の身分では誰が来ているとか詳細までは知らされないので、父親を見つけた彼はさぞ驚いたことだろう。逃げ出すのも無理はない。

見習いのイーオンもいたのだけれど、彼が追いかけられなかったのは、きちんと一度島へ帰っているから。

面倒臭がりのレヴィットとは違い、イーオンは真面目《まじめ》な性格をしているのだ。

父親に追いかけられることになったレヴィットは可哀想だけど、自業自得だと思う。

フリードとヘンドリック王子は、タリムの話はやめ、三日後の戴冠式について話していた。

「君も国王就任か。聞いた時は、吃驚したよ。ちょっと早すぎないかって思って」

「私も驚いたが、それが父の意思ならと引き受けた。どうせ少し早いか遅いかだけの話だし」

「それは確かに。元々噂されていたものね。結婚もしたし、国際会議でも中心人物となって仕切っていたから、そろそろ国王交代もあるんじゃないかって。皆、なんとなく察知していたから、驚きはしても意外だとは思わなかったんじゃないかな」

「そうか」

「少し気が早いけど、国王就任おめでとう。今後ともイルヴァーンと仲良くしてくれると嬉しいよ。父上からもくれぐれもよろしく伝えてくれと言われているんだ」

父、つまりはイルヴァーン国王からの伝言を聞いたフリードは、柔らかく笑い、ヘンドリック王子に言った。

「親しくありたいのはこちらも同じだな。イルヴァーン国王に伝えてくれ。ヴィルヘルムもイルヴァーンとの友好関係を長く維持したいと思っている、と」

「うん。必ず伝えるよ。あーでも、君が国王になってしまったら、今みたいな付き合い方はさすがにできないよね。王子ではなく国王なわけだし。君が国王になることはめでたいけど、そこだけは残念だよ」

心から残念そうに言うヘンドリック王子だったが、フリードは本気には捉えなかった。

友人同士の気安さで告げる。

「今更だろう。国王になったところで、お前の態度が変わるとは微塵《みじん》も思っていないが。それとも変える気はあったのか？」

「え、一応はあったけど……いや、無理だな。うん、不可能だなって思うから、やっぱり今まで通りでよろしく頼むよ」

あっさりと掌《てのひら》返しをしたヘンドリック王子に、フリードはため息を吐いた。

その顔には「どうせそんなことだろうと思っていた」と書いてある。

同じ王族であるからこその親しさは、普段、兄たちと笑い合っている姿とはまた違う。

色々な友情があるのだろう。

私にも色んな立場の友人がいるから、よく分かる。

皆で話していると、しばらくしてレイドも合流してきた。

更に様子を窺っていた、他の王族たちも声を掛けてくる。皆、三日後には国王となるフリードと直に話したいのだ。

フリードは快く彼らに付き合い、私も妃らしく笑顔で皆に対応した。

11・彼女と過去からのラブレター

即位前最後の夜会は大盛況に終わり、いよいよ即位まで一日を切った。

明日、フリードはヴィルヘルムの新国王として、即位する。

それを祝福の気持ちで見守れば良いだけなら楽なのだけれど、私も当事者のひとり。

王太子妃から王妃へ。

新国王となったフリードから王妃の冠を与えられる儀式があるので、やはりソワソワとしてしまう。

「いよいよ明日だね」

夜、自室のソファに座り、カーラに淹《い》れてもらったお茶を飲みながら、隣に座るフリードに話し掛ける。

同じくお茶を飲みながら、書類を眺めていたフリードが視線をこちらに向けた。

「そうだね。ずっと忙しかったから、正直あまり実感がないんだけど」

「確かに。今もまだお仕事してるもんね」

フリードが見ていたのは仕事の書類なのだ。昼間は招待客の接待をし、夕方からは執務室に籠もり、溜《た》まった書類を片付ける。

はっきり言って忙しすぎて、休憩する時間もないくらいだった。

隣で丸くなっているアルを撫《な》でる。フリードが仕事をしていたからか、今日はまだ神剣に戻っていなかったのだ。背中や顔周りを撫でると喜ぶので、猫みたいだなあと思っているのは秘密。

今も心地よさそうに目を細め、リラックスしていた。

「国王就任って大変なんだね」

「引き継ぎがどうしてもね。特に今回は、戴冠式まで三ヶ月しかなかったから。本来、半年から一年くらいかけて準備するものを三ヶ月でやるんだ。忙しいのは仕方ないよ」

「それだけ早くフリードに王位を譲りたかったってことなんでしょ」

「譲位の理由が母を口説く時間が欲しいからなんて、リディ以外には言えないけどね」

確かにそれはその通りかもしれない。

書類を確認していたフリードが頷《うなず》き、ローテーブルに置いてあった羽根ペンを取ってサインを済ませる。美しい筆跡をぼんやりと見ていると、フリードは羽根ペンを置き、息を吐いた。

「……これで一応、急ぎの仕事は終わったかな」

「お疲れ様」

「ありがとう。ま、これくらいはやらないとね。私よりアレクの方が大変だろうし」

「そうなの？」

「うん。正式に宰相補佐になったからね。私の側近をやめたわけでもないから、単純に仕事量が二倍になってる」

「うわ……兄さん、可哀想《かわいそう》」

「たぶん、今夜も徹夜で仕事をしているんじゃないかな。明日は戴冠式で書類を見る暇なんてないだろうから」

ご愁傷様という気持ちを込めて、両手を合わせておいた。

明日の兄が、目の下に隈を作っていないことを祈るのみだ。

書類を片付けながら、フリードが時計を見る。

「……ああ、そろそろかな」

「？　そろそろって？　何かあるの？」

明日は戴冠式だというのに、まだ何か仕事でもあるのだろうか。

そう思っていると、部屋の扉がノックされた。

「はい」

「リディ、私です」

「？　お義母《かあ》様？」

義母の声が聞こえ、驚いた。

フリードを見る。彼は頷き、私に言った。

「扉、開けてくれる？」

「う、うん……」

フリードが驚いていないところを見ると、彼は義母が訪ねてくるのを知っていたようだ。

こんな夜中に何の用事だろうと思いつつ、扉を開ける。

そこにいたのは義母と国王だった。義母は見覚えのある金の燭台《しょくだい》を持っている。

「お義母様に陛下……？」

どうして国王まで。

首を傾《かし》げていると神剣を手に持ったフリードがこちらに歩いてきた。その隣にはアルが飛んでいる。

「うん？　うん？」

これから何が起こるのかと困惑する私を余所《よそ》に、国王とフリードが会話をする。

「フリード、準備はできているな」

「はい、父上」

頷くフリードは全部分かっていいます的な顔をしていたが、私は何も聞いていないし分からない。

明らかにこの四人（＋一匹）の中で私だけが状況を理解していなかった。

「あの、お義母様？」

「リディ、行きますよ」

「？？？？」

――どこに？

助けを求めるように声を掛けたが、義母からはよりわけの分からない言葉が返ってきただけだった。

国王と王妃が先導するように部屋の外に出る。

フリードが首を傾げまくっている私の手を引いた。

「リディ。行くよ」

「えっ、いや……だからどこに？」

「あとで説明するよ」

「……うん」

どこに連れていかれるのか不安ではあるが、フリードが言うのならと思い頷く。

しかし、寝衣に着替えていなくて助かった。

もう少し遅い時間だったら、ベッドに入っていたから、ギリギリセーフだ。

いや、フリードは知っていたみたいだし、わざとだったのかもしれない。

居室で仕事をしていたのも、義母たちが来るのを待っていたからなのだろう。時間を調整していたのだと思う。

四人の靴音とアルのパタパタという羽音だけが聞こえる。

王族居住区の廊下はしんと静まり返り、いつもはいる警備の兵の姿も見えなかった。

夜だというのに誰《だれ》もいないのはさすがに不用心だ。不審に思い、フリードに小声で聞く。

「……ね、警備の兵は？　姿が見えないんだけど」

「今夜だけは下げている。特別な儀式があるからね。儀式が完了するまで関係者以外、誰にも姿を見られてはいけないんだ」

「特別な儀式？」

何だそれ。そんなの全く聞いていない。

疑問が顔に出たのだろう。私の手を引きながらフリードが言った。

「カーラたちは知らないからね。これから行うのはヴィルヘルムの王族、それも国王夫妻と国を継ぐ王太子しか知らされない儀式なんだよ」

「そうなんだ……」

「リディはこれから知ることになる。特別なことをする必要はないから安心して」

秘密裏に行われるものなのか。

頷くと、前を歩いていた義母が振り返った。

「私もこの儀式について知らされたのは、ヨハネス様の戴冠式前夜。そなたと同じタイミングですよ」

国王も言った。

「ああ。そういうものだから気にしないでもらえると有り難い」

「分かりました」

納得し、返事をする。

しかし、秘密の儀式とは一体何をするのだろう。正直、少し楽しみな感じはある。

ワクワクしつつ、義母たちの後をついていく。

ふたりは外に出ると、中庭を越え、その奥へと向かった。鍵の掛かった柵がある。

さすがに私も気がついた。

「あ、ここ……結婚式の前に来た……」

王華《おうか》の儀を行う最後の場所。

結婚前の三日間をフリードと共に過ごしたところだ。義母が振り返る。

「リディ、鍵を外して下さい」

「えっと、どうやって……」

前に連れてきてもらった時に、鍵は王華を持つ女性にしか反応しないと聞いたが、詳しいやり方は知らない。困惑していると、義母が言った。

「触れるだけで大丈夫ですよ。やってみて下さい」

「は、はい……」

場所を譲られ、柵の前に立つ。古い錠前を見つめ、手を伸ばし触れた。

何も起こらない。

「お、お義母様！」

「大丈夫です。そのままじっとしていなさい」

「はい……あ」

これで何も起こらなかったらどうしようと内心焦っていると、カチリという音がして鍵が外れた。

「よ、良かった……外れた……」

「王華があるのだから当然です。さ、先へ進みますよ」

「は、はい」

柵を越え、夜の庭を進んでいく。相変わらず不思議な庭は、季節を無視した花が咲いていた。

「……」

全員が無言で歩く。しばらくして国王と義母が立ち止まった。

彼らの前にあるのは、細い三階建てくらいの塔だ。やはり目的地は結婚式前に訪れたのと同じ場所らしい。

「フリード」

「はい」

国王に呼びかけられ、フリードが返事をする。

「これからどうすれば良いのか分かっているな？」

「はい」

フリードが頷いたことを確認し、国王が言った。

「うむ。ならば我らが同行するのはここまでだ。この先はふたりだけで進むと良い」

「無事、戻ってくるのを待っていますよ」

言いながら義母が火の灯《とも》った燭台を私に渡す。受け取ると、フリードが言った。

「リディ、行こう」

「う、うん」

ふたりで扉の前に立つ。目配せされ、扉に触れた。

たぶん、間違っていないだろう。

さっきみたいに少し待たされるのかと思ったが、今度はすぐに鍵が外れた。

ホッとしていると「リディ」と義母が私の名前を呼んだ。

「はい」

「そなたならよい王妃となるでしょう。フリードリヒ、そなたも。その治世がより良きものであるよう願っています」

「母上……」

フリードが目を見開く。国王も柔らかな笑みを浮かべていた。

「私のわがままで予定より随分と早く、王位を押しつけてしまってすまなかったな。だが、お前なら姫とふたりでよい国を作ることができるだろう」

「父上」

「これからはお前が国王となる。その責任は王太子であった頃《ころ》とは比べものにならぬが、大丈夫だろうと信じているぞ」

「……はい」

「私たちはお前たちふたりを祝福する」

「ありがとうございます」

フリードがふたりに向かって頭を下げた。私も彼に倣《なら》う。

国王と義母は笑っていた。憂いなど何もないと言わんばかりの顔だ。

「さあ、行きなさい」

「はい」

義母に促され、フリードが鍵の外れた扉を開ける。ふたりで中に入ると、自動的に扉が閉まった。

これも以前体験したのと同じだ。

目の前には地下へと続く階段。ここを通っていけば、結婚式前にフリードと三日間過ごした部屋へと辿《たど》り着く。

「リディ」

まさかもう一度この場所に来ることになるとはと思っていると、フリードが声を掛けてきた。

「何？」

「心の準備はいい？」

「うん、いつでも」

あの部屋で今度は何をするのか分からないけど、知った場所なので気持ちは落ち着いている。

突然、一緒についてきたアルが変な声を出した。

「ん、ん？　あれ……？」

「え、どうしたの、アル」

何事かと思い彼を見ると、まるで逃げるように翼を一生懸命動かしている。

「アル？」

「わ、わ、わ……なんで？　僕の意思とは関係なく、神剣に吸い込まれる？　へ、あ、あ、わ、うわああああああああ」

しばらく藻掻《もが》いていたアルだが、やがてシュルシュルとフリードの神剣に吸い込まれていった。

鞘《さや》に収まっているというのに神剣は淡く輝いている。

「フリード……アルが……」

「……うん。たぶん大丈夫だと思う」

「たぶんって……」

確証はないのか。だが、フリードは落ち着いたものだった。

「ここは初代国王が作り上げた場所だし、だとすれば、彼の意思が働いたんじゃないかなってね」

「初代国王の意思……」

「もしかしたらアルには来て欲しくないのかもね」

実際のところは分からないが、事実としてアルは剣に吸い込まれたまま出てこない。

これ以上気にしても仕方ないので、別のことを指摘した。

「アルのことは分かった。あと、なんか神剣が光ってるんだけど……」

腰に提げられた神剣を指さす。フリードはすらりと剣を鞘から抜くと、高く掲げた。

「え……」

青く輝く刀身が、一際眩《まばゆ》い光を放った。

「ま、眩《まぶ》しい……」

咄嗟《とっさ》に手で目を覆う。輝きは一瞬だけで、すぐに剣は通常状態に戻った。

普通に淡く輝いているだけだ。

「い、今の……えっ」

何だったのか。聞こうと思ったが、突然目の前にある階段から『ガタガタ』という音が聞こえ始めた。まるで工事でも行われているかのような音が一分ほど続く。

「な、何？　何なの？」

意味が分からなくて、フリードに縋《すが》り付く。フリードは神剣を鞘に戻すと、動揺する私を抱きしめた。

「ほら、音がしなくなった。もう大丈夫だから行くよ」

「行くってどこへ？」

「そりゃあ、その階段の下以外ないでしょ」

「今、怪しい音がしていたのに？」

「平気だって」

「ううう……」

フリードが言うのならそうなのだろう。確かに何かが動くような音は聞こえなくなっており、階段の奥は元通り静かになっている。

「ほら」

「うん……」

手を握ってくれたので、少し落ち着いた。フリードが先、私がその後ろに続く。

「……あれ？」

首を傾げた。

階段を下りた先にある通路が記憶と違うように思ったのだ。

以前は私が両手を広げたくらいの幅だったのに、それよりもずっと広い。

天井の高さは変わらないが、床の材質も違うような気がした。

左右の壁の燭台にはすでに火が灯っており、通路はかなり明るい。

「んん？」

「どうしたの、リディ」

「いや……前に通った時と違うなって……」

前回のことを思い出しながら話す。フリードは得心したように頷いた。歩きながら説明してくれる。

「前とは目的が違うからね。さっき神剣が光って、音がしたでしょう？　道が切り替わったんだよ」

「道が切り替わる？」

「目的地に辿り着けるように変化したってこと。ほら、そこ、曲がるよ」

「うわ、本当だ。曲がり角がある！」

以前はひたすら真っ直ぐ歩いた記憶があるので、全くの別物なのだと信じるしかなかった。

「ね、どうなっているの？」

剣が光って道が変わるとはどういう仕組みなのか。

興味津々で尋ねると、フリードは「古い魔法が使われているんだよ」と説明してくれた。

「ここができたのは、さっきも言った通り、初代国王が生きていた頃だから。昔はね、今とは比べものにならないくらい、世界は神秘で溢《あふ》れていた。魔術こそ現代の方が発展しているけど、魔法に関しては違う。昔の方が今よりすごいことができたんだよ」

「え……今より？」

「うん。だから私にもここに使われている魔法の詳細は分からないんだ。古すぎて、複雑すぎて手が出せない。アルなら分かったのかもしれないけど、今は呼びかけても返事がないから」

コンコンと腰に提げた神剣を叩《たた》くフリード。いつもならすぐにアルが反応するはずの神剣はウンともスンとも言わなかった。

「アル、出てこないね」

「たぶん、この空間を抜けたら、また出てくるんじゃないかな」

フリードの言葉に頷いた。

そうして疑問に思ったことを聞く。

「ね、私たち、どこに向かってるの？　前に過ごしたあの部屋には行かないんだよね？」

いい加減、教えてくれても良いのではないかという気持ちで尋ねる。フリードの手を強く握って抗議すると、彼は「そうだね」と言ってくれた。

私の手を引き、前を見据えながら告げる。

「今からは初代国王のお言葉を聞いて、あとは祝福を受けるんだよ」

「ふうん？　……えっ、初代国王？」

首を傾げる。

初代国王とは先ほどから話題となっている、元竜神でフリードの前世だという偉大すぎる存在のことだ。

だが彼は人間になり、結婚して、死んだのではなかったのか。それなのに声を聞くとはどういうことなのだろう。

「初代国王ってお亡くなりになられているよね？」

「もちろん」

「それなのに言葉を聞くの？」

「私は父上からそう聞いてる。ほら、あの部屋だ」

フリードが前方を指さす。重そうな観音開きの扉が見えた。扉には双頭の竜の姿が描かれている。

「……これ」

「ヴィルヘルムの紋章だね」

言いながらフリードが双頭の竜の絵に触れる。

「リディ、リディも竜の頭に触って」

「う、うん」

フリードが触っていない方の竜の頭にそっと触れると、一瞬扉が光った。

「っ！」

ギギギと錆《さ》びたような音と共に扉が開いていく。

「……ここは神剣を携えたヴィルヘルムの血を引く男児とその妃《きさき》。正王華を宿した女性が共にいないと開かないんだ」

「正王華……」

フリードと婚約した直後に聞いた言葉を思い出す。

王家直系の、長男が与えた王華のことをそう呼ぶのだと、ガライ様が言っていた。

「それってつまり、ガライ様が神剣を持っていたとしても駄目……ってこと？」

「駄目だね。叔父上は直系男児ではあるけれど、次男だから。サラ叔母上の王華は正王華ではなかったでしょう？　あれではこの扉は開かない」

「そうなんだ……」

「一応、王位継承順位は決められるけど、実際は意味がないんだ。いくらたくさん候補がいたところで、継げるのはたったひとりと決まっている。とはいえ、じゃあ子供はひとりで良いだろうとは思わないけどね。実際、リディとの子供なら何人でも欲しいし」

「う、うん」

さらりと子供のことを言われ、ちょっと照れた。

いつも言ってくれることではあるのだけれど、やっぱりフリードが私との子を望んでくれていると分かる言葉は、何度聞いても嬉《うれ》しいものだ。

それを聞くたび、頑張ろうと思ってしまう。

「でも、よくその条件で、千年も王家が続いたよね……」

直系の長男しか継げないとか、結構厳しい条件である。それで千年続いたヴィルヘルム王家、もしかして相当運が良いのではないだろうか。

そう思い、聞いてみたが、フリードは否定した。

「運とかではないんだ。ヴィルヘルム王家の直系長男は、少し違うから」

「違う？」

「直系長男は、基本的に強靱《きょうじん》な身体《からだ》をもって生まれる。神力も他《ほか》の弟妹に比べて群を抜いて高いんだよ。私もだけど、父上もほぼ病気に罹《かか》ったことなんてないんじゃないかな」

「そうなの？」

「うん。だから生まれてさえしまえば、余程のことがない限り、問題なく成人するよ」

「へええええ」

うまくできている。

もし長男が病気とかで死んでしまったら……とかはヴィルヘルム王家に限っては殆《ほとん》どないようだ。

「でも、フリードはその中でも一際《ひときわ》神力が強かったんだよね？」

「そう。ちょっとね、いくら直系長男だとしても強すぎた。だから父上は私のことを先祖返りではないかと踏んだんだけど——」

「実際は、初代国王の生まれ変わりだったからと。は～、すごい話だね」

だけどある意味納得だ。

フリードは十代の頃から、すでに戦場で凄《すさ》まじいまでの強さを見せつけていた。

あまりにも強すぎる完全無欠の王子様。それがフリードで、でも考えてみれば、別に父親の国王はそこまで強くなかったのだ。

フリードが異常なまでに強すぎただけ。

「……ほら、リディ見て」

「ん？」

話すのをやめ、フリードが指さした方を見る。

開ききった扉の中はかなり広く、厳かな雰囲気に満ちている。まるで教会の聖堂のようだ。

部屋の中心部には竜の石像がある。非常に巨大で、見上げるくらいの大きさだ。竜は口を大きく開けており、こちらを睨《にら》み付けているようにも見えた。

「フリード……あれってもしかしなくても」

「初代様が竜神だった頃のお姿を模した石像、らしいよ。私も見るのは初めてかな」

「そうなんだ」

「そもそもここに入れるのは、王位継承の時だけだからね。父上から話は聞いていたけど……すごいな」

部屋中に広がる巨体は、まさに竜神と呼ぶに相応《ふさわ》しい威厳に満ちている。

彼が人間となり、ヴィルヘルムという国の基礎を作ったのだと、心の底から納得できた。

「……アルも出てこられたら良かったのにね」

初代国王と共にその時代を生き、千年を超えてまで寄り添おうとするアル。彼にこの像を見せてあげたかった。

だが、フリードの神剣は相変わらずアルの登場を許さないようで、ウンともスンとも言わない。

「それで、これからどうするの？　お言葉……を聞くんだっけ。それと祝福を受けるんだよね？」

壮大かつ勇猛な姿をたっぷり堪能してからフリードに聞く。彼は頷き、鞘に収めたままの神剣を竜神の口の中へと入れた。

「えっ……」

「いや、こうしろと父上に言われたから」

「そ、そうなの？」

「私が聞いたのはここまでなんだけど……って、わっ……」

フリードが驚きの声を上げる。彼が見ているものを私も見た。

「えっ……」

竜神の目が金色に光っていた。同時に神剣も輝き出す。

今から一体何が起こるのか。固唾《かたず》を呑《の》んで見つめていると、金色に輝いた竜神の瞳《ひとみ》から一際眩い光が放たれた。

「わっ……」

咄嗟に目を瞑《つむ》る。光はすぐに収まり、やがて頭の中に声が響いてきた。

『——ヴィルヘルム王家の子。私の子孫よ』

「フリード!?」

思わず隣にいる夫の服を掴《つか》む。フリードは頷き「私にも聞こえる。大丈夫。多分、初代国王の声だと思う」と言ってくれた。

「お言葉って……本当に語りかけてくるんだ」

普段、念話をすることがないので、不思議な気分だ。

もしかして、千年前に魔法で録音していたものだったりするのだろうか。

仕組みは分からないけど、今はただ、初代国王の言葉に集中することにする。

『ここに来たということは、お前たちはこの国を継ぐのだろう。私はそれを祝福しよう。我が子らよ、どうか妃の愛したこの国を長く治められるように。私利私欲に呑まれることなく、己の手の中にあるものに満足することを忘れないように。ヴィルヘルムをどうか正しい方向へ導くように――』

頭の中に、初代国王の祈りのような願いが響いてくる。その声は低く穏やかで、だけども無視できない強さを持っていた。

初代国王の言葉は、基本的には私たちの未来を祝福するもので、ヴィルヘルムをより良くして欲しいという願いが多い。

おそらく録音である彼の言葉からは、初代国王が真実ヴィルヘルムという国を愛していることが伝わってきて、身の引き締まる思いだった。

『――もしお前たちが願う者と出会えているのなら、幸福なことだ。私はそれを嬉しく思うし、その者と末永く幸せであるよう心から願おう』

「願う者……」

つまりは、つがいを得られたかということなのだろう。フリードを見ると強く頷きを返された。手を握られ、私も握り返す。

『私が人ではなかったために、子孫には苦労を掛けることと思う。私の力はたとえ千年が経《た》とうとも人のものに変化することはないだろう。異質な力に子孫が苦しむことを心苦しく思う。私がただ人であったのなら必要のなかった苦労だ。力の制御に苦しみ、どうして人になったのだと、子孫の中には私を恨む者もいることだろう。その非難は甘んじて受ける』

竜から人になった初代国王の言葉は重く、私たちの心に響いてきた。

『それでも私は人になったことを後悔していない。同じ人にならなければ、妃と愛し合うことはできなかったからだ。子を儲《もう》けることも、だ。真実愛する者を手に入れたお前たちなら分かってくれるだろうと信じている』

『ヴィルヘルムに幸いあれ。その治世ができるだけ長く続くことを私は祈っている。今はもう神であった頃の力はないが、たとえ死んでも私にできる限りでヴィルヘルムという国を守ると約束しよう』

優しい声音に耳を傾ける。

声はどんどん小さくなっていく。やがて全く聞こえなくなったところで、竜の目の光が消えていることに気がついた。

何故《なぜ》か身体中がぽかぽかしているような気がする。力が漲《みなぎ》ってくるとでも言えばいいのか……そんな感じだ。先ほどの光に何か特別な効能でもあったのかと不思議に思いつつも、フリードに話し掛けた。

「フリード……なんか身体が温かくない？」

「うん。たぶんだけど、これが祝福なんだと思うよ」

「へえ」

なるほど。そう言われれば納得だ。頷き、もう一度竜の石像を見る。

「光、消えちゃったね」

「うん。これで儀式は終わりということなのだろうね。国王となる際、初代国王の言葉を聞く。彼が如何《いか》にヴィルヘルムという国を愛していたか、守りたいと思っていたか、よく伝わってきたよ」

「うん。初代国王にがっかりされないよう頑張らないとね」

死後も力を尽くすと告げた初代国王。きっとその言葉に嘘《うそ》はないのだろう。彼がどんな想いでヴィルヘルムという国を創ったのか、私たちには想像することしかできないけれど、とても国を、妻を愛していたことだけはよく分かった。

「……」

フリードが神剣を己の腰に戻す。

そうすると、来たのとは別の場所に出口らしき扉が現れた。音もなく出現した扉に吃驚《びっくり》する。

「あ、あれ……！」

「うん、あちらへ進めってことだね」

「フリードは驚かないの？」

普通、いきなり扉が現れたら警戒するなり驚くなりするものではないだろうか。

「神力が動く気配がしたから」

「……そ、そう。まあ、元の道に戻るのも無理そうだものね。どのみち、そっちに行くしかないか」

あっさりと告げられ、吃驚しているのが馬鹿《ばか》らしくなってきた。

振り返れば入ってきたはずの扉は消えているし、道はひとつしかないのだ。悩みようもない。

「リディ、行こうか」

「あ、うん」

差し出された手を握る。部屋から出る時、先ほどと同じ声が聞こえた。

『――ああ、私はまたつがいと、愛しい妃と出会うことができたのだな。こんなに嬉しいことはない』

「えっ……」

録音とは思えない温かみのある声に思わず立ち止まる。

フリードが振り返った。

「リディ？」

「い、いや、今――」

「？」

不思議そうな顔をするフリード。どうやら彼には今の声は聞こえていないようだ。

気のせいにしてはしっかり聞こえた声に戸惑っていると、再び声が聞こえてきた。

『私と妃が出会ったことで、これまで起こらなかったことが起きるだろう。だが、大丈夫だ。きっと私たちなら乗り越えられる。そうだろう？　今までもそうだったのだから』

「……」

『――きっとアーレウスも目覚める。いや、もう共にいるのかもしれないな。もしそうだとしたら、伝えて欲しい。お前を連れていかなくて悪かった、と』

『ここに入れなかったことも許して欲しい。今更どんな顔をして会えば良いのか分からないのだ。だが、友よ。私の願いを叶《かな》えてくれたこと、感謝している』

アルに向けられた伝言に目を見開く。いつまでも動こうとしない私にフリードが「リディ？」と、もう一度名前を呼んだ。

「あ、あのね――」

『愛している。どんな姿になっても、私はあなただけを永遠に。あの日、あなたが湖で私に声を掛けてくれたその時からずっと、あなただけが私の特別だ』

『だからどうか何度でも私と出会い、そして幸せになって欲しい。きっと私はあなたを手放すことはできないから。私と共にあることがあなたの幸せであれば、私にとってそれは何よりの福音。それ以上、願うことは何もない――』

「……」

声が完全に消える。立ち尽くす私にフリードが、みたび声を掛けてきた。

「リディ、リディ。一体何があったの？」

心配そうに顔を覗《のぞ》き込まれ、我に返った。

一体今のは何だったのか。絶対に録音ではないと断言できるだけの切なさと強い想いが感じられる声だった。

「……今、ね」

フリードに、聞こえてきた言葉を教える。彼には聞こえなかった声が聞こえたと言うと驚かれたが、内容を聞いて彼は複雑そうな顔をした。

「……なるほど」

「フリード？」

「今、初めて初代国王が自分の前世なのだと納得できたよ」

「そうなの？　今ので!?」

今の会話のどこに、納得できる要素があったのか私には分からない。

「いかにも私が言いそうなことだなと思っただけだよ。死んでもリディを手放す気がないあたりが特にね」

「ああ、そういえばそんな感じのことを言ってたね」

言われた言葉を思い出しながら頷く。

「普段からフリードに言われ慣れているせいか、違和感がなかった」

死んでも離さない系のことはそれこそ、耳にたこができるほど言われているのだ。

フリードが私に執着しているのは事実として知っているし、私も困っていないので特に気にしてはいないけど。

そう言うと、フリードは「リディらしいね」と笑った。

「きっと昔のリディも今のリディとそう変わらなかったんだろうね。そして私はそんなリディに強く惹《ひ》かれたんだ。それこそ竜神という立場を捨ててでも、リディと一緒にいることを望んだ。……そうだね。私もきっと同じことをすると思うよ。リディと共にいられるのなら、何を捨てても構わないと断言できるから」

「断言されてもね。まあ終わったことだし記憶もないから何ともだけど、人外の生き物が突然『人間になったから結婚して』って人の姿で現れたら吃驚するだろうなあ」

嬉しいより先に『えらいことになった！』と青ざめそうだ。

何せ相手は竜神。私なら『人間になって大丈夫なのか。しかもそれをさせたのが自分とか、責任なんて取れないぞ』とパニックを起こすと思う。

「なってしまったものは仕方ないから、最終的には受け入れると思うけどね。……初代国王、ちゃんと前々世の私に相談してから人間になったのかな。相談なしでいきなりは私もキツイと思うんだけど。あ、両想い状態であるかも重要だよね。両想いかつ、相談した上で人間になったのなら……」

「リディ……」

フリードが呆《あき》れたように私の名前を呼んだ。

「何を考えてるの」

「え、だから、初代国王が人間になった経緯。フリードは気にならない？」

「気にならないと言うと嘘になるけど、リディのようなことは考えないかな。……というか、リディって時々すごく現実的だよね」

「女は常に現実を見ているものなの。ま、結果として結婚して、つがいになっているわけだし、問題はなかったんだろうけど。いやでも、経緯はやっぱり気になるな……」

どうせならその辺りも教えてくれれば良かったのに。

愛しているとかそういう概念的な話ではなく、馴《な》れ初《そ》めとか聞きたかった。

だって楽しそうじゃないか。

「前々世の私と前世のフリードってどんな感じで出会ったのかな。場所は湖らしいんだけど、あれかな。私が湖に散歩に来たところに、フリードがザバアッて湖から出てきたとか……」

ワクワクしながら自らの考えを口にする。

なかなかに吃驚な出会いで楽しそうだ。だがフリードは私の案を否定した。

「……竜神って別に湖に棲《す》んでいるわけではないと思うんだけど」

「そう？　じゃあ湖の側《そば》で日向《ひなた》ぼっこしてるフリードと私が偶然かち合ったとか？」

「……偶然も何も、竜なんて巨体が見えたら、普通回れ右をするよね」

「いや、私のことだから、それはそれで面白そうと思って近づいたとか……」

少し考えそう告げると、フリードはとても嫌そうな顔をした。

「リディならやりかねないと思ってしまった」

「だよね！」

「悪いけど、褒めていないからね」

「……あれ？」

さすがと褒めてくれたのではなかったのか。

フリードが私の手を握り、歩き出す。

「ほら、つまらないことを考えていないで、行くよ。……前世なんてどうでもいいでしょう？　リディには私がいるんだから」

「はーい」

初代国王が自分の前世だとフリードが認めるような発言をしたから出した話題だったのだけど、駄目だったようだ。

でも、それでこそフリードだとも言える。

何せ私の夫は、自分の絵姿にすら嫉妬《しっと》する男。たとえ前世の自分が相手であろうと、その存在を許せないと考えるだろうことは容易に予想がついた。

「フリードだもんね」

うんうんと頷く。

「？　なんの話？」

「フリードは私のことが大好きって話だよ」

つまりはそういうことだろう。私を愛し、愛されるのは今ここにいる自分だけでいいと言っているのだから。

自分流に解釈し、頷く。

フリードはわけが分からないという顔をしながらも「私がリディを愛しているのは、言われるまでもないことだけど」と私の言葉を肯定した。

◇◇◇

出現した出口の先は、また最初の時と同じような通路だった。

左右の燭台には火が灯り、道の先を照らしている。

道は真っ直ぐに伸びており、しばらく歩くと新たな扉が見えた。

「出口かな」

フリードに尋ねる。彼は「どうだろう」と言いながら、扉を開いた。

「あ……」

地下とは思えないほど明るい。

開いた先は、とても見覚えのある部屋に繋《つな》がっていた。

巨大な四柱式のベッドが中央に鎮座している。

円形の絨毯《じゅうたん》に長椅子《ながいす》とテーブル、クローゼットなどがあり、更に壁には記憶にある通りの壁画が描かれていた。

竜に向かって手を差し伸べている女性の絵。女性の胸には私と同じ青薔薇《ばら》の王華がある。

間違いなく、私とフリードが結婚前の三日間を過ごした部屋だった。

「フリード……ここって」

確認するように夫を見ると、彼は頷き、周囲を見回した。

「うん。私たちが以前過ごした部屋だね。まさかここに繋がっているとは知らなかったな。……となると、地上に出るには前と同じ方法を取ればいいということか」

「壁画の王華に私が触れれば良いってやつだよね。なるほど！」

そうして壁画が描かれたところへ駆け寄ろうとした、その時だった。

「ああもう！　やっと出られた！　一体どうなってるわけ!?」

「アル！」

ポンッと音がしたと思ったら、神剣から白い煙と共にアルが飛び出してきた。

出てきたアルはプンプンと怒っている。

「出ようと思っても出られないし、王様に呼びかけても全然繋がらないし。王様が王様になるための儀式を僕が見られないとか納得できないいんだけど！」

「ア、アル。落ち着いて」

「王妃様！　これが落ち着いていられますか……！」

私に気づいたアルがこちらに向かって飛んでくる。

うわーんと泣きながら胸に飛び込んできたアルだったが、抱きしめる前にフリードに首根っこを掴まれた。

「どさくさに紛れてリディに抱きつこうとするな」

「ああんっ！　王様ってば、いつも通り心が狭い!!」

捕まえられたくせに、やけに嬉しそうだ。

「……せっかくうるさいのがいないと思ったのに」

フリードが疲れたように言う。アルはキョロキョロと辺りを見回し「ここ、どこですか？」と私たちに聞いた。

「あれ、アル知らないの？」

初代国王関連の施設だから、てっきり知っていると思ったのだけれど。

アルが否定するように首を横に振る。その目は物珍しそうに壁画へ向かっていた。

「僕、こんな施設知りませんよ。でも——あ、もしかして王様が晩年、作らせていたやつかな。王城の地下に何か作ってる——的な話は聞いていたんで」

「たぶん、それだと思う」

「僕が出てこられるようになるまで、何があったのかお聞きしても？」

咄嗟にフリードを見る。彼が頷いたのを確認し、先ほど見たことをアルに伝えた。

話を聞いたアルが「王様の巨大な石像……僕も見たかった」と項垂《うなだ》れている。

「王様……そんなものをお作りになっていたんですね。後世の子孫たちのために色々お考えになって……。ああ、なんて尊いお方。僕はあなたにお仕えできたことを誇りに思いますっ!!」

自分の子孫への激励的なメッセージを聞いたと言うと、アルはとても羨ましげにしていたが「そういうことなら仕方ありませんね。王様の個人的なメッセージをお聞きするわけにはいきませんから……残念ですけど」と諦《あきら》めたように言った。

そのあまりに悲壮感の漂う様子に、フリードが掴んでいた手を離す。アルはしょぼしょぼと飛び、私の頭の上に収まった。

「……アル」

「ああ、王様。たとえ石像でもいい。お会いしたかった……」

いつも元気なだけに、しょぼくれているのが可哀想だ。どうにか慰めてあげたいなと考え、ふと、最後に私にだけ聞こえた声を思い出した。

「あ、そうだ。初代国王からアルへの伝言もあったよ」

「えっ!? 王様から!?」

しょぼんとしていた声が一気に輝きを取り戻す。

彼は私の頭から飛び立つと、正面にやってきた。

「教えて下さいっ、王妃様!」

「えっ、あ、うん……」

もとよりそのつもりではあったが、すごい勢いだ。

「あのね――」

アルへの言葉を思い出しながら伝えると、彼は涙ぐみながら何度も頷いた。

「良いんですよ、王様。王様の願いは僕の望みでもあるんですから。そんなこと気にして下さらなくても全然……」

「アル……」

アルが大きな目からぽろぽろと涙を零《こぼ》す。

悲しいのではない。千年ぶりの伝言に心から喜んでいるのだ。

「フリード……」

夫を見る。彼は苦笑し、私に言った。

「うん、少し待ってやろうか」

「そうだね。アルにも色々整理する時間が必要だろうし」

アルが泣きやむのを待つ。

しばらく「王様、王様」と泣いていたアルだったが、やがて気が済んだのか、鼻をずずっと啜《すす》り、涙を止めた。

私に向かってぺこりと頭を下げる。

「王妃様、ありがとうございました。まさか千年後に王様からのお言葉をいただけるなんて思ってもみなかったので、とっても嬉しかったです」

「私もアルに伝言を頼まれるとは思わなかったから驚いちゃった。……とても録音のようには聞こえなかったんだけど、どういう仕組みなのかな」

先ほど疑問に思ったことを尋ねる。アルは申し訳なさそうに言った。

「申し訳ありません。その辺りは僕にも分かりかねるので。何せあの方は元竜神。人となったところでその本質は変わりません。実際人間になったあとも、かの方は神であった頃に用いていた魔法を実に気軽に使っていらっしゃいましたし。そしてそのレベルになると僕もお手上げなのです」

「アルでも分からないんだ」

「同じ神でもない限り、分からないと思います」

きっぱりと断言された。

先ほどのリアルタイムで話されているとしか思えない言葉は、神の不思議魔法とでも思うしかないようだ。

「そろそろ出ようか」

話が途切れたタイミングでフリードが告げる。

「きっと地上では父上たちが首を長くして待っているだろうからね。遅すぎると心配される前に戻った方がいい」

「そうだね」

フリードの言葉に頷く。アルも賛成のようで「その方が良いでしょう」と頷いていた。

「じゃあ、触るね」

出口の鍵となる、王華を宿す女性が描かれた壁画のところへ行く。

胸に青薔薇を咲かせ、竜に手を差し伸べている女性。髪の長い女性の詳細な顔立ちまでは分からないが、昔の己だと思うと、どうにも不思議な気持ちになる。

「リディ」

「あ、うん」

触れる前に壁画を眺めていると、焦《じ》れたフリードに名前を呼ばれた。

指先で壁画の女性の王華に触れる。前回と同じように壁が消失した。

「あ……」

前にも経験したことなのに、やっぱり驚いてしまった。アルがパタパタと飛んでくる。

「王様ってば器用な魔法を掛けていったんですね～。あ、僕が先導しますので、おふたりは後からついてきて下さい」

どうやら護衛をしてくれるつもりらしい。

アルの背中を追いながら、歩を進める。フリードの手は相変わらず私の手を握っていた。

触れた場所が温かくて、なんだかとても安心する。

地下通路を歩き終えると、あとは地上へ続く階段だ。それを上ると、結婚式の時と同じ殺風景な部屋に出た。

「リディ、帰ってきましたね」

「お義母様」

予想通り、部屋には国王と義母が待っていてくれた。

国王がフリードに近づく。

「――初代様のお言葉、そして祝福を受けたか？」

「はい、しかと」

「我々は、初代様の作り上げたこの国を永く続かせなければならぬ。かの方の愛するヴィルヘルムの平和を維持し、より発展させなければならないのだ。それが我らの使命」

「はい」

しっかりとフリードが頷く。義母も私に言った。

「リディ、そなたも聞きましたね？」

「はい」

「あれが初代様のお言葉です。かの方の期待に応《こた》えるべく、そなたも努力して下さい。そして妃としてフリードリヒを支えて下さい。私が言えた義理ではありませんが、それでも、そなたたちが力を合わせてこのヴィルヘルムをより良くしていってくれることを願っています」

「はい。お言葉、しかと胸に刻みました」

胸に手を当て、応える。

義母と国王は肩の荷を下ろしたかのような顔をしながら、私たちに言った。

「即位前の儀式は無事完了しました。部屋に戻りなさい。明日はいよいよ戴冠式。私たちも楽しみにしていますよ」

「はい」

フリードと共に返事をし、部屋を出る。

やはり廊下に兵士の姿は見えなかった。私たちの歩く靴音だけが響いている。

自室に戻り、時間を確認すると、すでに真夜中を過ぎていた。

せいぜい二時間程度しか経っていないと思っていたが、とんでもない。夜中の三時という遅すぎる時間だ。

「うわ……もうすぐ夜が明けちゃうじゃない」

これでは殆ど眠れない。

何せ、朝一にカーラたちが着付けと化粧にやってくるのだ。

だけどこれだけ時間が掛かるのなら、当日にできる儀式ではないというのはよく分かった。

前日の夜に誰にも知られないようこっそりと行われる、初代国王の言葉を聞き、祝福を受けるという儀式。

代々の国王、皆が体験してきたそれはヴィルヘルムという国を継ぐ私たちにとって、とても大切なものなのだ。

「……頑張らなきゃね」

明日からのことを思い呟《つぶや》くと、フリードも言った。

「そうだね。でも、頑張りすぎる必要はないよ。リディは今まで通りリディらしくあればいい」

「そう？」

「うん」

フリードが顔を近づけてくる。触れるだけの優しいキスをし、彼は笑った。

「じゃ、少しでも睡眠時間を確保するため、寝ようか。——アル。お前も神剣に戻れ」

「はーい。お休みなさ～い」

フリードの言葉にアルが頷き、神剣に戻っていく。

ぐっと伸びをする。

眠いような気もするけど、それと同じくらい眠れないという気持ちも強かった。

何せ色々あったのだ。完全に目は冴《さ》えている。

「私、眠れるかな」

「疲れているから大丈夫だよ」

「だといいけど……」

心配になったが、次に続けられたフリードの言葉を聞いて、悲鳴を上げた。

「――眠れなければ、少し運動すれば良いんだよ。リディのためならいくらでも――それこそ朝まで付き合ってあげるけど、どうする？」

「頑張って寝る！」

戴冠式という晴れの日を、完徹した状態で迎えたくはない。

慌てて寝室に駆け込んだ私を見たフリードが「残念」と言ったが、その声は残念そうではなかったし、どちらかというと楽しそうだったのが少し意外だと思った。

12・彼女と戴冠式

――朝になった。

眠れないと思っていても身体《からだ》は正直で、実際はベッドに入った三秒後には、眠りに落ちていた。ほぼ気絶である。

「うう……眠い」

ベッドのぬくもりが私を再び眠りの世界へ誘《いざな》おうとしている。

逆らうのは至難の業だ。だって睡眠時間はわずか三時間。完全に寝不足である。

「おはよう」

「ん……おはよう、フリード」

目を覚ましたことに気づいたフリードが声を掛けてきた。挨拶《あいさつ》を返し、気合いでベッドから身体を起こす。フリードも起き上がり、近くにあった水差しを取った。

「リディもいる？」

「うん、下さい……」

コップに水を入れてもらい、一気に飲み干す。そうすると、少しは目が覚めた気がした。

それでもまだぼんやりしていると、部屋の外からカーラの声がする。

「殿下、ご正妃様。お目覚めでしょうか」

「いいよ、カーラ。入ってきてくれ」

フリードが答える。扉が開き、カーラたちが入ってきた。

今日はいつもより人数が多い。

私たちの前に来ると、彼らは一斉に頭を下げた。

「この度はまことにおめでとうございます。殿下がご即位されること、心よりお慶《よろこ》び申し上げます」

「うん、ありがとう」

心から告げられた言葉に、フリードが応じる。そのあとは、スピード勝負だ。

何せ、戴冠式の時間は決まっている。それまでに準備を整えなければならないのだから。

それぞれ別れ、各自衣装部屋で着替える。朝になって出てきたアルは私の側《そば》にいたがったが、カーラに「いけません。ご正妃様は女性なのですから」と叱《しか》られていた。

「僕に性別はないのに！」という彼の訴えは聞き入れてもらえないようだ。

「アル、行くぞ」

「ああんっ、王様ってば強引」

「うるさい。気持ち悪い声を出すな」

「ええっ、これ、僕の通常運転ですよ」

「そんな通常運転はいらない」

「そんな〜」

話にならないと、フリードがアルの首根っこを掴《つか》む。容赦なく連れていかれる様は、悪いけど可愛《かわい》かったし、ちょっと笑ってしまった。

私も移動し、着替えを行う。

この日のために用意された金色のドレスは、腰の膨らみがほとんどないものだった。

戴冠式であることを考え、フリードの象徴華である薔薇《ばら》が刺繍《ししゅう》されている。

ドレスには小粒のダイヤモンドが縫い付けられており、キラキラと光っていた。かなり派手な印象を受ける。

髪は綺麗《きれい》に結い上げた。あとで王妃冠を授けられるので、髪飾りとかはなしだ。

ネックレスやピアスを付け、化粧を施したあとは、豪奢《ごうしゃ》なガウンを着せられた。

「それでは私共は失礼いたします。もうすぐ殿下がお見えになりますので」

準備を済ませ、カーラたちが満足げに頭を下げる。

彼女たちが下がり、しばらくの間ひとりとなった私は姿見を見た。

そこには結婚式の時とはまた違う表情をした私が立っている。

「……当然、だよね」

今日は結婚式ではないのだ。フリードが国王に、そして私が王妃となる日。

ニマニマとしただらしない顔を国民に晒《さら》すわけにはいかないのだから。

「……」

改めてこれからについて思いを馳《は》せていると、扉からノック音が聞こえてきた。

返事をする。同じく準備を終えたフリードが入ってきた。

「お待たせ」

「大丈夫。そんなに待ってってって——きゃあああああああああ!!」

思い切り大声で叫んでしまった。

だけどしょうがないではないか。

今日のフリードは正装。しかも今日はその上に、いつもの黒いマントではなく国王用の分厚いガウンを羽織っていたのだから。色は白とロイヤルブルー。金の刺繍が更に豪奢な雰囲気に拍車を掛けている。

――かか……格好良いっ！

常とはまた違う格好良さに眩暈《めまい》がしそうだ。

――やばい、鼻血が……。

「……」

無言で鼻を押さえる。ふるふると震えているが、勘弁して欲しい。それくらい強い衝撃があったのだから。

フリードの後からやってきたアルが、大きく頷《うなず》く。

「分かります。僕も叫びました……」

「だ、だよね。これ、攻撃力高すぎない？」

さっきまでの『王妃として皆に格好悪い姿は見せられない』的な決意があっという間に時の彼方《かなた》に飛んでいってしまった。

だが、分厚いガウンを羽織ったフリードは本当に格好良いのだ。しかもその下はあの軍服。

白い手袋も健在で、私の大好きなものが全部揃《そろ》っている。

フリードは帯剣していて、それもまたとてもよかった。

もう、一日中見ていても飽きない……というか、一日中見ていたい。

「素敵……」

「ええ、さすが僕たちの王様ですぅ」

目がハートになっている自覚はあった。ふたりしてフリードに見惚《みと》れていると、彼は「リディ」と呆《あき》れ声で私を呼んだ。

「いい加減、慣れてくれる？」

「いや、無理でしょ。新しい要素が追加されたんだよ。今まで蓄積してきたものは全部リセットされたと思う」

「その通りです、王妃様。この素晴らしいお姿を拝見して、叫ばないでいられる者がいたらその方がおかしいかと」

「ね」

「……変なところで意気投合しないでくれるかな」

真顔で頷き合っていると、フリードに頭が痛い的な顔をされた。

だが、紛れもなく私の本心だ。

今すぐ脳内軍服祭りを開催できるくらいには、はしゃいでいる。

「緊張が取れたみたいなのは良かったけど。……うん、なんだろう。結婚式の時を思い出すな」

「あの時もフリードに全力で見惚れていたからね。うん、でも……」

何度か深呼吸をし、息を整える。

さすがに今日だけは浮かれてはいけないと分かっているのだ。

「……ん、大丈夫。今日の私は、フリードの軍服の魅力にも惑わされない特別仕様だから」

別に何かしたわけではないが、宣言しておくと少しは違うかなと思ったのだ。

アルが尊敬の眼差《まなざ》しで見つめてくる。

「素晴らしい。さすがは王妃様。王様のこのお姿を見て、狂わないでいられるなど僕にはとてもできません」

「分かった。アルは神剣に戻っていたいのだな」

無情すぎるフリードの言葉に、アルは一瞬で己の言葉をひっくり返した。

「まっさか！　僕も王妃様と同様、今日は特別仕様『スペシャル☆アル』なので、耐えてみせますともっ！」

熱い。あまりに熱すぎる掌《てのひら》返しだった。

「せっかく目覚めたのに、王様の戴冠式を見られないとかぜっっっったいに嫌ですから。そのためなら、ええ！　狂喜乱舞したくなるこの気持ちも押し隠してみせましょう！　ね、王妃様！」

「……そうだね」

熱く同意を求められ、苦笑する。

己の欲望にどこまでも正直なアルが私は結構……いや、かなり好きだった。

下手《へた》に嘘《うそ》を吐《つ》かれるより、余程いい。

フリードが時計を見て、告げる。

「時間だ。行こうか」

「……うん」

浮き足立っていた気持ちを抑え、返事をする。

いよいよ戴冠式が始まるのだ。

フリードと一緒に衣装部屋を出て、謁見の間へと向かう。

戴冠式は、謁見の間で行われるのだ。

謁見の間といえば、フリードと婚約式をした場所。同じところで、今度は戴冠式をするのだと思うと不思議な気持ちになる。

アルは私たちの後ろを飛んでいる。廊下にはいつもとは違う、真新しい赤い絨毯《じゅうたん》が敷かれていた。

その上を進んでいく。

昨晩はいなかった兵士たちは今日は全員が揃い、正装姿で私たちが通るたびに敬礼をしてくれた。

廊下を進み、階段を下り、謁見の間へと辿《たど》り着く。

謁見の間の扉が兵士たちによって開かれる。

そこには婚約式の時以上の数の人たちがいて、私たちを今や遅しと待っていた。

最前列に近い場所には兄や両親が、そして外国の招待客も集まっている。

その中にはヘンドリック王子やレイドにイリヤ、あと、タリムの王子やサハージャの新国王エランの姿もあった。

大勢が注目する中を堂々と進む。

玉座のある場所には国王と義母がいて、私たちを見ていた。

ふたりの前に立つ。

式部官が恭《うやうや》しく、これから戴冠式を始める旨を告げた。

まずは国王が片手を上げ、宣言する。

「余、ヨハネス・ファン・デ・ラ・ヴィルヘルムは、ここに息子フリードリヒに王位を譲ることを宣言する。フリードリヒ、そなたの意思は？　王位を継ぐ用意はあるか？」

フリードは姿勢を正し、真っ直ぐに国王を見つめながら答えた。

「はい。これまでの全《すべ》ての国王に倣《なら》い、よりよい治世を敷くことを誓います」

「その言葉、しかと聞き届けたぞ」

フリードとふたり、頭を下げる。

「王冠をここに」

国王の言葉に、式典を進めているのとは別の式部官が現れる。彼が恭しく運んでいるのは、歴代の国王が被ってきた王冠だ。様々な宝石がふんだんに使われており、とても煌《きら》びやか。キラキラと輝いている。

千年前から受け継がれてきたものとは思えない美しさに一瞬、見惚れる。その王冠を国王は両手で取り上げた。

「さあ、フリードリヒよ。玉座へ」

フリードが玉座へ向かい、その椅子《いす》に座る。私の隣にいたアルがパタパタと飛び、椅子の背に止まった。まるで最初からそこにいたかのような顔をしている。

国王がゆっくりと王冠を彼の頭に被せる。次に王笏《おうしゃく》が運ばれ、それもフリードに渡された。

国王——義父は慈愛の目でフリードを見つめ、告げた。

「そなたの治世が輝かしいものであらんことを」

フリードはしっかりと頷き、王笏を置いて立ち上がった。彼の目は私を捉えている。

その視線に応《こた》えるように私は王冠を被ったフリードの隣に移動した。

王妃の冠が運ばれてくる。フリードの被っているものより一回り小さい冠。それを式部官はフリードに差し出した。

「どうぞ、陛下」

「……リディ」

フリードが王妃の冠を取り上げる。

私は彼の前に両膝《ひざ》をつき、頭を下げた。

「私の妃《きさき》リディアナを王妃に任じる」

「謹んでお受けいたします。——私の命は陛下と共に」

声は震えなかっただろうか。気になったが、今考えることではない。

フリードの手により、王妃冠が頭に載せられる。

それは王太子妃になった時に被ったティアラより重く、王妃という責任の大きさを感じさせられた。

顔を上げ、立ち上がる。

フリードにエスコートされ、玉座の隣に据えられた席へと座った。

フリードも玉座へと戻る。改めて王笏を持ち、真っ直ぐに皆を見た。

その後も式典は進み、ついに全ての儀式が完了した。

儀式を終えたことを確認した義父が、参列者に告げる。

「ヴィルヘルムの王位継承はここに無事執り行われた。ヴィルヘルムに祝福あれ。息子フリードリヒの治世に幸いあれ」

義父の言葉を受け、式典の参列者全員が一斉に頭を下げる。新国王になったフリードに皆が敬意を示しているのだ。

最後の台詞《セリフ》を言い終わった義父が私たちに笑顔を向けてきた。

「さあ、国民に新国王の姿を見せてやるといい。皆、そなたたちを待っている」

「はい。リディ、行こうか」

フリードにエスコートされ、謁見の間を出る。

新国王誕生ということで、祝いに駆けつけた国民が王城の前に集まっているのだ。

多くの兵士に警護されながら、三階に上がる。そこには特別なバルコニーがあって、顔を出せば集まった皆に姿を見せられるようになっているのだ。

今日はバルコニーで顔見せをしたあと、結婚式の時と同じように馬車で王都中を回ることになる。

そのあとは盛大なパーティーが開かれる予定だった。

「どうぞ、陛下」

先導してくれたのは、近衛《このえ》騎士団の団長であるグレンだ。

グレンは新しいマントを羽織っている。そこには竜と青薔薇が複雑に絡み合った紋が描かれていた。

近衛騎士団の紋は、国王が替わるたびに一新される。その時の国王の象徴華と竜を組み合わせたものになるのだ。

フリードが君主になったのだと一目で分かる変化だった。

バルコニーへ出る。途端「わっ！」と歓声が上がった。王城前は人で溢《あふ》れており、皆が期待を込めて私たちを見ている。

「フリードリヒ陛下、万歳！」

「新国王、万歳！」

「王妃様、万歳！」

人々が熱く私たちを呼んでいる。それに手を振って応えた。

一緒についてきていたアルが、我慢ならぬとばかりに叫んだ。

「ああもう、大人《おとな》しくしてるの無理！　こんなの叫ばずにいられるわけないですよね!?　王様、王妃様、ばんざーい!!　僕、どこまでもお二方にお供します！」

バルコニーから飛び出し、空中でクルクルと喜びの舞を披露するアル。本当に嬉《うれ》しいのだろう。箍《たが》が外れたようにはしゃぎまくっている。

「アル、あいつは……」

フリードが呆れを込めた目でアルを見ているが、全く気づいていないようだ。

私はにっこりと笑い、フリードに言った。

「良いんじゃない？　きっとすごく喜んでくれてるんだよ。祝ってもらえるのは嬉しいよね」

「まあ……そうだね。……行きすぎなければ」

「それは……うん……」

否定できない。

何せアルのテンションはうなぎ登りで、留《とど》まるところを知らないからだ。

ついには空中で青い炎を吐き出した。皆、ギョッとするも特に被害はないので、パニックにはならなかったようだが、さすがに少しは自重して欲しい。

「……あれ？」

空から何かが降ってきた。

今日は綺麗な青空が広がっていて、雨が降る様子などなかったのに急変したのだろうか。

雨かと思って見上げると、空から降ってきたのは青い薔薇の花びらだった。

薔薇の花びらがヒラヒラと落ちてきている。

「えっ、薔薇？」

――どうして空から薔薇が？

手を伸ばすと、薔薇の花びらを掴むことができた。だけどすぐに消えてしまう。

「え、え、え？　何!?」

驚いたのは私だけではない。隣のフリードもだし、集まった国民もざわざわとしている。

「こ、これ、何かの演出？　魔術か何かでやってるの？」

魔術師団が総出で祝いの演出をしてくれているのだろうか。尋ねてみるも、フリードも聞いていないようで困惑している。

「いや、私も何も――」

「ははっ、驚かせたかい？」

前方から声が聞こえた。知っている声にハッと前を向く。

ベランダの前、空中にデリスさんが立っていた。いや、デリスさんだけではない。メイサさんやアマツキさんも一緒にいる。

「デリスさんにアマツキさん、メイサさんも!?　一体どうしたんですか？」

普段から魔女は表舞台に立つものではないと言っていたはずの魔女が三人も、この目立ちまくる場所に現れたことに驚いた。

思わず欄干まで駆け寄ると、デリスさんはしてやったりという顔をした。

「どうしたもこうしたもないよ。せっかくだから、あんたたちを祝ってやろうと思ってね。重い腰を上げて出てきたってわけさ」

「祝ってって……嬉しいですけど、こんなに目立って大丈夫なんですか？」

魔女の掟《おきて》に反してはいないのか。

魔女ギルティアの時もそんなことを言っていたから、彼女たちが突然皆の前に出てきたことがどうしても信じられなかった。

「大丈夫だよ。別に大したことをするつもりはないから。前に言っただろう。ここぞというところで詫《わ》びを入れてやるって」

「え、いや、確かに聞きましたけど！」

「ばあんと派手にするとも言っただろう。さすがにこいつら以外の魔女には呼びかけようもなかったが、三人も揃えば十分さ」

「！　ということは、この薔薇の花びらが降ってきているのはデリスさんたちの仕業!?」

派手という言葉から連想して告げると、彼女は笑いながら肯定した。

「私たち以外の誰がこんな大それたことできると思うんだい。国中に降らせてやるよ。大盤振る舞いだ」

「ええええっ……い、良いの……これ……本当に大丈夫なんですか……？」

いつも冷静なデリスさんのぶっ飛び具合に焦り、思わずアマツキさんに助けを求める。

だがアマツキさんは肩を竦《すく》め「まあ、たまにはいいんじゃないか」と言うだけだ。

「ええ……えええ……」

「あんたたちに迷惑を掛けたのは事実だしね。別に薔薇の花びらを降らせるくらいなら、何の問題もないだろうさ」

「……魔女が三人も出てきたという事実は⁉」

デリスさんひとりだけならまだしも、三人も揃って現れたなんて、あとで色々な人に根掘り葉掘り事情を聞かれそうだ。

だがそれにはメイサさんが答えた。

「デリスだけなんてずるいじゃない。こんな面白そうなこと、仲間はずれなんてごめんよ！」

「そういう問題なんですか……」

「こんな機会、滅多にないもの。せっかくなら楽しみたいじゃない？」

ふふふと蠱惑《こわく》的に笑うメイサさん。彼女は集まった国民が自分たちを呆《ほう》けた顔で見上げていることに気づき「良い顔！」とご満悦だ。

デリスさんが持っている杖《つえ》をクルクルと振る。

アマツキさんとメイサさんも己の杖を高く掲げた。

「私たちから詫びを兼ねた国王就任祝いだよ。——新国王フリードリヒに神のご加護があらんことを。我ら魔女は、フリードリヒの国王就任、リディアナの王妃就任を心より祝おう！」

杖の先から青い薔薇の花びらが吹き出す。それは天まで昇り、先ほどまで以上の勢いをもって国中に降り注いだ。

先ほどまでひとりはしゃいでいたアルまで、飛び出してくる。

「これは負けていられません！　僕も！　僕もお祝いをしますよ!!　これまで溜めに溜《た》めた精霊パワーを今こそ使う時！　いきますよ～！」

アルの身体が青白く光る。次の瞬間、空に大きな七色の虹がかかった。

「わあ……！　綺麗」

突然出現した虹に、皆は驚いていたようだが、すぐに歓声を上げた。

デリスさんが肩を竦める。

「おやおや、良いところを持っていかれてしまったね」

「ふふんっ！　王様を祝うのなら負けられないからね！」

ドヤ顔で胸を張るアルに、デリスさんは微笑《ほほえ》み、私を見た。

「リディ」

「は、はい」

「――また、遊びにきておくれ。待っているから」

目を見開く。

メイサさんも言った。

「その時は私も呼んでね。あなたたち夫婦、面白いんだもの。色んな話が聞きたいわ」

最後にアマツキさんが締めた。

「――そろそろ包丁のメンテナンスがあるだろう。あたしはあの家にいるからいつでも訪ねてくるといい」

穏やかな笑みを浮かべる彼女たちをまじまじと見つめ、ハッと気づいた。

これは詫びなんかではない。れっきとした彼女たちの厚意だ。

ただ、私たちを祝おうと、それだけで来てくれたのだ。

詫びなんて理由をつけただけ。私たちが気に病まないよう、気遣って言ってくれただけなのだ。

それならもう、私が言えることはひとつしかない。

私は声を張り上げ、彼女たちに言った。

「はいっ！　近々、遊びに行かせてもらいます。イチゴ大福を持って！」

「ああ、楽しみにしているよ」

どうやら正解だったらしい回答に、デリスさんたちは満足げに頷いた。

その姿が掻《か》き消える。だけど青い薔薇の花びらは消えることなく降り続いていた。

「フリード……」

「うん。すごいお祝いをいただいてしまったね」

隣に立つ夫を見ると、彼は苦笑しながら私の腰を引き寄せた。

「確かに派手に……とは聞いていたけど、このタイミングで来て下さるとは思わなかったな」

「私も。吃驚《びっくり》しちゃった」

「今度、お礼に伺わないとね」

「うん。私、いっぱいイチゴ大福を作るね」

私にできることなんてそれくらいだけど、デリスさんたちはきっと喜んでくれるから。

フリードも頷いてくれた。そうして悩むように言う。

「いいと思うよ。……私からも何かお礼をしたいんだけど、どうすればいいかな」

お金は受け取ってはくれないだろうし、そもそも何かが違う。

「うーん。それなら薬の材料調達を引き受ける、とかどうかな？　たまにカインがやってるんだって」

カインは王城に自分の部屋を持っているが、デリスさんのところに入り浸ることも多いのだ。

その宿賃として材料調達に駆り出される……的な話は前に聞いたことがあった。

前に薬草の種を摘んでいったこともあるしと思い出しながら告げると、フリードも同意した。

「うん、いいかもしれない」

「でしょ。今度デリスさんに聞いてみようよ。アマツキさんとメイサさんにも、お手伝いできることはありませんかって」

「そうだね」

ふたり、頷き合う。

改めて、集まった国民たちの様子を窺《うかが》った。

七色の虹に青い薔薇の花びらが降るというとんでも事態を彼らはどう受け止めたのかと心配だったが、全く杞憂《きゆう》のようだ。ものすごく盛り上がっている。

「魔女と精霊の祝福を受けたフリードリヒ陛下の治世はきっと素晴らしいものになるぞ！」

「万歳！　ヴィルヘルム万歳!!」

万歳の声が、やむことなくいつまでも続く。

その声を楽しむようにアルが飛び回り、薔薇の花びらは尽きることなく降り続けた。

皆に応え、大きく手を振る。フリードも私の腰を抱きながら、歓声に応えていた。

これから、私たちはどうなっていくのだろう。

予想外に早く就いてしまった立場にいまだ戸惑いはあるけれど、たぶん、大丈夫。

だって、王妃になったところできっと私は何にも変わらない。

それはフリードも同じで、これからも私たちは仲良くやっていくだけなのだから。

「フリード」

「ん？」

国民に応えていたフリードが私を見る。その頬《ほお》に口づけた。

「え……？」

まさかこんなところでキスしてくるとは思わなかったのだろう。フリードが目を丸くする。

「リディ？」

「これからも仲良くやっていこうねって、そんな感じ！」

笑顔で告げると、フリードは思い切り私を抱きしめた。そうして今度は唇に口づけてくる。

「ちょ、ちょっと!?」

途端、国民から今まで以上の歓声が上がった。

ぽかぽかと胸を叩《たた》くと、ようやく離してくれる。羞恥で顔を真っ赤にする私にフリードは最高の笑顔を向けてきた。

「愛してるよ、リディ」

文句を言おうと思っていた気持ちがあっという間に静まる。そう言われたら、私が返す言葉はひとつしかない。

「私も！　私もフリードのことを愛してる！」

今度は自分から抱きつくと、フリードは笑いながら私を受け止めてくれた。

一連の流れを見ていたアルがふるふると身体を震わせる。

「ああもう、駄目。こんな萌えを見せられて、黙ってなんていられるかー！」

いつ黙ったのかは知らないがそう言い「尊いーっ!!」と叫ぶ。

もう色々めちゃくちゃだ。

それでもそれでこそ私たちだとも思うから、きっとこれで良いのだろう。

私は声を上げて笑ったし、フリードもアルの行動に眉《まゆ》を寄せつつ、だけどちょっと楽しそうだった。

「もう、仕方のない奴《やつ》だ」

「いいじゃない。楽しくて！　ね、フリード。デリスさんたちのお祝いの青薔薇、綺麗だね！」

青い薔薇の花びらが太陽の光に照らされて、キラキラと輝く様はとても幻想的で美しい。

アルの架けた七色の虹に向かって、どこからともなく集まってきた白い鳩が何羽も連なって飛んでいった。

国民からは、私たちを祝福する喜びの声が届けられる。

なんかもう全部が全部楽しい。

いつまでも続く笑い声と歓声。その全てが心地良く、私はフリードに向かって微笑んだ。

フリードも私と目を合わせ、笑ってくれる。

こうしてふたり、ずっと笑っていられたらいい。それが正解なのだと思うから。

――フリードリヒ国王。

後に偉大なる賢君、フリードリヒ大王として知られるようになる彼の治世は、こんな感じで始まった。

EX・――カレの帰還（書き下ろし）

ヴィルヘルムの王都から少し離れた場所にあるオリエンテという名前の町。

そこでは、町を挙げてのお祝いが行われていた。

今日は、新しい王様の戴冠式だったのだ。

午前中に式は終わったのだけれど、その噂《うわさ》はすでにオリエンテまで広がっている。

複数の魔女がやってきて、新国王の治世を祝福したとか、精霊が虹を架けたとか、そういう俄《にわか》には信じがたい話だが、疑う者は誰《だれ》一人いなかった。

何故《なぜ》なら精霊が架けたという虹はこのオリエンテの町からでも見えたし、魔女たちがお祝いに降らせた青い薔薇《ばら》の花びらが舞う様も、皆、体験したからだ。

突然、薔薇の花びらが降ってきた時は驚いたが、魔女たちの祝福だったのだと聞けば納得だった。

その花びらも今は消え、何事もなかったかのように元に戻っている。

町民の中には花びらを掴《つか》み、持ち帰ろうとした者もいたが、残念なことにそれは叶《かな》わなかった。

魔女たちが魔法で降らせたものだ。なくなるのも仕方のないことなのだろう。

王都では、今は新国王夫妻によるパレードが行われている。

王都にある四つの町を馬車に乗って順番に回るのだけれど、皆、新国王夫妻を祝福したい気持ちが強いので、大変な賑《にぎ》わいになっていることは簡単に推察された。

オリエンテの町も似たようなものだ。

パレードがこちらに来ることはなくとも、祝福したい気持ちはある。

だからこその町を挙げてのお祝い。

気持ちだけでも受け取ってくれればそれでいい。

今日のヴィルヘルムは国内どこもそんな感じで、国中祝賀ムードに包まれていた。

◇◇◇

「いやあ、めでたいねえ！」

オリエンテの中心地にある広場では臨時で露店が立っている。

そこで買った肉の串焼きを食べながら、シータという四十代くらいに見える女性が満足そうに言った。

彼女は夫と共に、町に一軒しかない宿屋を営んでいる。今日は祝いだということで時間を作り、夫婦揃《そろ》って外に出てきていた。

「フリードリヒ殿下が即位なさって、きっとヴィルヘルムはもっと良くなるよ。何せ、完全無欠の最強王太子様が、新しい王様になったんだ。お妃《きさき》様とも仲が良いって聞くし、お世継ぎも安泰だろう。本当、良かったねえ」

「そうだなあ。あの方が王位にいらっしゃる間は、外国からの侵略に怯《おび》えなくて済みそうだし、それは本当に助かったよ」

新国王が一騎当千の強者《つわもの》であることは皆が知っている事実だ。

側《そば》にいた夫もシータに同意した。

広場は町中の人間が出てきたのではないかと思うほど、人でごった返していた。皆が笑顔で話している。そんな中、シータたち夫婦に話し掛けてきた者がいた。

「あの、すみません」

「うん？」

シータの夫――ローランが振り返る。

そこには眼鏡《めがね》を掛けた、一風変わった服を着た男性がひとり立っていた。

男は柔和な笑みを浮かべ、夫婦を見ている。

「ええっと、なんだい？　オレたちに何か用か？」

どう見ても、オリエンテの人間ではない。

ローランはこの町の出身だ。町の人間ならほぼ全員分かると言っても過言ではない。それに今日の宿泊者に彼のような男はいなかったし、今この町に来たばかりの外国からの旅行者ではないかと、ローランは当たりを付けた。

「兄ちゃん、外国からの旅行者か？」

人当たりの良さそうな男に見えるが、外国人と思えばどうしたって警戒する。

外国人が苦手なわけではないが、彼らとは常識が違うことも多く、苦労させられることも多いからだ。だが、男は否定した。

「あ、いいえ。ヴィルヘルムに属する者です。今まで少し遠くに行っていたのですけど、この度こちらへ帰ってきました」

「へえ……見ない顔だが、この町の出身者か？」

「いえ、以前はリントヴルムに住んでいました」

嬉《うれ》しげに告げる男の様子に嘘《うそ》は見えなかった。

ヴィルヘルムに愛着があるのだろう。なんだ、同じ国の人間かと思えば、心のガードも緩くなる。

それはローランの妻も同じようで、嘘のない笑顔で話し始めた。

「王都！　それは残念だったね。もう少し早く帰っていれば、戴冠式を直接見ることもできたのに」

この町から王都リントヴルムまで、馬を使っても三日はかかる。

転移門はあるが、こちらは非常に高額で一般人には手が出ない代物だ。

男は身綺麗《みぎれい》な格好をしていたが、見て分かるような宝石を身につけているわけでもないし、貴族という感じでもなさそうだ。

きっと今から乗合馬車か何かを使って、リントヴルムに戻るのだろう。夫妻はそう判断したが、男は別のところに反応した。

「戴冠式？　え、もしかしてフリードリヒ殿下のですか？」

「ん？　知らなかったのかい。三ヶ月前にお触れが出ただろうに」

戴冠式の話が最初に出た時は、皆が「もう？」と驚いたものだが、三ヶ月も経《た》てば、めでたいと思うだけだ。だが彼は全く知らなかったようで、目をパチクリさせている。

「……三ヶ月前、ですか。その頃《ころ》私は、こちらにはいなかったので」

「そういえば遠くに行っていたと言っていたね。そうだよ。フリードリヒ殿下は今日、即位なさったんだ。今は町を挙げてお祝いしているところさ」

「そう……ですか。差し支えなければ、今日の日付をお聞きしても？」

「ん？　ああ、構わないが」

秘密にするようなことでもない。ローランが教えてやると、男は律儀に頭を下げた。

「ありがとうございます。お陰で、今の時間軸が分かりました」

「ん？　時間軸？」

普段は聞かない言葉にローランが首を傾《かし》げる。

「なんでもありません。独り言です」

「そうか。あんた、王都へ向かうんだろう？　良かったら、出発までうちの宿に泊まっていくか？」

「いえ、有り難いお言葉ですが、路銀が心許《こころもと》ないのでやめておきます。ああ、そうだ。ここの町の名前を聞いても？」

「オリエンテだが。なんだ兄ちゃん、町の名前も知らないでここに来たのか」

「その、こちらへ来たのは偶然なので。でも、オリエンテですか。それなら王都まで馬車で三日くらい。……何とかなりそうですね」

「何とかなるって……え、もしかして歩いていくつもりか？」

不可能ではない距離だが、普通は避けるものだ。だが、男は平然と頷《うなず》いた。

「そのつもりです。確か、オリエンテから北東に進めば王都でしたよね。そう危険な道もなかったと記憶しています。問題ないかと」

「……問題ないって。乗合馬車は？」

「先ほども申し上げました通り、路銀を殆《ほとん》ど持ち合わせておりません。無賃乗車をしてフリードリヒ殿下――いえ、陛下のお名前に泥を塗るような真似《まね》はしたくありませんので」

「あんた、陛下と知り合いなのか？」

ローランが尋ねると、男はあっさりと肯定した。

「ええ。こちらにいた頃は、お仕えしていました。また雇っていただけないか、お願いしに行くつもりなんですよ」

「へえええええ……」

当たり前のように告げる男の様子に嘘は見えないが、さすがに国王に仕えていたは盛りすぎだろう。

ローランもシータも「すごいね」と言いはしたが、本気にはしなかった。

男は礼儀正しく、ふたりに向かって頭を下げた。

「ありがとうございました。それでは私はこれで。王都へ向かわねばなりませんから」

「あ、ああ。気をつけて行きな」

「はい。お気遣いありがとうございます」

もう一度頭を下げ、男は去っていった。シータが首を傾げ、夫に話し掛ける。

「なんだったんだろうね、今のは」

「さあ？」

「まあ、いいか。せっかくの祝いなんだ。気を取り直して楽しもうじゃないか」

「そうだな」

一度会っただけの男のことなど気にしても仕方ない。

そうしてふたりは祝いを楽しみ、家に帰った時には昼間に会った男のことなど忘れていた。

◇◇◇

町を出て、ヴィルヘルムの王都を目指す。

男――シオンの足取りはしっかりとしたものだった。

彼が着ていたのは、黒いジャケット。だが、この世界で作られたものではなかったせいか、先ほどの夫婦には違和感を与えてしまったようだ。

太陽の位置を確認しながらシオンが呟《つぶや》く。

「思ったより、時間が進んでいなくて助かりました。もし間違って二十年、三十年後に飛ばされたらどうしようかと……。場所もラッキーでしたね。最悪、国外の可能性もありましたので、国内なら十分、許容範囲内です」

しかもオリエンテ。

オリエンテは王都から比較的近い町として知られている。その気になればすぐに王都へ行くことができる場所。

一度目の異世界転移の時とは違い、二度目の今度は恵まれている。

ただ、一度目の異世界転移は魔女メイサのミスによるもので、今回はシオンの意思という違いはあるけれど。準備を整えて飛べば、この程度のズレで収められるのかもしれない。そう考えると、やはり魔女とは偉大な存在だ。

「……どんな顔をするでしょうね」

歩きながら思うのは、王都にいるであろう皆のことだ。

シオンが故郷に帰ると決まった時、皆が彼を惜しんでくれた。いつでも帰ってこいと言ってくれた。

それを真に受けて帰ってくるのはどうなのかと思わなくもないけれど、シオンはヴィルヘルムに戻ったことを後悔していなかった。

「――私にはやらなければならないことがある」

シオンが戻ってきたのは、ただ帰りたかったからというだけではない。彼にはヴィルヘルムに戻ってきたれっきとした理由があるのだ。

「飛鳥《あすか》……」

戻ってきた最大の理由である人物――彼の従妹《いとこ》の名を呟く。

一度は日本に帰ったシオンは、知ったのだ。己の従妹が行方不明であることを。

そしてそのいなくなったタイミングが、ほぼ一度目の異世界転移をした時の自分と同じだったことを。

もしかしたら従妹は自分の転移に巻き込まれて、こちらの世界に来ているのかもしれない。

その可能性は捨てきれなかった。

だからシオンは、二度と帰るつもりのなかったこの世界に戻ってきた。

苦労して帰り着いた日本に別れを告げ、それこそ永住する覚悟で戻ってきたのだ。魔女メイサが最後にくれた置き土産――赤い眼球の魔具を使って。

それは一度だけヴィルヘルムへの帰還が叶うものだった。使えば今度こそ日本には帰れない。だが、シオンは迷いこそすれ、最後には決断した。

従妹を探すためにヴィルヘルムへ戻ろう、と。

己の転移に巻き込まれたかもしれない従妹を無視して日本でぬくぬくと日々を過ごすことが、彼にはどうしてもできなかったから。そして、ヴィルヘルムの皆と再会できることを嬉しいと感じてしまった自分に嘘が吐《つ》けなかったから。

きっとフリードリヒ王子……いや、今は国王となった彼と彼の妃はシオンに協力してくれるだろう。

彼らがそういう人物であることをシオンは知っているし、だからこそ仕えるような気持ちにもなれると思っているから。

そろそろ夕方に差し掛かろうかという時間帯。

王都の方角に目を向ければ、美しい尖塔《せんとう》が小さく見える。ファフニール城だ。

その周囲には、結婚式の時にも見た、花火にも似た魔術が打ち上がっていた。

新たな国王就任を祝うためのものなのだろう。

遠くからでもそれはよく見え、シオンは思わず口角を吊《つ》り上げた。

「ウィリアム様が頑張っていらっしゃるのでしょうね」

魔術師団の団長。

リディアナ妃に長く片想いしている彼は、きっと今も彼女を想いながらあの花火を打ち上げているのだろう。

彼の親友であるアレクセイは、忙しく働きながらもきっと彼のことを放っておけず、絡んでいるに違いない。目に浮かぶようだ。

「今、帰ります」

シオンは歩く。
王都へ向かって。
親しい人たちにもう一度会うため。そして従妹を探し出すために。
彼が望む人たちと再会するのはもう少し後の話。
今のシオンはただひたすら王都リントヴルムを目指し、歩くだけだった。

あとがき

※ご存じかと思いますが、メタネタ注意報。書籍読了後に読むことをお勧めします。

リディ↓リ　フリード↓フ

リ「こんにちは！　こんにちは！　リディアナです!!　五巻ぶりのあとがき参戦。うわ〜、もう出てこられないかと思った！」

フ「フリードリヒです。この度は王太子妃編十巻をお求めいただきありがとうございます。リディ、よかったね。もう王太子妃編のあとがきに出られないかもって危惧してたもんね」

リ「本当にそうなの。うう……王太子妃編最終巻でなんとか滑り込めたことは本当に嬉しいんだけど、もうラストかあ」

フ「私が国王になってリディが王妃になったからね」

リ「そうだよね。タイトル詐欺は元からだけど、一応王太子妃編ってなってるもんね。終わっとかないとね」

フ「そうそう」

リ「とはいえ、読んで下されば分かるとおり、まだお話は続くので。何せ最後に『例

　のあの人』も登場したことだし、ね」
フ「そうだね。彼と再会するのが今からとても楽しみだよ」
リ「えーと、それで、皆様にお知らせがあります」
フ「次、どうなるのかなとお思いでしょうが、次回は全編書き下ろしの番外編が出る予定です」
リ「ですです！　番外編では、ヴィルヘルム以外の国にスポットが当てられます。ヒーローはなんと、サハージャ新国王エラン！　エラン国王と聖女のお話みたいです。ね、フリード。なんかね、噂によると番外編にはフリードの小さい頃も出てくるって。楽しみだよね〜」
フ「え、そうなの？　確かにサハージャには子供の頃にも何度か行ったけど、エランや聖女に会ったことはないはずだよ」
リ「そのあたりは、番外編を読めば分かるんじゃない？　王太子妃で番外編って、実は初めてだからちょっと楽しみ。余所の国から見たヴィルヘルムってどんな感じなのかな」
フ「さあ、どうだろう」
リ「タイトル候補ですが、今のところ『聖女になんてなりたくない!!』が有力らしいです。主人公はどんな子なのかな〜。エラン陛下はルビーって呼んでたけど」
フ「愛称だって言ってたから本名ではないだろうけどね。偽名という噂もあるよ」
リ「何にせよ楽しみ。それで私たちのお話の続きですが、たぶんそのあとになるかなと思います。楽しみに待っててくれると嬉しいな」
フ「単純に疑問なんだけど、次回からはどうなるの？『王妃編』になるの？」
リ「ゴロが悪いから『王妃編』にはならないと思う。『新米王妃編』とかあたりが怪しいっぽいって、アルが言ってた」
フ「え、アルが？」
リ「うん。『僕は情報収集もお手の物ですから～』って上機嫌だったよ」
フ「……あいつはまったく」
リ「あ、そろそろ時間かな。ええと、皆様、無印の王太子妃十巻、そして王太子妃編十巻とお付き合い下さりありがとうございました」
フ「王太子妃は、コミカライズもありますので、そちらも是非チェックして下さいね。現在は黒木捺《くろきなつ》先生に代わり、鴨野《かもの》れな先生が『王太子妃になんてなりたくない!!婚約者編』を作画して下さっています。黒木先生の三巻からの続きとなっていますので、問題なく読んでいただけるかと。リディがすごく可愛いので、私からもお勧めです」
リ「フリードの軍服姿もすごく素敵だよ！　カインや、これはあまり言いたくないけど、マクシミリアン国王もめちゃくちゃ格好良いの」
フ「リディ」
リ「ぅう、だから言いたくなかったのに。大丈夫、フリードが一番格好良いよ！」
フ「もう、そう言っておけば私が黙ると思って。……それでは皆様、王太子妃編にお付き合いいただきありがとうございました」
リ「また次のお話で会おうね！　バイバイ！」

◇◇◇

皆様こんにちは。月神《つきがみ》サキです。

王太子妃編、これにて無事、完結致しました。

これまでお付き合いいただきありがとうございます。

リディやフリードが言っていた通り、シリーズが終わってしまったわけではありませんが、これまで二十巻、頑張ったなあと改めて感慨深い気持ちになっています。

元々王太子妃編はフリードが戴冠するところまで書こうと決めていたので、想定通りに終えられてホッとしましたし、十巻の表紙には感動しました。

王冠と王妃冠をかぶったふたり……。まさかこのふたりを見ることができるなんて、頑張ってみるものですね。

王太子妃編も最後まで蔦森《つたもり》えん先生に美しく描いていただき、本当に感謝していいます。蔦森えん先生、ありがとうございました。

今回の黒服フリードも最高に色っぽかったですし、先生の描くアルがものすごく好きです。もう本当に可愛い……！

次作は番外編となりますが、次のシリーズや今までのお話と繋がっているところも多々ありますので、是非お読みになっていただければ嬉しいです。

そのあとはまた、リディとフリードのお話をお待ちいただければ。

相変わらず愛の重いフリードとそれをものともしないリディ。ふたりがラブラブでハッピーエンドなのは確約しますので、ぜひ安心してお読み下さいませ。


最後になりましたが、この作品にかかわって下さった全ての皆様、そしてお読み下さっている読者様方に心からの感謝を込めて。いつも本当にありがとうございます。

皆様が応援して下さったおかげで、王太子妃編最後まで書くことができました。

できれば今後のふたりも見守っていただければなと思います。

それでは次は番外編でお会いできますように。

お付き合い、ありがとうございました。

二〇二四年一月　月神サキ　拝

王太子妃《おうたいしひ》になんてなりたくない!!
王太子妃編《おうたいしひへん》10
月神サキ

2024年2月5日　初版発行

著者　月神サキ

発行者　野内雅宏

発行所　株式会社一迅社
〒160-0022　東京都新宿区新宿3-1-13　京王新宿追分ビル5F
電話　03-5312-7432（編集）
電話　03-5312-6150（販売）
発売元：株式会社講談社（講談社・一迅社）

印刷・製本　大日本印刷株式会社

DTP　株式会社三協美術

装丁　AFTERGLOW

ISBN978-4-7580-9614-0

●本書は「ムーンライトノベルズ」(https://mnlt.syosetu.com/)に掲載されていたものを改稿の上書籍化したものです。
●この作品はフィクションです。実際の人物・団体・事件などには関係ありません。

MELISSA

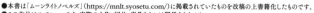